唐宋八大家與清代古文研究

周游——著

本书获得

2022 年江苏省"青蓝工程"优秀青年骨干教师培养经费

2021 年度江南大学学术专著出版基金

资助

傳統的意義是由後人對她的認
識和理解決定的
這到哪裏 傳統的意義才能到
達那裏

周勛初先生大著此版略似書語法錄喜並其題
伯偉
甲辰首夏

张伯伟先生题词

目次

绪　　论

第一节　作为话题的唐宋八大家：
饱受挑战的文学典范

德国汉学家顾彬（Wolfgang Kubin）发现中国的文学史把散文这种重要的文体"说成是一切文学的开端"，因为他所查阅的每一本《中国散文史》都从甲骨文说起。但这种对散文的描述在他看来是含混的，只会"轻易得出散文源于祖先崇拜的结论"。① 深受西方学术训练影响的顾彬希望凿开混沌，重新思考"散文"这个概念，并对这个文体的范围做一个严格的限定。最终他"有意识地将许多文章从狭隘意义上的散文类别中剔出去：哲学、历史编撰和叙述艺术"，②并选择了唐宋八大家作为他描述中国散文史的起点。

这种斩断过去的散文史书写只可能出自顾彬这样的异域学者，③它很难全面地反映唐宋八大家以及之后的中国散文史，更难

① ［德］顾彬、梅绮雯、陶德文等《中国古典散文》，华东师范大学出版社 2008 年版，第 3 页。
② ［德］顾彬、梅绮雯、陶德文等《中国古典散文》，第 7 页。
③ 这种从文学史长河的中段截取典范，并将其作为最高典范的做法在西方文史领域还能找到例子，如声名卓著的哈罗德·布鲁姆（Harold Bloom）就将莎士比亚看作西方文学的中心，看作是最高的典范。在他之前的作家即便多少影响过莎士比（转下页）

让中国人满意。对已存在之物的信赖,是汉民族的固有性格,①八大家倡言推行古文,从始至终打出的有力旗号就是"复古",所摆出的是一种面对过去的姿态,这让八大家与过去紧密缠绕。八大家在中国人的思维中永远处于文学历史长河的中段,既承接着漫长的过去,又影响着无尽的未来。② 我们今天研究南宋之后的文人如何接受八家散文时,会发现他们无论是赞同还是批评,都始终有更早的过去为参照,正是过去让八大家话题变得复杂,也让八大家这个文学典范变得不稳定,时时要接受挑战。

八大家面对文学传统的态度与后来西方的启蒙哲人对待过去的态度很相似。美国文化史家彼得·盖伊(Peter Gay)认为:"所有的人都面对一个包含许多侧面的过去,但是启蒙哲人把他们面对的过去划分为两个部分,并且让二者都发挥作用。"一个"让他们有了一个值得他们愤然打击的对手",另一个"给他们提供了光辉的榜样和令人敬仰的先辈"。③ 把荣耀归于第一代的祖先,而对距离

(接上页)亚,但不及他伟大,在莎士比亚之后的作者又承受着影响的焦虑。见氏著,江宁康译《西方正典》,译林出版社 2011 年版。虽然我们不能说布鲁姆完全不在意文学史本身的发展,不在意历史的脉络,但由于他过于重视莎士比亚,过于重视少数重要的经典,他的论述总会给笔者一种将一些经典抽离出历史脉络而供奉起来的味道。而中国文学由于在历史长河的早期就已经达到了很高的高度,所以我们很难将文学史发展长河中段的任何作品视为最伟大的经典。

① 可参考[日]吉川幸次郎《支那人の古典とその生活》一文,《吉川幸次郎全集》第 2 卷,筑摩书房 1973 年版,第 269 页。

② 根据内藤湖南的唐宋时代观,八大家所生活的从中唐到北宋的时间段也正是中国历史在政治、经济、文化等各个方面承先启后、转旧为新的关捩时期。见[日]内藤湖南《概括的唐宋时代观》,刘俊文主编,黄约瑟译《日本学者研究中国史论著选译》第 1 卷,中华书局 1992 年版,第 10—18 页。

③ [美]彼得·盖伊著,刘北成译《启蒙时代(上):现代异教精神的兴起》,上海人民出版社 2015 年版,第 29 页。

自己更近的第二代祖先不敬,这种"远交近攻"的策略似乎是任何处于历史长河中游或下游的群体为了宣扬自己的理念所最易想到的,同时也是最行之有效的。由中唐韩愈、柳宗元等人倡导于前,北宋欧阳修、苏轼、王安石、曾巩等人应之于后的古文运动就是采取的这种斗争策略。这种策略之所以有效,是因为东西方世界都有着对起源的偶像崇拜。在这种观念下,时代越早的事件就越具有天然的合理性,可以用来作为标准去评判时代靠后的事件。

　　然而,无论是唐宋八大家还是启蒙运动的诸位哲人,他们虽然通过这种"远交近攻"的策略赢得了话语权,但他们的地位并非稳固的。过去既能为他们所用,成为彼得·盖伊所谓的"有用又可爱的过去",①也同样能变成马克·布洛克(Marc Bloch)口中的"魔鬼"与"恶敌",②成为别人攻击他们的工具。以唐宋八大家为例,在文学上他们所借重的是先秦两汉质朴自由、以散句为主的散文,反对六朝以来流行的讲求声律、专事雕绘的骈文;在思想上希望回复儒家之道,而摒弃佛、道的影响。当后代的批评者发现他们与其所拥护的第一代祖先关系并没有那么密切,或其主张与第一代祖先的意见不符时,这一隔代的同盟便宣告瓦解。如宋代的理学家普遍认为古文家所得之道并不醇正,甚至与孔、孟有违,这便在一定程度上削弱了唐宋八大家文章的典范性。另一种可能的情况是,如果后代的批评者能给第二祖先找到更早的渊源,那第二祖先也就不用一直被第一祖先压制着了。清代的骈文支持者便希望用这种方法来复兴骈文,阮元作《文言说》就是从先秦经典中为对偶、有

---

① ［美］彼得·盖伊著,刘北成译《启蒙时代(上):现代异教精神的兴起》,第31页。
② 布洛克对历史学家热衷于用过去来解释现代的行为不满。他认为:"起源这个魔鬼仿佛已变成只不过是真实的历史之另一恶敌——热中于下判断——的化身。"见［法］布洛克著,周婉窈译《史家的技艺》,远流出版事业股份有限公司1989年版,第37页。

韵之文寻找依据,并以此攻击古文家批评骈文之非。①这类情况还可以再举一个来自佛教界的有趣例子。中岩圆月是生活在十四世纪的日本僧人,他在《中正子·性情》中说:"韩子出乎佛教之后,当见正于佛教,当知孔子之道与佛相为表里者也。然独区区别之。甚哉!韩子舍本而取末,与孔子、子思之道相远也如此。甚矣哉!"②中岩圆月直接将佛教看作是与儒道相表里的,这等于否认了存在第一代祖先和第二代祖先的差异,那么无论是儒还是佛都只是作为先于韩愈而存在的思想,是韩愈无法攻击的。"韩子出乎佛教之后,当见正于佛教"一句最能体现时代越早的事件就越具有天然的合理性这一广为接受的观念。此外,由于借重了第一代祖先,唐宋八大家所获荣耀的很大部分也最终会归于他们,因此会有相当一部分人认为唐宋八大家的散文只是他们学习古文的中间环节而并非最高境界,回到先秦两汉散文才是自己的目标。清初的吕履恒对此描绘得较为形象,其《古文六宗序》曰:"八家者,宗夫六宗者也。昌黎宗《孟子》,庐陵宗《史记》,眉山宗《国策》,河东、临川、南丰皆原本经术而各自为宗。后世亦宗之,譬之祧主,有百世不祧者,有五世递迁者。因苗裔而忘胙氏之始,本支紊矣,其何能祀?讵知宗其所宗者之不克收族耶?讵知所宗者尚有所祖而为胙氏之自来耶?"③他似乎暗示了处在历史长河中间段的唐宋八大家并非百世不祧的祧主,甚至有可能难逃五世递迁的命运,他们的文学典范地位并不牢靠。

　　除了来自过去的威胁外,可以动摇唐宋八大家典范地位的因

---

① 阮元著,邓经元点校《揅经室集》,中华书局 1993 年版,第 605 页。
② 转引自[日]清水茂著,蔡毅译《清水茂汉学论集》,中华书局 2003 年版,第 465 页。
③ 王葆心《古文辞通义》,王水照编《历代文话》,复旦大学出版社 2007 年版,第 8 册,第 7287 页。

素还有很多。就唐宋八大家本身来看,中唐的韩愈、柳宗元和他们的北宋后继者欧阳修之间存在一个近两百年的间隔,在中国历史上再难找到这样影响巨大又存在这么长时间断档的文学组合了。然而文人的文学主张要有现世意义才可能具有广泛的影响力,异代的文人可能会提出相似的文学主张,但由于他们面对的文坛现状不同,其口号的内容也会发生变化。既然如此,我们如何能保证唐代和宋代的古文家之间文学观念和文学创作上不存在较大差异?事实上,后代很多文人注意到了八家中的唐宋差异,此类议论颇多,在此仅举两例。清中期的范泰恒在《古文读本凡例》中说:"文至宋而法备,是诚然,然为中材准绳则可耳。后人之密终逊前人之疏,文到朴率处大是难事。由法生巧,变化从心,随手拈来,自成一奇,此殆天分也。非浸灌于《史记》《庄子》、昌黎者久,岂能猝办?拘促宋人辕下,终日罕睹此境耳。"①晚清的章太炎也强调唐宋八大家中的唐宋有别:"宋人喜欢委宛,不喜欢倔强,和唐文截然不同。后人称唐宋八家,实则宋的六家和韩、柳截然不同,所同者,在不做骈体罢了。当时欧阳修反对太学生刘辉,因为刘辉的文章中有'天地㸌,万物轧,圣人苗'等生硬的句子,所以深恶痛绝。这种文章假如叫宋祁或韩愈去看,他们一定称赞。假如樊宗师生在宋朝,欧阳修定要痛骂。"②

　　就算不存在唐宋间的时代断裂,八大家作为一个成员众多的组合,成员间的差异也会成为后人质疑他们是否可以作为一个整体的依据。八大家之间的差异体现在很多方面。从思想上看,柳

---

① 王葆心《古文辞通义》,王水照编《历代文话》,第 8 册,第 7287 页。
② 章太炎讲演,诸祖耿、王謇、王乘六等记录《章太炎国学讲演录》,中华书局 2013 年版,第 45 页。

宗元、苏轼受佛教思想比较多,而韩愈、欧阳修则坚定地辟佛。如果是以儒家本位的立场看,韩、柳、欧、苏就有了纯与不纯的区分。从政治实践上看,柳宗元曾参与永贞革新,王安石曾主持熙宁变法,这两次改革在传统的政治话语中都有负面评价,这种负面评价自然也会影响到后人对柳、王二人的评价。从文学角度去看,八大家文章也各不相同。姚鼐从文风的阳刚、阴柔角度衡量,认为韩、柳、王、苏文都偏阳刚,而欧、曾文偏阴柔。曾国藩则从写作是任自然还是重人为雕琢上考察,认为韩愈是"既能精与谨细而又自然神妙"的,欧阳修、苏轼是"自然神化而未能精与谨细"的,而柳宗元、王安石、曾巩三家则是"精与谨细而未能自然神妙"的。

　　除此之外,还有很多别的范畴可以用来衡文,在不同的标准下,八大家又会分裂成新的不同形态。我们一般所谓的学八家散文其实只是泛指,不同作者有自己的文学趣味,他们多半会从八家中选取一家或几家重点学习,有了取舍,八家在他们心中就已经分裂了。唐宋八大家在经典化的过程也不是齐头并进的。高津孝在《论唐宋八大家的成立》一文中介绍了八家的经典化历程:"第一阶段,在唐代古文家中,韩愈与柳宗元被特权化。第二阶段,在北宋古文家里,欧阳修、王安石和苏轼被遴选而出。第三阶段,北宋的曾巩受到南宋朱熹的高度评价。第四阶段,苏洵、苏轼、苏辙父子三人被誉为三苏,受到高度评价。"①我们发现在不同的时代,八家中的部分作者会被遴选出来,受到多于其他作者的青睐,因此在不同的时代话语中,八家中的作者是有高下之别的,有些处于主流地位,有些则只能暂居潜流。

---

① [日]高津孝著,潘世圣等译《科举与诗艺:宋代文学与士人社会》,上海古籍出版社2005年版,第37页。

　　以上,笔者大致归纳了唐宋八大家作为文学典范所面临的诸
多挑战,有些来自过去,有些来自它自身。诸多挑战让这个典范
变得不那么稳定,也让这个话题在后代的接受情况变得异常复
杂。反对这一典范的人不用说了,会不遗余力地沿着笔者上述的
诸多角度展开攻击。而打算接受这一典范的人,就不得不经常反
思唐宋八大家的合法性,并努力去抵御反对派的进攻。此外,他
们还需要在八大家中做出抉择,选出自己青睐的师法对象。但选
择之后,他们又或许会陷入新的焦虑,如果他们所选择的对象与
当时的文学风气发生冲突,那么,他们还要面对来自古文圈内部
的挑战。

第二节　选题与基本思路

　　本书以唐宋八大家与清代古文研究为题,旨在探索清人是如
何学习八家散文以及利用唐宋八大家这一话题构建自己的文学理
论的。

　　目前有关唐宋八大家的清代接受研究主要集中在两个方面。
一是关于唐宋八大家中的个体研究,已有的成果主要是个人作品
和文学思想的探讨及其在后代的接受情况。如毛德胜的《苏洵古
文研究》,[①]该研究虽然涉及苏洵在清代的评价,但研究者关注重心
还是落在了苏洵本人身上,并没有从清人角度去思考他们是如何
利用苏洵的有关话题去发展自己的理论的,在他的文章中,清人仿
佛只是传统的被动接受者。另一种情况如姜云鹏的《韩愈古文评

---

① 毛德胜《苏洵古文研究》,华中师范大学博士论文,2011 年 3 月。

点整理与研究》，①虽然在清人评点韩愈的文献梳理上下了很大功夫，但写作模式是罗列式地介绍各个评点本，对某一具体概念的观念史流变未曾涉及，也就很难说真正体会到清人文论与唐宋八大家的具体联系。二是以唐宋八大家作为一个整体的考察，目前比较多的是八大家的选本研究。这类成果以付琼的《清代唐宋八大家散文选本考录》②和钟志伟的《明清唐宋八大家选本研究》③为代表。他们的研究对八大家选本的情况做了基本的梳理，但这种梳理主要还在文献层面上，并没有能很好地进入古文理论的脉络。这两方面的现有研究都与笔者的兴趣点不同，它们没有突出清人在构建文章理论时的主动性，也没有很好地处理清人在接受唐宋八大家话题时可能遇到的诸多挑战和他们的应对策略，因此笔者的研究空间非常广阔。

基于已有的研究成果，**本书的研究拟分两方面展开。一方面关注唐宋八大家典范在清代古文发展过程中产生的作用，涉及不同时期文人的古文典范选择以及他们对八家作品的阐释旨趣等内容。另一方面则关注韩柳的重要古文观念在清代所产生的诸多阐释，在众声喧哗中勾勒出清代文论的发展线索。**

在有关前者的研究中，笔者发现文风的变迁往往就伴随着典范的转移。晚明以来由于科举制度的影响和士人精神世界的转变，三苏文章愈加受到重视，甚至逐渐超过了此前在古文圈极具影响的欧阳修文。而到了明末，天下多故，士人勇于任事，经世成为他们心中的首务，这反映到文学领域就是当时处士横议，流行慷慨

---

① 姜云鹏《韩愈古文评点整理与研究》，复旦大学博士论文，2013 年 5 月。
② 付琼《清代唐宋八大家散文选本考录》，商务印书馆 2016 年版。
③ 钟志伟《明清唐宋八大家选本研究》，文津出版社 2008 年版。

雄恣的文风。此风气也延及清初,在那个政局不稳、人心动荡的时代,士人同样需要用议论来排遣胸中的愤懑,或是追悼前尘,或是指点当下。如此,带有纵横家、兵家味道的三苏策论仍旧迎合着许多士人的需要。

与此同时,文风也在悄然变化,明末以来士人出于多种目的学习三苏文所带来的文章弊病也已十分明显,在世人心中,苏文风气与明人习气在某种程度上有了重叠,其中包含着率尔的表达、放纵不羁的态度,有时还带有戾气,这些都渐渐遭到清初一批知名文士的批判,很多人开始重新提倡回归欧文的雅正传统。

于是,苏文逐渐受到了冷落,不再像晚明时期那样受到普遍的推崇。到了乾嘉时期,无论是影响力日趋扩大的桐城派,还是看似与之对立的、代表着学术主流的考据学家,在谈及古文时,都更喜欢标榜自己所传承的是欧、曾之古文。以姚鼐为代表的前期桐城派古文家的文章在后世评论家的描述中,也主要继承了欧、曾那种立意雅正、行文迂徐柔缓的文风。

但桐城派单纯继承这种迂徐的、偏于阴柔的文风,取径过于狭隘,发展久了弊端自然显现,时人便常有文笔懦缓之讥,文派也渐趋衰落。到了咸丰、同治年间,曾国藩试图重新振起桐城派,他引入扬雄、司马迁、韩愈等人的文风来给古文创作注入雄直的风格,他的后学于八家中也就代代重视韩文,并形成了带有文派特色的阐释趣味。此外,这一时期的桐城派还重视学习与韩文同属阳刚风格但更为简峭的王安石文风,但这一学习过程是暗暗进行的,大家"心摹手追"却"口不敢道"。

综上,我们以典范转移为视角简要地梳理出一条清代古文发展的线索。简言之,可以分为三个阶段:从晚明到清初,欧、苏占据主流,而风气逐渐从苏转向欧;接着苏文继续淡出,到了清中期,欧、曾开始成为主流；再到晚清乃至民国，则是桐城派以韩、王补充欧、曾成为文坛的新主流。^① **本书的章节安排也基本以这样的典范转移为背景。第一章对应第一阶段，讨论在晚明以来苏文盛行的背景下，钱谦益倡导的一种不同于时俗的苏文观念。第二章对应第二阶段，第三、第四章则对应第三阶段。但笔者并不倾向于完全沿着这样的框架展开直接论述。**

几年前，笔者曾与友人骑行至奈良北部的平城京遗址。在韩愈的少年时代，这里是邻邦日本的政治中心，繁盛异常。而千载之后，旧日的宫阙荡然无存，只剩下无数的柱础，棋子一样整齐地排布在广袤的荒野上，它们的位置曾无一丝变动。置身遗址中，极目远眺，我们可以感受到宏大的氛围，能够目测曾经存在的建筑的面积以及建筑与建筑之间的距离，而除此之外，则并不能感受到其他真实而有温度的存在。笔者当时脑海中浮现出的就是雪莱（Percy Bysshe Shelley）名作《奥西曼提斯》（Ozymandias）中的句子："此外无一物，但见废墟周围，寂寞平沙空莽莽，伸向荒凉的四方。"^②后来，笔者每次在面对研究对象的时候总能想起当时的体验，归纳出的文风变化脉络，有着一个个时间的节点，就像荒野上排布的柱础，我们仅仅是用线条将一个个柱础联系起来，也仍然无法窥见当

---

① 清代中后期，柳文的地位也有一定的提高，福建文人尤其喜欢柳文，但是由于桐城派不喜柳文，所以柳文的学习风潮和王文相比还是弱了许多。本书第五章有相关讨论。此外，付琼通过对诸多唐宋八大家古文选本进行研究，发现从晚明一直到晚清，还有一个大的趋势，就是韩文的地位逐渐升高，而苏文的地位逐渐下降。这也与笔者所勾勒的趋势是吻合的，可以作为一个印证。具体可参考付琼《茅坤〈唐宋八大家文抄〉与明末赓续本考录》，浙江大学出版社 2017 年版，第 185 页。

② "Nothing beside remains. Round the decay Of that colossal wreck, boundless and bare, The lone and level sands stretch far away." 译文见王佐良主编《英国诗选》，上海译文出版社 2011 年版，第 296 页。

初的"宗庙之美，百官之富"。而现有的太多研究所做的工作就是这样一个点到点的连线活动。笔者希望呈现出的研究是能够在柱础上或多或少地还原出柱子，还原出柱子的颜色，有些地方纯粹而鲜艳，有些地方暗淡而斑驳，也还原出柱子上方犬牙交错、勾心斗角的房梁结构。有勾心斗角，木头们就自然不是指向同一个方向。

　　回到文学研究中，笔者不希望研究仅仅是驱使材料去支撑自己归纳出的总框架，让这一典范转移的路径变得愈加清晰，愈加不可动摇。"中通外直"并不是绝对的理想状态，枝枝蔓蔓才更符合历史的实际。框架本身对笔者来说仅是一个参照，文风发展的真正样貌是极为复杂的，任何明晰的脉络描述都不可避免地是对历史原貌的简化，对此，研究者应该保持高度警惕。①

　　那从什么角度可以对本书的主题进行较为深入的探讨，并将枝枝蔓蔓的部分呈现出来呢？此时，笔者想到了以赛亚·伯林（Isaiah Berlin）讨论观念史的论文集《反潮流》。这部论文集中所收的文章讨论了西方历史上许多有伟大创见的知识分子，但就像这本论文集的名字一样，这些人的思想在当时是反潮流的。他们作为所处时代的"异见者"，自然会受到当时人们的忽略、误解和嘲笑。但伯林并没有像过去的人们一样放任他们躲藏在历史的角落中，他关注到了他们，在论文集的编辑者看来伯林"具有一种独一无二的领悟力，能够感受到在一个时代的思想貌似合理的表面背后，人类精神的更深层次的骚动和变化，以及晦暗而不安的孕育期"。②他的研究对我最大的启发在于采用了一种对立的模式。这

---

① 可以再举一个例子，如果将文风变化的大脉络比作是动物的骨骼的话，我们光凭借骨骼不仅不能够还原这一动物的样貌的，甚至可能距离真实样貌非常遥远。这在恐龙化石研究中尤其明显。

② ［英］伯林著，冯克利译《反潮流：观念史论文集》，译林出版社 2002 年版，第 2 页。

种模式划分出的两个世界：传统的世界与异见者的世界。传统的世界包裹着异见者，对于异见者来说，传统或主流的声音会给予他巨大的压力，把他置于某种处境，有时候异见者并非公开宣扬自己的主张，但是他在他自己的处境中会纠结、犹豫，最终也许会放弃自己的意见，也许会更加坚定自己的主张。而异见者的存在也是对传统世界的挑战，传统世界会采用各种手段来压制他，或者忽略，或者嘲弄，甚至采取更为极端的措施，组织舆论去声讨他，让他身败名裂，利用政治势力打击他，让他身陷囹圄。当然也存在这样的现象，传统的世界在与意见者的斗争过程中慢慢地发现了自身的问题，它也慢慢开始了转变。在双方的对立中，无论是异见者面对主流声音的压迫所作出的选择还是主流的声音在遭遇异见者挑战时采取的抵御措施，都能在一定程度上反映一种权力的运作机制。事实上，权威只有在面临挑战时，我们才能真正了解到它是否真正具有力量，了解到它能够在多大范围内使用它的权力，了解到它使用权力的方式，以及它自身存在的弱点。

因此，笔者打算在清代古文领域也寻找一些"异见者"，关注他们的声音与主流声音发生碰撞的地方，然后分析在他们所处的时间段古文圈的实际情况，当然这些碰撞的声音一定是要与八大家话题相关的。这里有必要强调的是，笔者的研究只是借用了伯林论文的思考角度，并不是打算套用某个西方理论去解释中国的材料。实际上，伯林本人就一直坚持价值多元主义，他自己的文章就"不是根据某种观点写成的。他不打算用它们直接去澄清或支持（或攻击和破坏）任何一种历史或政治学说"。①

本书有三章都涉及异见者和他们不同于主流的声音。很多时

① ［英］伯林著，冯克利译《反潮流：观念史论文集》，译林出版社 2002 年版，第 1 页。

候我们容易将异见者想象成一群命运蹇涩、屈处下僚的人。其实未必如此，任何人都有可能成为异见者。就文学领域而言，居于主导地位的文派内部也可能会产生各种不同的声音。一个时代的文坛领袖往往是才智卓越之人，他很可能既是一个时代主流文化的代言人，同时身体内也躲藏着蠢蠢欲动想要反叛时代的另一个自我。

第一章以钱谦益为研究中心，他就不是一个处于时代边缘的小人物。钱氏虽然在后世毁誉不一，但他生前长期享有盛名，被公推为诗界巨擘、文坛领袖。清初古文圈延续了晚明以来重视苏文的传统，而钱谦益对苏轼文章亦情有独钟，从表面上看，他的为文旨趣并没有脱离时代风气的影响，他似乎只是这一传统中的代表人物。但如果我们仔细分析钱氏的文论，会发现他十分推崇苏轼的碑传文，而这类文章长久以来并不为人所欣赏。在传统的评价中苏轼长于策论而短于叙事，钱谦益有意提高苏轼叙事文的地位便带有挑战时论的意味。以钱谦益的挑战为观察视角，我们能看到在清初的苏文接受过程中古文圈内部发生了怎样的分化，我们也能完整地考察到一种新观念从传播到消失的过程。最终钱谦益的新观念并未被古文圈所接纳，传统的观念仍然主导着人们对苏轼文章的看法。在这部分的研究中，笔者还可以感受到清初文人在钱谦益文章接受上的矛盾与分裂，钱谦益的碑传文颇为当世所重，而他的碑传文所师法的却恰恰是被世人所批判的苏轼碑传文。这一矛盾与分裂暗示了笔者还可以继续提问：世人所看重的究竟是钱谦益的名声还是他的文章本身呢？如果是名声，那么钱谦益最初建立起自己的文坛名声，又在多大程度上依靠了自己的文章呢？

第二章关注清中期汉学家的古文实践。汉学家与古文家的对立在清代非常尖锐，后代的研究成果也很多。但学者们过去所关注的对立大多发生在汉学家与古文家就古文价值与地位的讨论中。这类的对立往往体现为一部分汉学家认为古文是小道不值得去写，研究经史才是可以流传后世的，而桐城派古文家则与之呕呕争辩，在这类的对立中桐城派古文家往往处于下风。但这类叙述天然地预设了汉学家是在古文圈之外的，而桐城派古文家则代表了整个古文圈。笔者认为这一预设是相当武断的，汉学家中也有很多擅长古文创作的人，他们并不应被排除在古文圈外。笔者所关注的对立发生在古文圈内部，希望通过研究勾勒出桐城派古文家与部分汉学家在创作古文时的不同倾向。

笔者在第四章将目光投向晚清的古文圈，讨论晚清桐城派的王安石文章接受问题。桐城派长期以欧、曾古文作为主要师法对象，虽然使得文章严整简洁，但也带来了文笔柔弱的弊端。因此清季古文圈中掀起了一股学习王安石文的风潮，希望借此给桐城古文带来一股雄健之势。但由于王安石的政治与道德在传统的评价中都是负面的，所以人们在学习古文时并不会宣称自己所学的是王文。我们只能通过师友的评论以及细读诸家文字才能知晓他们学习了王文，以及如何学习王文。选择学习王安石文章本身就已经体现了一部分桐城派文人做了传统声音的异见者，虽然这种对立不是非常的强烈。这种对王文"心摹手追，口不敢道"的现象向我们生动地展现了主流声音所施加的压力对个人的影响，以及个人在保留体面的前提下所作出的反抗，我们能感受到双方的力量与力量的限度。

除此之外，本章还关注了另一重对立。在曾国藩一系的古文传承中，王安石的《泰州海陵县主簿许君墓志铭》从众多王文中脱颖而出，成为了学习古文的重要法门。曾门第二代的张裕钊、吴汝纶,第三代的贺涛、吴闿生等都对此文推崇备至,然而作为吴汝纶弟子的唐文治在编选《国文经纬贯通大义》时未收此文,并认为学习此文存在极大弊端。唐文治自己本是曾门古文传承中的重要人物,他此时的入室操戈现象很值得我们去研究,通过这一对立我们能了解晚清桐城派内部成员对文章写法所存在的分歧。这种分歧本身或许又暗示了一重对立:自清中期以来考据学者在碑志文的写法上就与桐城派古文家存在很大的不同,他们最不认同古文家那种省略事件,太过追求文字简洁的写法,而王安石的碑传文恰为这类文章的先导。唐文治之所以反对《泰州海陵县主簿许君墓志铭》的写法可能是在受到外在压力的情况下产生了自我反思,而这种外在压力很可能主要来自古文家的宿敌——考据学者。当然这重对立只是笔者的推测,以后可以从这个角度出发去继续深入探讨晚清的王文接受。

　　本书的第三章看似选取的角度略有不同。此章聚焦于晚清桐城派古文家阐释韩文、学习韩文的一种独特的集体趣味。研究对象似乎不算是反潮流者,不但不反潮流,甚至可以说关注的是当时的主流。后期桐城派学习韩文,这看上去是清代文学史的一个常识,而笔者却发现了长久以来被忽略的一个方面,过去的文学史叙述都认为曾国藩一脉所学习的是韩文的雄直之风,而笔者却发现他们实际青睐的是一种不太容易被正统文家所接受的怪的文风,即所谓的诙诡之趣。从这一角度来说,曾国藩一脉虽然是晚清古文圈的主流,但他们的这一趣味在整个韩愈古文接受史上又是极为另类的,他们也可以看作另一种意义上的反潮流者。

　　在介绍完本书主体部分的一些视角后,笔者有几个在写作过程中特别留心的地方,也有必要说明一下。首先是对集体概念的警惕。比如本书第二章所提到的汉学家概念。这是一个远比桐城派古文家松散的整体概念,桐城派内部成员虽然也有很多差异,但是他们还是有共同坚持的为文标准。而一个人之所以被称为汉学家,简单来说,可能只是因为他的研究对象及研究方法与汉儒接近而远于宋儒。但如果细究其中每个人的学术范围和研究方法,又会发现很多差异。而汉学家的头衔本身与是否写作古文无关,虽然由于大多数桐城派古文家是热衷于宋学的,与汉学家在治学旨趣上有冲突,并且一部分汉学家崇尚骈文,与崇尚古文的桐城派也有实质上的对立,但是我们仍然不能简单地将汉学家与古文家视为两个对抗的群体。否则,群体中的每个人都将淹没在超越他们乃至轻视他们的整体性之中,群体本身会粗暴地成为群体中每个个体的代言人。事实上汉学家内部的不同人对待古文的态度千差万别,很难一概而论。举个例子,以提倡骈文著称的阮元,实际上生长在一个古文氛围颇浓厚的家庭,他的父亲就是"治《左氏春秋》,为古文辞"的,并且在阮元少年时"尝以欧阳文忠《纵囚论》、苏文忠《谏张方平论用兵书》等篇口讲指划次第"来讲授给他听。[1] 在这样家庭成长的人,后来哪怕提倡骈文,也不能说对古文的态度就是敌视的。每个人的经历不同,对待事物的态度也会不同,远不是贴标签式地归入一个群体就可以简单定性的。在本书中为了行文便利,笔者仍然使用"汉学家""古文家"这样的整体概念,但将尽量不把这类概念简化处理,而是具体考虑到其中每个个人的独特性。

　　其次是尽量谨慎地思考"影响"这个概念。"影响"在大多数时候都暗示了一种连续性,人们总是对能够连续叙述下去的历史感到放心,似乎只有连续叙述才能代表他们真正理解了那段历史。诚如法国学者福柯(Michel Foucault)所言,在经典形态的历史学

---

[1] 阮元著,邓经元点校《揅经室集》,中华书局 1993 年版,第 365 页。

中"非连续性是时间性离散的耻辱,历史学家的职责就是通过历史
学压抑它"。① 笔者并不赞同这种"压抑",当所要描述的历史事件
间存在真实的断裂,我们就应该认真描述这种断裂而不是要压抑
或掩饰它。就影响问题而言,有时候后代人看似继承了前代人的
某种思想,但其实可能只是一种借尸还魂:前代思想的名称被借
用,但内容却完全被替换了。在这种情况,后者可能仍然部分地受
到了前者的影响,但是这种影响并不标志着二者之间是延续的。
在本书的第一章中,笔者就遇到了这样的情况。钱谦益先提出了
"苏文有得于《华严》"的观点,后来王士禛在讨论苏轼诗歌的时候
借用了钱谦益的说法,将苏文有得于《华严》转换为苏诗有得于《华
严》,这两个观点之间看似存在一种连续性,王士禛似乎受到了钱
谦益的影响。但由于诗与文形式差别太大,钱谦益所悟到的《司马
温公行状》《富郑公神道碑》在文字结构上与《华严经》的相似处,苏
诗不可能具备。于是将"苏文有得于《华严》"转换到苏诗上,钱谦
益的创造性意见实际上被消耗掉了,王士禛等人所继承的只是一
个空洞的结论。

　　第三是笔者在研究具体问题的时候会尽量让自己带入到当时
的环境中,从研究对象的处境出发去罗列他能够具有的选择,最终
再思考他为什么在诸多可能的选择中选择了这个而不是那个。如
在第四章中,桐城派为了救治文章专学欧、曾而带来的柔弱气质,
选择了以王安石为师法对象。笔者当时感到疑惑的是,仅以八大
家而言,代表阳刚文风的就有韩愈、柳宗元、苏轼、王安石,为何其
他三家没有成为他们重点学习的对象呢? 于是笔者将自己带入到

---

① ［法］米歇尔·福柯《论科学的考古学》,汪民安编《福柯文选Ⅱ:什么是批判》,北京
　　大学出版社 2016 年版,第 37 页。

桐城派中，以他们的视角进行逻辑推演，最终将韩愈、柳宗元、苏轼三人一一排除，证明了桐城派确实只可能选择王安石作为师法对象。这是一个比较完美的例子，因为在这个例子中，历史的发展结果与逻辑的推导结果是一致的。其实在许多其他的研究中，因为我们没法完整地还原研究对象的真实处境，所以我们对研究对象在其处境下可能有的选择所做的逻辑推导结果很可能与历史的最终发展并不一致，遇到这种情况并非意味着我们的逻辑推导没有价值，思考二者为什么不一致，又会给我们的研究引出值得思考的新问题。

第三节　观念史的视角

本书的最后两章探讨了韩愈的"惟/唯陈言之务去"和柳宗元的"参之《太史公》以著其洁"的清代阐释。这部分研究与上几章在方法和视角上有所不同。前五章笔者重点关注了清代不同时期古文圈的情况，涉及时代风气的变化以及在时代风气影响下古文圈内部选择学习的文学典范发生的变化。此外还涉及了不同文学群体对于相同的文学典范学习的角度的不同。而第六、七章的研究主体不是时代风势和文学群体，而是具体的文学观念。笔者希望看清一些具体的观念在清代的流变过程并思考清人如何通过不断阐释一个前代的观念来建立自己的文章理论的。

要处理观念流变的问题就不能不提到以研究观念史（history of ideas）而闻名，影响史坛不下四十年的美国哲学家洛夫乔伊（Arthur Oncken Lovejoy）。洛夫乔伊从现象史研究中总结出了三个频繁重现的现象。而笔者认为这三个现象恰恰是过去中国学者在处理具体观念时容易忽视的。第一个现象是：

同样的前提或其他有效的"观念"在不同的思想领域和不同时期的存在和影响。①

这个现象洛夫乔伊表述得不够明晰,笔者通过他的《自然神论和古典主义的相似性》一文总结出来就是一个时代有一个时代的基本观念,这个基本观念在同一个时代看似毫无关联的领域都可能作为一个前提而存在。而不同时代的基本观念会发生变化,因此异代的人们看似打着相同的旗号做某事,但因为时代前提改变了,他们的观念其实是很不同的。所以很可能今日中国年轻人的文化心理或许与明代人的距离很远,而与一个当代美国人较近。法国史学家马克·布洛克也曾引一个阿拉伯谚语谈到了这个问题:"人之肖似他的时代甚于肖似他的父亲。"②

　　笔者在研究"陈言"概念时便发现了一个具体的例子。自南宋以来韩愈的"惟/唯陈言之务去"观念虽日益受到重视,但其正确与否仍被很多人讨论,尚非不刊之论。南宋学者杨简尝言:"孔子谓'巧言鲜仁',又谓'辞达而已矣',而后世文士之为辞也异哉。琢切雕镂无所不用其巧,曰'语不惊人死不休',又曰'惟陈言之务去',夫言惟其当而已矣,谬用其心,陷溺至此,欲其近道,岂不大难?"这里杨简提出了"言惟其当而已"的观点。到了晚明,归有光以"不切"解释"陈言",那么去"陈言"自然就是为文要"切"了,"切"与"当"意思相近,看似从杨简到归有光这里存在一定的延续性,但二者其实有一个根本性的不同:杨简是在否定了"惟陈言之务去"话题的前提下,提出了他的古文观念,而归有光等人则是在肯定了这

---

① [美] A. O. 洛夫乔伊著,吴相译《观念史论文集》,江苏教育出版社 2005 年版,第 5 页。
② [法] 布洛克著,周婉窈译《史家的技艺》,第 40 页。

一前提的基础上,通过对"陈言"的内涵进行阐释的方式提出了他的古文观念;此外,杨简以"惟其当"来理解文章写作之道,虽然已经跳出了对于心外的字句的执着,但对于"唯陈言之务去"话题却和"琢切雕镂"相联系,仍然是从字句角度来解释"陈言"的,这和晚明人的理解还是有很大差别。因此,不同时代的观念差异,最根本的还是来自所讨论话题的大前提的差别。

洛夫乔伊提出的第二个现象是:

在思想史和趣味史中,语义的演变和混淆的作用。①

洛夫乔伊认为,差不多所有了不得的标语口号都是有歧义的,甚至是多义的。这对于判定语词背后潜藏的观念史的学者来说,常常是艰巨又微妙的。词的多重意义在占主流的思想风尚中有时候会助长或者促进变化——其中一些还是革命性的变化。

洛夫乔伊在《作为美学规范的自然》一文中,把西方语境下谈到的自然,分析出 18 种意义,这种分类之细是十分让人佩服的。② 而我们的学者在厘定具体概念的时候做得并不够。比如黄侃在讨论刘勰《文心雕龙·原道》中的"道"的时候,就草率地认为"韩子之言,正彦和所祖",其实这种理解并不符合刘勰所说的"自然之道"。王元化作了比较好的辩证。③ 现在很多文学领域重要的概念在使用的时候都应该很深刻地进行辨析,理论性的文本的解读在实际操作中也需要仔细考量,以避免大的偏差,这类工作正需

---

① [美] A. O. 洛夫乔伊著,吴相译《观念史论文集》,第 5 页。
② [美] A. O. 洛夫乔伊著,吴相译《观念史论文集》,第 67—70 页。
③ 王元化《文心雕龙讲疏》,广西师范大学出版社 2004 年版,第 65—68 页。

要像西方学者那样认真限定范围,这是笔者在第四章的研究中重点关注的内容。

中国文学中的很多概念不仅是不同人理解不同,同一个人在不同时期都可能有不同的解释,而且他们一般自己都不加解释。其实这里面的甄别非常重要。人是复杂的,观念本身在不断产生,也在自我消化和转化,因此一个人的观念中的矛盾正是后人理解并可能阐发新意的地方,而我国研究者更多还是喜欢曲为回护,硬要认为一以贯之。而这,就是洛夫乔伊所提出的第三个现象:

> 每一位作家的思想中几乎都有内心的张力或波动——有时候甚至会在某一部书或者某一页文字中都清晰可辨。这种张力或者波动源自其矛盾的观念,或者情感,或者欣赏品位方面不适当的癖好,在这方面可以说,他是敏感的。①

他认为:"我们常常假定一个作家的想法,在总体上,或在特定主题上,是浑然一体的;或者,如果阐释者自己觉察到一些内在的矛盾,作家心灵历程中的一些逆流,他便倾向于大事化小,或视而不见,只选择那些他认为(而常常是大错特错)作家最'重要',最有'持久价值',最具'特性'的观念或前后一致的观念,作为独一无二的表现。对许多伟大作家而言,最重要和最具特性的东西就是其观念的多样性。"②

过去很多类似的研究过于追求一个概念的最符合它的初创者本义的解释,他们认为得到了这种解释就可以一劳永逸。由于人

①［美］A. O.洛夫乔伊著,吴相译《观念史论文集》,第6页。
②［美］A. O.洛夫乔伊著,吴相译《观念史论文集》,第6—7页。

的思想是多变的,笔者首先对这样的唯一解释能否真正符合初创者的本意产生怀疑。退一步说,就是真的能够符合初创者的本意,这样的做法也将一个概念的价值限定得过于狭小,忽略了后代文人以这个原始概念为起点开垦出的巨大的观念世界。笔者希望通过解释观念的流变,将这一观念所能蕴含的能量尽可能地展现出来。世界是复杂的,观念是充满张力的,我们应该保留它的开放性。

第一章

清初苏文接受之变体：
"苏文有得于《华严》"说

　　晚明以来，科举考试中初场的《四书》义、经义越来越起到决定作用。在当时的士子心中，三苏的策论尤为便于模仿，最有利于此类考试，因此苏文在智识阶层中的普及度极高。① 生活在嘉靖、隆庆年间的田艺蘅就曾提道："近时俗学，皆尚三苏文字，不复知有唐文矣。"②王世贞也说："今天下以四姓目文章大家，独苏公之作最为便爽，而其所撰论策之类，于时为最近，故操觚之士鲜不习苏公文者。"③而在科场之外，抛开纯粹的功利层面，好奇成为晚明社会一种独特的时代风尚，影响到文化的方方面面。④这在文章领域的表现就是宏博而奇诡的文风广泛受到士人的青睐；同时，此期文士也追求独抒性灵的创作意趣，因此率意而有趣的文章亦往往能获得

---

① 薛泉《科举制度与明代诗文的式微》，《武汉大学学报（人文科学版）》2013 年第 5 期，第 19 页。
② 田艺蘅《留青日札》卷三七，明万历重刻本。
③ 王世贞《苏长公外纪序》，王世贞选编《苏长公外纪》，明万历璩氏燕石斋刻本。
④ 白谦慎注意到"奇在晚明的文化中具有多重的意义和功能，并且可以涵括不同的文化现象"，具体可参考氏著《傅山的世界：十七世纪中国书法的嬗变》第一章中"尚'奇'的晚明美学"节，生活·读书·新知三联书店 2006 年版，第 14—25 页。

才人的偏爱。而唐宋八家中，兼具此二种风格的作者，亦首推苏轼。在这三重因素的共同影响下，阅读苏文、刊刻苏集、崇尚苏学成为了晚明文坛的重要潮流。① 本章就是在这样的背景下进行的研究，文坛巨子钱谦益就是在这样一个崇苏风气下提出了一种颠覆时人常识的苏文观念。

明崇祯六年(1633)，五十二岁的钱谦益在居母丧时诵读《华严经》，悟到了苏轼文与《华严经》的联系，其《读苏长公文》云：

> 吾读子瞻《司马温公行状》《富郑公神道碑》之类，平铺直序，如万斛水银，随地涌出，以为古今未有此体，茫然莫得其涯涘也。晚读《华严经》，称性而谈，浩如烟海，无所不有，无所不尽，乃喟然而叹曰："子瞻之文，其有得于此乎？"文而有得于《华严》，则事理法界，开遮涌现，无门庭，无墙壁，无差择，无拟议。世谛文字，固已荡无纤尘，又何自而窥其浅深，议其工拙乎？②

历来论苏轼受佛教影响的说法很多，北宋诗僧惠洪就认为东坡文字皆"从般若中来"。③ 元代的袁桷则认为东坡的《藏院偈》《凉热偈》《鱼枕冠颂》与房融笔授的《楞严经》语言接近。④ 晚明的徐长孺辑有《东坡禅喜集》，其中的批语也指出《鱼枕冠颂》《答孔子君

---

① 关于晚明士人重视苏文的情况可参考郑利华《苏轼诗文与晚明士人的精神归向及文学旨趣》，《文学遗产》2014 年第 4 期，以及江枰《明代苏文研究史》第三章，江西人民出版社 2010 年版。

② 钱谦益著，钱曾笺注，钱仲联标校《牧斋初学集》，上海古籍出版社 2009 年版，第 1756 页。

③ 惠洪《跋东坡忔池集》，《石门题跋》卷二，明崇祯毛氏汲古阁刻本。

④ 袁桷《书东坡凉热偈》，《清容居士集》卷四二，清道光二十年刻本。

颂《大悲阁记》等文是自《楞严》中来。① 那么，钱谦益指出东坡文有得于《华严》仅仅是与前人立异，别为新说吗？

苏轼对《楞严经》与《华严经》都很熟悉，笼统地看，二者对苏文的影响都客观存在，无法别黑白而定一尊，只有涉及具体文章时，讨论其中存的《华严》或《楞严》因素才有意义。从这个角度出发，我们发现钱谦益所讨论的对象与上述诸人是不同的。惠洪所在意的并非具体的语言文字，而是苏文所通之理。② 而钱谦益关注的是苏文之体（"以为古今未有之体"），因此他的论述重点一定也包括具体的语言形式。袁桷所举出的和《东坡禅喜集》中所收的文章本身都与佛教关系密切，因此从佛学角度去分析也很自然，而钱谦益所考察的是《司马温公行状》《富郑公神道碑》这类叙述人物生平，看似与佛经绝无关涉的文字。从"世谛文字"中看出华严楼阁乃钱谦益不同于前人的一大贡献，值得我们去深入探索。

吉川幸次郎是较早注意到这一话题的学者，其《苏东坡之文学与佛教》③一文不但逐句解读了钱氏此文，还指出了钱谦益自己文章受苏轼此类散文的影响，颇具启发意义。但文中对苏文与《华严经》在语言形式上的具体联系尚未很好地阐发，本章将在其基础上继续推进，并将钱谦益置于明末清初的历史语境中去观察。钱谦益曾执东南文坛牛耳五十载，他的言论往往是世人争论的焦点，笔者拟扩大范围，将钱氏此文对世人的影响也纳入研究，以期勾勒从晚明至清中叶文风的转变及不同文人苏轼文章观的差异。

---

① 参考张伯伟《〈东坡禅喜集〉的文化价值》，《中华读书报》2004 年 12 月 22 日。

② 惠洪《跋东坡忧池集》："以其理通，故其文焕然如水之质，漫衍浩荡，则其波亦自然而成文，盖非语言文字也，皆理故也。"

③ ［日］吉川幸次郎《苏东坡の文学と仏教》，《吉川幸次郎全集》第 13 卷，筑摩书房 1998 年版，第 264—275 页。

第一节　苏文与《华严经》公案

为了使苏文有得于《华严》的观点更具说服力，钱谦益在《读苏长公文》中还举出朱弁和苏辙的说法作旁证，其一云：

> 朱少章云："东坡未作《胜相经藏》及《大悲阁记》，尝与陈季常论文曰：'某独不曾作《华严经》耳。'季常指鱼枕冠曰：'请拟《华严经》颂之。'坡索笔疾书，不易一字。"

其二云：

> 苏黄门言少年习制举，与先兄相后先。自黄州已后，乃步步赶不上。其为子瞻行状曰："公读《庄子》，喟然叹息曰：'吾昔有见于中，口未能言。今见《庄子》，得吾心矣。'后读释氏书，深悟实相。参之孔、老，博辩无碍。"①

将牧斋视为"平生第一知己"②的王士禛认为《读苏长公文》"论东坡，语语破的，诸家序论皆可废矣"，并言曾因之作诗附和："庆历文章宰相才，晚为孟博亦堪哀。淋漓大笔千秋在，字字华严法界来。"③他对钱氏此文可谓推崇备至，在《古夫于亭杂录》中也几乎全部抄录了此文。但抄录中唯独省去朱弁的说法，并将苏辙的说法

---

① 钱谦益著，钱曾笺注，钱仲联标校《牧斋初学集》，第1756页。
② 王士禛撰，赵伯陶点校《古夫于亭杂录》，中华书局1988年版，第66页。
③ 王士禛撰，赵伯陶点校《古夫于亭杂录》，第64页。

简化为"子由为子瞻行状云云"。后者可以理解为避免行文过于冗长，而朱弁的说法直接将苏文与《华严经》联系起来，对钱氏立论似乎颇为有利，那删去的理由会是什么呢？吉川幸次郎在分析钱文时指出，朱弁的说法不见于现存的《曲洧旧闻》《风月堂诗话》等书中，但以钱氏的博洽，应该是有别的出处而非捏造。[①] 笔者赞同吉川氏的意见，然而朱弁借苏轼与陈慥的对话将《鱼枕冠颂》确定为拟《华严经》而为，与此前多认为该文受《楞严经》影响的说法矛盾，且朱弁此言在钱氏之前与之后，均未见他人引用，[②]其来源的真实性确实会让人怀疑。因此笔者推测，王士禛如果不是出于无意，则省去朱弁的说法很可能是为避免世人因质疑旁证而忽略钱氏主张。

至于苏辙论说兄长文章所受的影响，显然比来历不明的朱弁之言更可信。通过苏辙的论述，虽然无法具体地建立苏轼文与《华严经》的联系，但苏轼文章受佛学影响可成定谳。然而，在王士禛《古夫于亭杂录》流行海内几十年后，苏辙的这条材料也成为时人议论的话题。乾隆时的阮葵生(1727—1789)在《茶余客话》卷一四云：

> 唐以前文章之本儒学者推退之，宋以后文章之通释典者推苏长公。王阮亭诗云："庆历文章宰相才，晚为孟博亦堪哀。淋漓大笔千秋在，字字华严法界来。"予谓长公不过藉为文境

---

① ［日］吉川幸次郎《苏东坡の文学と仏教》，《吉川幸次郎全集》第13卷，第268页。

② 有一个说法与此说类似。王明清《挥麈后录》卷七："东坡先生为兵部尚书时，为说之言黄州时陈慥相戏曰：'公只不能作佛经。'曰：'何以知我不能？'曰：'佛经是三昧流出，公未免思虑出耳。'曰：'君知予不出思虑者，胡以一物试之。'陈不肯，曰：'公何物不曾作题目，今何相烦者。'复强之，乃指其首鱼枕冠曰：'颂。'"见于王明清《挥麈录》，上海书店出版社2001年版，第130页。传录苏公此语者为晁说之，未涉及朱弁。且该说只称《鱼枕冠颂》是以佛语为之，未言拟《华严》，与朱弁之说尚有不同。此类传言很可能来自共同的原型，但其真实性很难判断。

波澜耳，非溺于彼教者。今人读子由行状，遂以公为禅学之宗。按公议学校贡举书，极斥士大夫主佛老之非。……蒙叟谓有得于《华严经》……盖公之学深斥释教之非，而公之文又深得《华严》之妙也。①

阮葵生并没有否定苏辙说的内容，但他显然认为苏辙的言论对世人产生了误导："今人读子由行状，遂以公为禅学之宗。"在他看来，佛教对苏轼的影响固然客观存在，但影响的范围及深度必须界定清楚。于是他举出一些苏轼"深斥释教之非"的文字，断言苏轼之学合乎儒家正道，只是载道之文多少受佛学影响，且其影响也止于"藉为文境波澜耳"。即使同样是承认苏文深得《华严经》之妙，钱谦益与阮葵生在心态上也很不一样，后者的心理负担显然要重得多，他没有像钱谦益那样对苏文中如华严楼阁般随地涌起的词句随喜感叹，而只是加以有保留地肯定。

之后的周中孚（1768—1831）在讨论此话题时态度更为激烈，他不但将苏辙的说法扭转为反证，还对钱谦益自身学佛展开批评，《郑堂札记》卷四云：

子由志坡公墓，但言其文得于庄，绝不及佛。使果有得于佛，则子由非理学中人，必不讳言之矣。而近世某钜公以为坡公之文得力于《华严经》，王阮亭本之作诗曰："庆历文章宰相才，晚为孟博亦堪哀。淋漓大笔千秋在，字字华严法界来。"诗之失诬无足深论，而某钜公之立说不过借以文其禅诵之陋耳。②

---

① 阮葵生《茶余客话》，中华书局上海编辑所 1959 年版，第 419—420 页。
② 周中孚《郑堂札记》卷四，清光绪赵之谦刻仰视千七百二十九鹤斋丛书本。

他对苏辙说法的扭转甚为蹊跷。苏辙的《亡兄子瞻端明墓志铭》在谈到苏轼读《庄子》而遂心后，隔了几句就写道"后读释氏书，深悟实相"，周中孚何以不曾看见而认为子由"但言其文得于庄，绝不及佛"？ 视而不见显然不合情理，那他一定是别有所本。《亡兄子瞻端明墓志铭》收在《栾城后集》中。苏辙文集在清代并未刻单行本，而以道光十二年（1832）眉山刊行的《三苏全集》流传稍广，①此时周氏已去世，自未及见。周氏当日乃声名不著的一介寒士，比较容易参考到的是附于诸种苏轼诗文集前的《东坡墓志铭》，吉川氏曾指出这类《墓志铭》中有部分脱漏了"后读释氏书"以下五句。② 据笔者考察，较早的版本如明成化四年（1468）程宗刊刻的《东坡七集》所附的《墓志铭》，已无"后读释氏书"诸语。而清代较为重要的苏诗注本中，康熙三十八年（1699）邵长蘅等删补而成的《施注苏诗》延续了成化本的脱漏，与《施注苏诗》同时流行的宋代王十朋注、朱翠庭重订、顾嗣立分编的《苏东坡诗集注》及乾隆二十六年（1761）查慎行编撰的《苏诗补注》也颇有影响，但均未附《墓志铭》。之后直到乾隆五十八年（1793）冯应榴编著《苏文忠公诗合注》时才发现了这个问题，他将"后读释氏书"以下五句补充完整，并加按语曰"补施本所无"，但冯氏的补充并未充分引起世人的注意。与周中孚同时代的王文诰在所著《苏文忠公诗编注集成》（1819 年刊行）中仍依施本之旧。③ 因此，周中孚所看到的很可能是附于清刻《施注苏诗》或王文诰苏诗注本中的《东坡墓志铭》。并且我们可以断言，周中孚没有读过钱谦益《读苏长公文》的原文，而

---

① 苏辙撰、陈宏天、高秀芳点校《苏辙集》，中华书局 1990 年版，第 16 页。

② ［日］吉川幸次郎《苏东坡の文学と仏教》，《吉川幸次郎全集》第 13 卷，第 270 页。

③ 据《苏文忠公诗编年集成总案》的凡例可知，王文诰曾于江阴得古本《栾城集》，他本有条件校对出《东坡墓志铭》文字的脱漏，但他并没有注意这一问题。

是仅从王士禛《古夫于亭杂录》中了解到钱氏的观点，不然他不可能对钱氏所引的"后读释氏书"诸句不置一词，而理直气壮地仅据自己看到的版本对钱氏展开批判。正是因为王士禛在抄录到苏辙说法时，简化为"子由为子瞻行状云云"才让周中孚未能意识到存在异文的可能。

　　众所周知，乾隆帝素来深恶钱谦益，在乾隆二十六年（1761）见沈德潜选编《国朝诗别裁集》将钱谦益列于集首便加以痛责，甚至直斥钱氏为"非人类"。事隔八年后，乾隆帝又发现《初学》《有学》二集中多有"荒诞悖谬""毁谤本朝"之语，旋对钱氏著作展开禁毁。从乾隆三十四年（1769）开始，查禁工作持续了十多年，波及全国。[1] 甚至与钱氏有关的著作也在抽毁之列。在这种风气的影响下，世人为了避祸，很多书中出现的钱谦益名字亦被书商或作者自行铲去。王汎森说："乾隆以后，是否将钱谦益的名字铲去，成为判断世人是否遵守朝廷功令的一个标记。而钱氏在晚明文坛地位之高，交游之广，留下痕迹之多，又是无人可望其项背的，所以避起来特别厉害。"[2]直到嘉、道以后文网渐渐松弛，很多禁书才慢慢复出。我们今天能看到一些晚清文人阅读钱氏著作的记载，但大多已经到了光绪时候，且是以较为私密的日记形式记录下来的。[3] 周中孚生活的正是查禁最严的时代，所以客观上周氏也很难接触到钱氏著作。而王士禛的转述，成为那个时期人们了解钱谦益此观点的主要途径。无论阮葵生还是周中孚，其议论皆是本王士禛《古夫于

---

① 可参看沈津《钱谦益的〈初学集〉〈有学集〉》，《书丛老蠹鱼》，中华书局 2011 年版，第125—133 页。

② 王汎森《权力的毛细管作用》，联经出版社 2013 年版，第 445 页。

③ 如李慈铭、恽毓鼎、徐兆玮在光绪年间的日记中都有阅读钱谦益《初学集》《有学集》的记载。

亭杂录》中的札记而发的。从周中孚用"近世某钜公"替代钱氏名讳，我们也能看出浓浓的时代气息。

以上的客观因素只会导致周中孚掌握到另一个版本的《东坡墓志铭》，并意识不到异文的存在。而利用这个版本去批判钱谦益观点的原动力则是周氏心中的儒家正统意识。排佛是个老话题：一方面，历来崇儒的文士多少都对佛学思想的渗透有所警惕，古文运动的代表人物韩愈、欧阳修也都有排佛的言论；另一方面，佛学对中国文人的影响也从不间断，是无法彻底排斥的。到了晚明，佛教号称中兴。在当时"士大夫无不谈禅，僧亦无不欲与士夫结纳"，[①]佛学对于思想和文学的影响更为普遍，因此明季文章中的佛教痕迹非常重。然而正如王汎森所认为的，随着明代灭亡，自明代后期以来已有的"道德严格主义"趋向便不断被强化，世人要求重建儒家的正统意识以及让经典重新回到其正位的意见越来越普遍。[②] 这种晚明的文风后来便遭到了批评，黄宗羲《论文管见》言："为文不可倒却架子，为二氏之文。"[③]李绂《古文辞禁》曰："明季文弊，好用二氏书，至国初钱牧斋而极。有志学古者亟宜避之。"[④]比钱谦益时代稍晚的文人在评价其文章时，也主要指摘其中的佛教因素。[⑤] 钱谦益不仅自己学佛会遭人诟病，他在笺注诗歌时论说他人受到佛学影响也同样会面临批判。李绂《王右丞全集笺注序》

[①] 陈垣《明季滇黔佛教考》，中华书局 1962 年版，第 129 页。

[②] 参考唐小兵《王汎森谈清代知识人的道德意识》，《东方早报·上海书评》，2016 年 1 月 10 日。

[③] 黄宗羲《论文管见》，收于王水照编《历代文话》，第 4 册，第 3201 页。

[④] 李绂《古文辞禁》，收于王水照编《历代文话》，第 4 册，第 4008 页。

[⑤] 如方苞《答程夔州书》曰："凡为学佛者传记，用佛氏语则不雅，子厚、子瞻皆以兹自瑕，至明钱谦益则如涕唾之令人骇矣。"张谦宜《絸斋论文》卷四亦曰："放浪如钱牧斋，好哺禅家糟粕，最令人厌贱。"

曰："如虞山钱叟注少陵、义山诗，并诬以学佛，以自盖其晚岁逃禅之谬。"[1]周中孚的言论与之如出一辙。[2]

再看周中孚札记中的表述："子由志坡公墓，但言其文得于庄，绝不及佛。使果有得于佛，则子由非理学中人，必不讳言之矣。"我们姑且假定《东坡墓志铭》不存在异文，苏辙确实未曾提到苏轼学佛，那周氏的论述是否就成立呢？显然也不能成立，苏轼诗文集中与佛学相关的地方很多。退一步说，就算没有其他关于苏轼学佛的旁证，周氏所使用的证明方法也只是默证（argument from silence），不能因为苏辙没有提到，就认定学佛之事不存在。我们再退一步来说，假使苏轼与佛学之间找不到明确的历史联系，钱谦益的观点就变得毫无意义了？其实，钱谦益原本关注的重点就是苏轼文体与《华严经》的相似性，而非考察其中的事实联系和影响关系。钱谦益在悟得苏文有得于《华严经》后，时隔五年（崇祯十一年，1638），又进一步在其他"世谛文字"中找到了与《华严经》的关系。瞿式耜《牧斋先生初学集目录后序》云：

> 戊寅春，逾冬颂系，卒业三史，反复《封禅》《平准》诸篇，恍然悟华严楼阁于世谛文字中。[3]

如果说苏轼的文章受佛教的启发尚属合理，西汉初的《封禅书》《平准书》则不可能受到之后传入的《华严经》影响。所以，钱谦

---

① 王维撰，赵殿成笺注《王右丞集笺注》，上海古籍出版社 1984 年版，第 564 页。
② 这种观念在当时有一定的普遍性，与周同时代的王文诰在《苏诗编注集成》中对前人以释典解诗多次提出批评。参考王友胜《王文诰〈苏诗编注集成〉得失论》，《湘潭师范学院学报（社会科学版）》，2002 年第 6 期。
③ 钱谦益著，钱曾笺注，钱仲联标校《牧斋初学集》，第 53 页。

益只是在强调二者之间的相似性。这种比较类似比较文学"美国学派"的"平行研究"。黄宗羲作《山翁禅师文集序》便深受钱氏此种比较方法的影响：

> 言之不文，不能行远。夫无言则已，既已有言，则未有不雅驯者。彼佛经祖录，皆极文章之变化。即如《楞严》之叙十八天、五受阴、五妄想，与庄子之《天下》，司马谈之《六家指要》，同一机轴。苏子瞻之《温公神道碑》，且学《华严》之随地涌出。①

很显然，从狭隘的影响研究角度看，庄子《天下篇》、司马谈《论六家要指》也很难和《楞严经》产生必然关联。钱、黄使用的这种"平行研究"可能会存在轻视事实联系、立论过于主观的问题，但比起简单地寻找外围的历史联系，这种比较真正深入到了文本本身，对理解比较双方都有积极的意义。更何况钱谦益在对待苏轼文的问题上并没有忽略事实联系。钱氏的论述是对中国传统文学批评方法中的"推源溯流"法的一次很好的尝试，并完全具备其中的三要素：渊源论、文本论、比较论。② 在李绂、周中孚、王文诰等人那里，仅仅因为排佛意识便要从质疑"渊源论"的角度去消解整个比较本身，既会让文本比较缺乏活力，也是对传统文学批评的蔑视。

总之，周中孚这段文献中有疏漏、论证逻辑也不严密的质疑，便是由许多因素合力"制造"出来的。主观原因体现了那个时代

---

① 黄宗羲著，沈善洪、吴光编校《黄宗羲全集》，浙江古籍出版社 2012 年版，第 57 页。
② 参考张伯伟师《中国古代文学批评方法研究》，中华书局 2002 年版，第 155 页。

的普遍思维,客观原因又是时代政治的产物。这段札记就像一个水滴,从不同角度透过它可以折射出清中叶文化生态的不同面向。

第二节　苏轼文与《华严经》的比较

《华严经》,全称《大方广佛华严经》,亦称《杂华经》,为大乘佛教重要经典。该经以"佛"为重点,"大方广"表明佛在时间和空间上的超越性,是一种没有相对、无可比较的绝对的"大"。

《华严经》的汉译本,前后有三种:一为佛驮跋陀罗(359—429)翻译的六十卷《华严经》,由于是在东晋时译出,故称"晋经",又因译出时间最早,也称"旧经";一为武则天时实叉难陀(652—710)翻译的八十卷《华严经》,称"唐经",为区别"旧经",也称"新经";一为唐贞元间般若三藏(734—?)翻译的四十卷《华严经》,全称《大方广佛华严经入不可思议解脱境界普贤行愿品》,略称《普贤行愿品》,也称《贞元经》。此经为新旧两译《华严经》中《入法界》一品的别译,所以只能说是部分译本。但其在文字上大为增广,许多内容是六十卷《华严经》和八十卷《华严经》所没有的。就内容相对完备的六十卷《华严经》和八十卷《华严经》来说,从华严宗初祖杜顺至三祖贤首以前,都依六十卷《华严经》而弘教化。自实叉难陀译出八十卷《华严经》后,遂多依据八十卷本。如宗密禅师所著《华严经疏》《华严大疏钞》、李通玄居士所著《新华严经论》等,都是依据八十卷《华严经》而作。[1] 加之唐译八十卷《华严经》"文义最为畅通",[2]故本书引《华严

---

① 顾净缘《顾净缘著述集》,东方出版社 2014 年版,第 3 册,第 31 页。
② 高振农语。高振农译注《华严经译注》,中华书局 2012 年版,第 1 页。

经》依据八十卷本。①

　　吕澂说："《华严经》体裁是特别的，它并不像《般若》《宝积》等大乘经典集合好多思想相近的典籍构成丛书的形式，它是由七处八会（这就晋译本的结构说）一种种积累起来，再加贯串，变为整然的结构。"②这是就整体结构而言，《华严经》已经呈现出一种层层堆叠的面貌。具体到其中的品目，其结构的整然更明显，如全经开篇的《世主妙严品》第一之一中，佛令一切佛土不思议劫所有庄严显现，其文曰：

> 有十佛世界微尘数菩萨摩诃萨所共围绕，其名曰：普贤菩萨摩诃萨、普德最胜灯光照菩萨摩诃萨、普光师子幢菩萨摩诃萨、普宝焰妙光菩萨摩诃萨、普音功德海幢菩萨摩诃萨、普智光照如来境菩萨摩诃萨、普宝髻华幢菩萨摩诃萨……
>
> 复有佛世界微尘数执金刚神，所谓：妙色那罗延执金刚神、日轮速疾幢执金刚神、须弥华光执金刚神、清净云音执金刚神……
>
> 复有佛世界微尘数身众神，所谓……
>
> 复有佛世界微尘数足行神，所谓……
>
> ……③

---

① 钱谦益《华严忏法序》云："《华严》之为经王也，夫人而知之矣。肇于晋，广于唐。于是有实叉难陀之译，有清凉国师之《疏钞》，有李长者之《合论》，有杜顺和尚之《法界观》。"见《牧斋初学集》，第863页。钱氏仅提唐译而未及晋译，可见其对唐译八十卷本的重视。此外李通玄在晚明华严学界极受重视，其《合论》所依据的八十卷本《华严经》也应更为流行。关于李通玄在晚明的影响，可参考《李通玄在明代》，［日］荒木见悟著，廖肇亨译《明末清初的思想与佛教》，上海古籍出版社2010年版，第72—91页。

② 吕澂《吕澂佛学论著选集》，齐鲁书社1991年版，第2966页。

③ 实叉难陀译《大方广佛华严经》，上海古籍出版社1991年版，第1—2页。

　　无论是菩萨还是众神的显现，经文都极尽铺陈之能事。同一组中神祇的名号被一个个罗列，顺着每一组观看都仿佛打开了一张通向无限的清单。而组与组在结构上也完全一致，它们的纵向聚合非常规整，如同将一个个相似的盒子不断堆放起来，同样没有尽头。从整部经的不同品之间的累积，到一品中不同组之间的堆叠，再到每一组之间不同名称的罗列，《华严经》在体裁上就制造出了一种立体的无限效果。以森林为喻，若我们观察整片森林，则感受到其中有无数的树木，我们置身在树的世界中；若我们将目光聚焦在其中一棵树上，叶片与叶片的不断重复又将我们引入树叶的无限中，一棵树本身也变成了另一个层面的世界；再观察一片树叶，叶脉的交叉延伸也是一种新的无限……如此我们还可以不断将视角放在更微小或更巨大的事物上，在不同层面上我们都能体会到整个世界。在不断切换视角的过程中，大与小的界限也在无限中慢慢泯灭了，而佛世界之超越时空的"绝对大"，也在无数个无限世界中一下子呈现。《华严经》不同品之间的表述方式虽也有差别，但像《世主妙严品》中这样的铺陈比比皆是，可谓《华严经》最具特色之处。

　　《世主妙严品》虽能代表《华严经》语言风格，不过，若将之与苏轼《司马温公行状》作比较，尚非最佳对象。因为在《世主妙严品》中时间是无意义的，无数神祇与无边佛国是在一刹那呈现的，而《司马温公行状》是叙述司马光一生行事的，时间这条线始终是无法消除的坐标。此外《世主妙严品》中不存在具体事件，这也与苏文有差别。在考虑了时与事的因素后，笔者认为《华严经》中与《司马温公行状》最相似的要数《入法界品》，这也是全经篇幅最长的一品，其内容甚至是《华严经》整体的缩影。该品讲述了善财童子在文殊师利的指点下,南行参访五十五位善知识,①经历菩萨修学过程的十信、十住、十行、十回向、十地等阶段,最终成就佛道的故事。关于每一次参访的描述,在结构上都很一致,先简单交代参访地点和对象,再记录二人的对话,而对话是每一次参访的主要内容。这种写法与苏轼的行状结构非常相似,下引《司马温公行状》中三段文字为例:

> 改太常博士,祠部员外郎,直秘阁、判吏部南曹,迁开封府推官,赐五品服。交阯贡异兽,谓之麟。公言:"真伪不可知,使其真,非自然而至,不足为瑞,若伪,为远夷笑,愿厚赐其使而还其兽。"因奏赋以讽。
>
> 迁度支员外郎,判句院。擢修起居注,五辞而后受。判礼部。有司奏六月朔,日当食。公言:"故事,食不满分,或京师不见皆贺,臣以为日食四方见京师不见,天意人君为阴邪所蔽,天下皆知,而朝廷独不知,其为灾当益甚,皆不当贺。"诏从之。后遂以为常。
>
> 迁起居舍人,同知谏院。苏辙举直言策,入第四等,而考官以为不当收。公言……②

以上诸段也都由两部分组成,前一部分交代司马光服官履历及当时遇到的事件。后一部分则以"公言"开头,抄录司马光针对该事件发表的意见。文章有些段落还会附带朝廷对司马光议论的

---

① 其中二度参访文殊师利,又在同一处参访德生童子与有德童女,故各省去一名,称为五十三参。

② 苏轼著,孔凡礼点校《苏轼文集》,中华书局1986年版,第476—477页。

回应,如"诏从之""上嘉纳之""上感悟"等,亦有许多段落没有交代朝廷的最终决议。总之,文章的每一段意在突出司马光对于事件的看法,并通过他自己的话语来塑造他的形象,而事件的解决与否并非重点。《司马温公行状》的主体就是由这种结构相同的段落累积起来的。司马光通过对一次次事件发表议论推动整篇文章的进程,也正如善财童子在一次次结构相似的参访中辗转增胜。值得注意的是,善财童子参访不同的对象虽有先后之别,但没有主次之分,每一次参访都对其悟入法界有重要作用。同样,《行状》中虽然司马光议论的话语有长短之别,但段落结构的相同保证了它们之间地位的相同。作为文章作者的苏轼退到了一个不显眼的地方,在一个介入与不介入之间的模糊地带。他尽量不用自己的意志评判文章材料的主次,但他也并非毫无作为地堆砌材料,他的匠心体现在通过修整段落结构,来保证段落之间的平等。苏轼的写法做到了钱谦益所言的"无差择、无拟议",通过这种与《入法界品》相同的结构,苏轼似乎并不是要纯粹记录客观史实,也不是要输出自己的史观,而是要把司马光的一生视为一种修行,司马光每次针对时事的回应对构成一个完整的他都同等重要。

苏轼这种写法在"世谛文字"中确实是罕见的,因为传统的史传书写强调"取义"而非"平等"。以韩愈为例,其《赠太傅董公行状》就深谙叙事的详略取舍。方苞曾评曰:"此韩文之最详者,然所详不过三事,其余官阶皆列数,而不及宦迹,虚括相业。其为人则于叙事中见一二语。北宋以后,此种义法不讲矣。"[1]曾国藩亦曰:"著意在谕回纥、谕李怀光及入汴州三事,余皆不甚措意。惟有所

---

① 吴孟复、蒋立甫主编《古文辞类纂评注》,安徽教育出版社 2004 年版,第 1227 页。

略,故详者震耸异常。"①欧阳修《太尉文正王公神道碑铭》同样如此,欧阳修选取王旦为人处世的几个方面重点描写。文中许多段落都设总领句,如段落开头为"公少好学,有文",该段就围绕其文章;又如段落开头为"公于用人,不以名誉,必求其实",该段就关注其用人。如此纲举目张,文章就条理清晰。故沈德潜评曰:"每段中各有纲目,通体中有大纲目,此大将将兵、大匠造宫法也。"②而选取人物的哪些方面描写,则体现了欧阳修叙事书写中的义法。因为有了取舍,需要区分材料的主次,于是为文就必然有"差择"与"拟议"。又因为有了纲目,每一段的内容都服务于本段的主题,于是段落之间就显得有"壁垒"和"门墙"了。而苏轼用与《华严经》相似的文风,将这些统统打破,确实开出一条不同于传统的叙事之路。钱谦益有见于此,可谓别具慧眼。

下面我们还需指出苏轼文与《华严经》文的不同之处。

结构的规整和相同结构的重复可以带来仪式感,而仪式感能赋予文章庄严与厚重。因此中国文学在一些场面宏大的文章中常常会使用铺陈的方法,如宋玉的《高唐赋》、司马相如的《上林赋》等。相似的例子在西方文学传统中也很多,意大利学者翁贝托·艾柯(Umberto Eco)就指出荷马史诗《伊利亚特》中罗列船名表可视为西方世界"古今清单的开山原型"。③此外荷马史诗中还有一种被称为"阿喀琉斯之盾"的描绘事物的方式,在这个盾上也是通过一定的秩序,罗列了无数的事物。④这里提到的中西文本都包含

---

① 吴孟复、蒋立甫主编《古文辞类纂评注》,第 1227 页。

② 吴孟复、蒋立甫主编《古文辞类纂评注》,第 1432 页。

③ [意]翁贝托·艾柯编著,彭淮栋译《无限的清单》,中央编译出版社 2013 年版,第 7 页。

④ [意]翁贝托·艾柯编著,彭淮栋译《无限的清单》,第 9—13 页。

叙事因素,但文章的目的又都不是为了写实的叙事。《上林赋》通过罗列事物来展现皇家狩猎的恢宏气势;"阿喀琉斯之盾"则是想尽可能地超越时间、空间去呈现整个世界;包括赫西俄德的《神谱》罗列众神,也是为了展现一种宗教世界的无限,这和《华严经》铺排佛号目的相同。在这类描写中,形式本身是重要的,它带来了无尽的效果,而具体的内容——不同的神祇名称只是一个个符号。从读者的角度来说,这些符号可以随意替换而不影响表达效果。但苏轼描写司马光的行事则不同,每一组事件中司马光的话语都是中心,读者会去阅读并理解司马光说的内容,而这种内容没办法用重复、罗列的方式展示出来,它只能是普通的散文。故以之前分析的《华严经》结构来衡量,《高唐赋》《上林赋》及《伊利亚特》中的船名表都是在横向的一组内重复,而在全文中,组与组之间并没有《华严经》那样的结构相同的并列模式。苏轼文则是在纵向组与组之间达成了平等,而每组中则没有重复结构,因此苏轼文的重复仅仅停留在文字主干而无法推及枝叶,《华严经》那种因为绝对无限而带来的极度庄严便无法体现在《司马温公行状》中。

苏轼文和《华严经》的同与异,体现了苏轼希望在史传文的纪实性与宗教文的庄严感间谋求兼得的努力,但这种兼得显然很难实现,他在纵向上的重复尝试或许也能带来文章有限的宏阔气象,但更多的读者会因冗长而觉得难以尽读。

第三节　何为苏轼大文章

本章开头已经指出,晚明是苏文研究的繁荣时期,文士圈中阅读、评述、刊行苏轼诗文者层出不穷。在苏轼众多文章中,最受时人青睐的要数小品文与策论。对小品文的关注反映了晚明文士追求超旷与闲适的阅读趣味,与这种趣味相关联的是士人重视自我或个性表现的价值观趋于扩张,因此文学的自我表达与娱乐功能在此时被强化,而宗经致用作用有所弱化。对策论的重视,则因其与科举关系密切。高津孝指出"明代古文选集大多带有科举考试参考书的性质","唐宋八大家中,尤其是苏轼的古文,多被选为典范文本"。① 而苏轼文章中于时文帮助最大的便是策论,在世人眼中他于此类文最为擅场,限于篇幅,仅举晚明至清初四家评价为例。

茅坤(1512—1601)评苏轼《司马温公神道碑》云:

> 苏氏兄弟议论文章,自西汉以来当为天仙。独于叙事处,不得太史公法门。②

董应举(1557—1639)《崇相集》卷一〇书二云:

> 兄谓子瞻不作志铭,为不谀人,所作仅有六篇。今观六篇,何篇得似史笔? 子瞻长于议论耳。③

储欣(1631—1706)《唐宋十大家全集录》卷首凡例云:

> 东坡之文极言尽意……议论纵横无敌,似有天授。而叙

---

① [日]高津孝著,潘世圣等译《科举与诗艺:宋代文学与士人社会》,上海古籍出版社2005年版,第157页。
② 高海夫主编《唐宋八大家文钞校注集评》,三秦出版社1998年版,第5735页。
③ 董应举《崇相集》卷一〇,明崇祯刻本。

事冗沓,乃大逊于韩、柳、欧阳。[①]

田同之(1677—?)《西圃文说》云:

> 宋代序事文,当以庐陵为最。……至于苏氏兄弟,文才疏爽,豪荡处多,而结构剪裁四字,非其所长。神道碑多者八九千言,少者亦不下四五千言,所当详略敛散处,殊不得史体。何者? 鹤颈不得不长,凫颈不得不短。两公于策论,千年以来绝调矣,故于此或杀一格,亦天限之也。[②]

四人在推崇苏轼的策论成就时,都不约而同地贬低了其叙事文。从茅坤到田同之时间跨度逾百年,而议论竟如此统一,可见策论与志铭代表苏文两极的观念久已深入人心。那么,钱谦益通过阐明苏文与《华严经》的共性,而认为苏轼所为行状、神道碑是古今未有之体,无须用世俗标准去"窥其浅深、议其工拙",这就明显带有挑战时论的意味。而钱谦益为何会特别留意苏轼被世人所摒弃的叙事文呢? 这还得从他当时的处境来分析,先列一简要的时间表:

崇祯元年(1628),钱谦益遭温体仁参以结党受贿,于朝中失势。

崇祯二年(1629),钱谦益坐杖论赎,六月出都门南归,此后钱氏闲居在家乡常熟。

崇祯六年(1633),钱谦益在家居母丧时悟到苏轼行状、碑传文

---

① 储欣《唐宋十大家全集录》卷首,清康熙刻本。
② 田同之《西圃文说》,收于王水照编《历代文话》,第 4 册,第 4081—4082 页。

与《华严经》的相似处。

崇祯九年（1636），县人欲借罗织钱谦益、瞿式耜罪名而得官，此举正中温体仁下怀，是年冬便拟旨逮钱、瞿。

崇祯十年（1637）二月，钱、瞿二人赴逮。

崇祯十一年（1638），钱谦益在狱中研究三史，并悟到《平准》《封禅》诸书与《华严经》的相似处。是年五月二十四日出狱，取苏轼《蒙恩责授》诗语，以"试拈"名其当年的诗集以志喜。①

从这个时间表中可知，钱谦益在十年间屡遭构陷，又经历了至亲离世，政治翻覆与人事变迁想必会让他对事与人更加敏感，虽然身处林间，他的心情也一定是郁结的，无法如山人、雅客那样欣赏苏轼的闲适小品。同时，钱谦益早非求取功名的举子，亦无须钻研苏轼策论来谋求进阶。在崇祯朝屡屡受挫也让他看不到自身政治实践的希望，针对时事的献策已不是他的职责，所以他很自然会将著述目的转向面对后世。从他在母丧期间思考苏轼的史传类文章以及在狱中研习三史，再到出狱后取苏轼《蒙恩责授》诗语，以"试拈"名其当年的诗集以志喜，我们能感觉到他将自己代入到与"乌台诗案"之后的苏轼及"李陵案"之后的司马迁相同的位置上。因此，在苏文风行天下之时，期待发愤著述的钱谦益最容易关注到的就是行状、神道碑这类篇幅较大、立意严肃的史体文。当然，钱谦益也并非晚明唯一认识到苏轼《司马温公行状》等文优点的人，何良俊（1505—1573）已着先鞭，其《四友斋丛说》卷二三曰："山谷之文，只是蕴藉有理趣，但小文章甚佳，若较之苏长公《司马文正公行状》及《司马公神道碑》《富郑公神道碑》《醉白堂记》诸作规模宏大、

---

① 以上经历参考金鹤冲所编《钱牧斋先生年谱》，见钱谦益著，钱曾笺注，钱仲联标校《牧斋杂著》，上海古籍出版社 2007 年版，第 934—937 页。

法度严整,山谷遂瞠乎其后矣。"①何氏虽未在苏文内部臧否优劣,但已清楚地表达了大文章优于小文章的态度。只是他认为的"大"主要体现在文章规模上,而钱谦益所欣赏的应该还包括史传作者"发愤"的态度,以及史传文藏之名山、传诸后世的作用。

冯班(1602—1671)是钱谦益门人,其《钝吟杂录》卷四云:

> 东坡书有坏笔,诗有坏句,大家举止,学他不得。嬉笑怒骂,自是苏文病处,君子之文必庄重。苏公自有大文字,今小人只读《坡仙集》。②

冯班的时代风行的文章范本乃是明季李贽所选编的《坡仙集》,而他认为苏轼"自有大文字",并不认同这类文章。比起老师,冯班的言论带有更多矫正时弊的目的。他毫不掩饰对时俗的反感,认为不应学苏文的"嬉笑怒骂"处,并将只读《坡仙集》者称为"小人"。李贽选编《坡仙集》的主要目的有两个,一是为了体现苏轼的"精神髓骨"与"平生心事",③另一个目的则是为科举考试提供参考。④ 这两个角度与晚明以来士人关注苏文的角度完全一致。就注重作家心灵的李贽来说,显然更在意前者,他认为:"苏长公片言只字,与金玉同声,虽千古未见其比,则以其胸中绝无俗气,下笔不作寻常语,不步人脚故耳。如大文章终未免有依仿在。"⑤因此李贽将大量的小品文放置在选本前几卷,而将方便士人应试的策论

---

① 何良俊《四友斋丛说》,中华书局 1959 年版,第 206—207 页。
② 冯班撰,何焯评,李鹏点校《钝吟杂录》,中华书局 2013 年版,第 60 页。
③ 李贽《复焦弱侯》,《李贽文集》,社会科学文献出版社 2000 年版,第 1 卷,第 44 页。
④ 李贽《复焦弱侯》:"倘印出,令学子置在案头,初场二场三场毕具矣。"
⑤ 李贽《又与从吾》,《李贽文集》,第 1 卷,第 249 页。

文放在后面。但李贽所认为的"大文章"乃苏文中关于经世安邦的文字,主要还是策、论、上书。与李贽同时代的袁中道也曾言:"今东坡之可爱者,多其小文小说;其高文大册,人固不深爱也。"①这里"小文小说"与"高文大册"的对立也应是在晚明文人普遍关注的两类苏文中的对立,在传统评价中就被置于苏文创作水平底端的行状、神道碑很难出现在时人视野中。所以,冯班虽然没有明言苏轼的大文章是什么,但他比钱谦益更进了一步,他挑战了晚明以来的"大文章"概念。后来何焯在评冯班此段言论时指出:"《表忠观碑》《司马温公行状》,古今大文也,其次则《富郑公神道碑》《张安道墓志》。"②他直白地用《司马温公行状》《富郑公神道碑》等文替换了传统观念里作为苏轼大文章的策、论、上书。

然而,除了门人响应外,钱谦益挑战时论所激起的多数还是反对声,清初理学家魏裔介(1616—1686)在《静怡斋约言录》外篇曰:

> 钱牧斋云:"中唐以前文之本儒学者,以退之为极则;北宋以后文之通释教者,以子瞻为极则。"夫子瞻之文,佳者在诸论与疏札,而其受病在汩没于禅。牧斋乃以为极则,甚矣其不知文也。③

魏裔介表达了两方面的不认同:一是牧斋称赞苏文学佛,二是牧斋抬高了苏轼行状、神道碑文的地位。而这两方面恰恰是钱谦益《读苏长公文》异于时论的两个创造性意见。魏氏反对苏文学佛

---

① 袁中道《答蔡观察元履》,袁中道著,钱伯城点校《珂雪斋集》,上海古籍出版社 1989 年版,第 1045 页。
② 冯班撰,何焯评,李鹏点校《钝吟杂录》,第 60 页。
③ 魏裔介《静怡斋约言录》外篇,清龙江书院刻本。

是由于理学家的固有偏见,而他否定抬高苏轼史体文价值的方法,则是简单搬出传统评价:"子瞻之文,佳者在诸论与疏札。"面对钱谦益对时论的挑战,魏裔介不加思考就选择维持原判,由此可见传统评价影响之深,诚难撼动。不仅钱谦益的苏轼文章观受到批评,他自己模仿苏轼史体文进行的创作①也颇受诟病。尤侗(1618—1704)《艮斋杂说》卷二云:

> 史家比事属辞,以简为则。……虞山《初学集》载《高阳孙承宗行状》二卷,不下数万言。古来碑版有是体乎?②

纳兰性德(1655—1685)《通志堂集》卷一三《与韩元少书》亦云:

> 钱牧斋腹笥既富,文笔又长,援古证今,每发一端便如瓶水泻地,迸注分流,惟深锢于朋党之见,或有失实。而其为珰祸诸君子志传之文,淋漓感慨,足裨史乘,然亦病其杂矣。③

只有牧斋同乡后学王应奎(1683—1760?)在《柳南续笔》卷三"何义门论文"条稍作回护:

---

① 钱谦益《致刘》:"世录间关,闻问疏阔。昨姚文初邮中传得文端公行状。自惟文端公馆阁深知,与尊府君生死宿诺。日月逾迈,丹青窅然。用敢洗心刻肾,撰成墓志一篇。老学荒落,质俚无文,然一字一句,流出心腑,祈以征信史、传汗青。一二有识者,颇谓文直事该,不减苏子瞻之于君实、景仁,而仆不敢以自信也。"钱谦益表面上虽说不敢自信,而又称是一二有识者这样认为的,可见其对自己史体文能得苏文精神还是颇为自负的。

② 尤侗《艮斋杂说》卷二,清康熙刻西堂全集本。

③ 纳兰性德《通志堂集》卷一三,清康熙三十年徐乾学刻本。

何义门云："某宗伯自是异才,其为古文,惜乎反为元人所拘缚,争逐欧苏之末流耳。"此言亦未尽然。宗伯好言宋元,亦为学王、李者发药耳。若其自为文,亦有上攀《史》《汉》,平揖韩柳之作,如《高阳行状》《应山墓志》诸大篇是也。何尝为元人拘缚乎?[1]

可见,钱谦益的苏轼文章观和模仿苏文史体文的创作只能通过私谊传播,很难取代传统观念而成为新的公论。钱氏颇以碑版名于时,[2]但恐怕多数求他作行状者看重的是他的当世之名,而非纯粹欣赏他如苏轼行状那样庞杂的文风。

在钱谦益之后的几个世纪里,关于苏文议论优、叙事劣的公论一直没有改变,仅在乾隆中有王昶持与钱氏相似的观念,其《与朱竹君书》曰:

昨于鱼门席上,论苏文忠公撰行状、神道、墓志虽不多,实大胜韩。足下深不谓然,发声征色,坐客至失箸,莫能措一语。仆既归,酒醒,取苏集中如《范蜀公》《富郑公》《司马温国公》数文读之,读已复叹,叹已复读,既而且读且泣,恨不生与同世,厕其门墙以亲炙其言论风采也。及阅《董晋》《郑余庆行状》,如嚼蜡,如摇铎,毫无足感者,以此益自信,信苏之工。凡文以传人也,传人以厉世也,故孟子曰:"圣人,百世之师,闻者莫不兴起也,顽夫廉,懦夫有立志。"文必如之,然后可谓之文。今董、郑诸人之状具在也,能使人廉而立乎? 能使人闻而奋起

---

[1] 王应奎著,王彬、严英俊校点《柳南随笔 续笔》,中华书局 1983 年版,第 181 页。
[2] 潘问奇《读钱牧斋先生文集漫志》言:"虞山太史读书种,碑版当年名最涌。"

乎？以此益自信苏胜于韩。足下必又曰："此非文之故，人之故也。"则又不然，夫文以传人，必人以重文。人不足重，弗作可也。且是时，若宣公之笃棐，晋国之德望，西平之忠烈，人足以重文者岂尠也哉？释此不为，乃惟郑与董诸人之为，毋亦不量其人大小轻重，谓曾受其辟，遽以文与之欤？抑谓次第其官爵勋伐，足以重吾文欤？抑利其谀墓之金，如刘叉所讥者欤？无一而可也。足下谓韩胜者，盖锢于前人之说，试检《范蜀公》数文复之，亦必将累欷叹泣，信仆之论不谬尔。夫韩之古质、奇崛、厚重，根柢六经，为文忠所弗如，且如《书张中丞传后》悲壮激发，于司马迁、班固弗啻也，何文忠之能比？若夫行状、神道、墓志，文忠乃实胜韩。足下幸毋胶前说。某谨白。①

王昶直言自己在酒席上推重苏轼史体文的言论受到朱筠"发声征色"的批判，在当时，坐客都"莫能措一语"，没有人为他辩驳。王昶虽于事后愤愤不平，愈加坚信自己的观点，并希望能让自己的"既读且泣"感染朱筠，认为他如果"试检《范蜀公》数文复之，亦必将累欷叹泣，信仆之论不谬尔"。朱筠最后是否改变了观点，我们不得而知。单从王昶这封饱含委屈、急切希望获得认同的信中，我们就能感觉到时论的难以动摇和他孤立无助的处境。

自桐城文风行天下后，苏轼文风本就处于边缘位置，而桐城派又推重欧、王那种精于结构剪裁的史体文，居于苏轼文章底端的行状、神道碑更加难以出头。当时重要选本如姚鼐《古文辞类纂》、曾国藩《经史百家杂抄》均未选钱谦益、冯班心目中的苏轼"大文章"。

① 王昶《春融堂集》卷三〇，清嘉庆王氏塾南书舍刻本。

晚清邓绎在《藻川堂谭艺》"三代篇"中也说:"以无韵文论之,东坡长于策论,短于碑传,能秀而不能隐。"[①]甚至到了民国,钱基博在讲授东坡文时仍沿袭传统称:"东坡之文,工于策论,疏于碑传。"[②]之后,古文寝弱,传习难继,议论遂不再起,传统评价终成定论。

第四节　对"苏文有得于《华严》"的误读

由以上几节的讨论可知,钱谦益无论是关于"苏文有得于《华严》"的创见还是升格苏轼史体文的努力,都引起了时论的弹压,很难获得广泛的认可。但即便未获认同,钱谦益观念中的某些因素还是给后人留下了印象,苏轼与《华严经》的组合成为了一个诗中"故事",沉淀在了后人的诗歌创作中。

最早将苏文有得于《华严》转换为苏诗有得于《华严》的是王士禛。他在《古夫于亭杂录》中说自己受钱氏《读苏长公文》影响而作诗云:"庆历文章宰相才,晚为孟博亦堪哀。淋漓大笔千年在,字字华严法界来。"这容易误导读者,让人以为王士禛诗与钱谦益的议论一样,都是针对苏轼文而发。其实在《渔洋山人精华录》卷四中,此诗名为《冬日读唐宋金元诸家诗,偶有所感,各题一绝于卷后》,[③]王士禛是将钱谦益对苏文的看法嫁接到自己对诗的看法上了。前文也提到,王士禛在钱谦益此观念的传播上起到了很重要的作用,自他之后,世人谈苏诗多会和《华严经》相联系,如服膺渔

---

① 邓绎《藻川堂谭艺》,收于王水照编《历代文话》,第 7 册,第 6199 页。

② 钱基博《东坡文讲录》,氏著,傅宏星主编、校订《后东塾读书杂志》,华中师范大学出版社 2014 年版,第 121 页。

③ 王士禛著,李毓芙、牟通、李茂肃整理《渔洋山人精华录集释》,上海古籍出版社 1999 年版,第 641 页。

洋诗学的翁方纲就屡屡如此。其《次答冶亭阆峰二学士论诗之作》曰：

> 世以苏诗目奔放，三藏法界标华严。倒垂银河注沧海，变眩百怪包洪纤。[1]

《石涛画坡公别岁送春二首》其二又曰：

> 华严圆顿义安归，眼界空花洗昨非。拈向纍丝禅榻畔，柳桥烟重泥斜晖。[2]

张埙在受邀参加翁方纲组织的"寿苏会"时作《东坡先生生日，覃溪招同人置酒苏斋，瞻拜遗像。〈斜川集〉有大人生日诗，当是在儋州所作，用其韵赋诗五首》，其中也有这样的表达：

> 华严文字起微纤，小雅诗篇畏诟谇。[3]

与翁方纲同朝为官的王昶《舟中无事作论诗绝句四十六首》其十六曰：

> 华严楼阁笔端生，万斛源泉任意倾。更有大名兼李杜，原注：《后汉书》范滂母云：汝与李杜齐名，我亦何憾！苏公夫人亦云：汝能为

---

① 翁方纲《复初斋诗集》卷三二，清嘉庆刻本。
② 翁方纲《复初斋诗集》卷五一，清嘉庆刻本。
③ 张埙《竹叶庵文集》卷一八，清乾隆五十一年刻本。

漭,我讵不能为漭母乎!　乌台琼海任意行。①

乾嘉间方熏的《山静居绪言》也认为:

> 读坡、谷诗,如读《华严》《内景》诸篇,随心触法,便觉渠舌
> 根有青莲花生,华池有金丹气转,不可以人言语较量。故需另
> 具心眼,得有玄解,乃知宋诗妙处。一以唐人格律绳之,却是
> 不会读宋诗。②

以上几例都将《华严》与苏诗相联系,大概与翁方纲在北京诗
坛的影响多少有关系。但诗毕竟与文不同。将苏诗与《华严》相联
系,大家的着眼点要么转移到诗歌的立意上,如翁诗中说的"华严
圆顿意"和"眼界空花",《静居绪言》中的"另具心眼,得有玄解"。
但在立意上接近《华严经》的诗,在内容上具有佛家三昧,本身并非
纯粹的"世谛文字"。讨论这类诗与《华严经》的关系,与晚明《东坡
禅喜集》中讨论《鱼枕冠颂》《大悲阁记》等文与《楞严经》关系没有
什么本质区别,钱谦益议论中的创见未能体现出来,这是一种议论
的倒退;要么就是泛论苏诗的奔放风格。但诗与文形式差别太大,
钱谦益所悟到的《司马温公行状》《富郑公神道碑》在文字结构上与
《华严经》的相似处,苏诗也不可能具备。

　　所以,将"苏文有得于《华严》"转换到苏诗上,钱谦益所有创造

---

① 王昶《春融堂集》卷二二,清嘉庆王氏塾南书舍刻本。

② 阙名《静居绪言》,郭绍虞编选,富寿荪校点《清诗话续编》,上海古籍出版社 1983 年
版,第 1646 页。该书作者由张寅彭考出为方熏,书名应为《山静居绪言》,见《清阙名
〈静居绪言〉书名作者考》,收于蒋寅、张伯伟主编《中国诗学》第 5 辑,南京大学出版社
1997 年版,第 93 页。

性的意见都被消耗掉了，留下的只是一个空洞的结论，并作为一个没有多少延展性的"故事"出现在类似"寿苏会"的雅集上。而这一观念的继承和转折出现在王士禛那里，真可谓是成也渔洋，败也渔洋。

第二章

唐宋八大家与清代汉学家的古文实践

晚清的曾国藩对桐城派的形成有一段描述。其《欧阳生文集序》曰：

> 乾隆之末，桐城姚姬传先生鼐，善为古文辞，慕效其乡先辈方望溪侍郎之所为，而受法于刘君大櫆及其世父编修君范。三子既通儒硕望，姚先生治其术益精。历城周永年书昌为之语曰："天下之文章，其在桐城乎!"由是学者多归向桐城，号"桐城派"，犹前世所称"江西诗派"者也。①

"天下之文章，其在桐城乎!"这本是程晋芳和周永年恭维姚鼐之语，姚氏用以入文，②始为一般人所习知。曾国藩复宣扬此意，认为"由是学者多归向桐城"，桐城派隐然成为可以统驭清中期以来古

---

① 曾国藩著，王澧华校点《曾国藩诗文集》，上海古籍出版社 2005 年版，第 285 页。
② 姚鼐《刘海峰先生八十寿序》，姚鼐著，刘季高标校《惜抱轩诗文集》，上海古籍出版社 1992 年版，第 114 页。

文圈的文章流派。①

在曾国藩等人的影响下，后世研究清代古文者亦无不把目光聚焦于"桐城派"。郭绍虞就直言："有清一代的古文，前前后后殆无不与桐城生关系。在桐城派未立以前的古文家，大都可视为桐城派的前驱；在桐城派方立或既立的时候，一般不入宗派或别立宗派的古文家，又都是桐城派之羽翼与支流。由清代的文学史言，由清代的文学批评言，都不能不以桐城为中心。"②

然而，如果历史地加以考察，乾嘉古文圈实非桐城派所能统驭。李详曾敏锐地指出：

> 乾隆中程鱼门曾文正谓周书昌，非是。与姚姬传先生善，谓："天下之文章，其在桐城乎！"姬传至不敢承，其《与王惕甫书》但自居宋穆伯长、柳仲涂一流……然鱼门之言，乾嘉时尚无敢以此号召当世。盖去诸老未远，一言不慎，则诘难蜂起。③

可见，姚鼐在当日并非可以号召文坛的古文宗主，当时话语权是掌握在乾嘉诸老手中的，如果他刻意标榜桐城派，则可能遭致"诘难蜂起"。曾国藩在《欧阳生文集序》中亦提及：

> 当乾隆中叶，海内魁儒畸士，崇尚鸿博，繁称旁证，考核一字，累数千言不能休，别立帜志，名曰"汉学"，深摈有宋诸子义

---

① 吴敏树、王先谦都曾对桐城派的称呼表示不满，但反对的理由是他们认为姚鼐的理论乃天下之公言，别立宗派反而让姚鼐的公言变成一派之私言。他们的逻辑中隐然包含以桐城派涵盖整个文坛的意图。
② 郭绍虞《中国文学批评史》，商务印书馆 2010 年版，第 369 页。
③ 李详《论桐城派》，《李审言文集》，江苏古籍出版社 1989 年版，第 887 页。

理之说,以为不足复存。其为文芜杂寡要。姚先生独排众议,以为义理、考据、辞章,三者不可偏废。必义理为质,而后文有所附,考据有所归,一编之内,唯此尤兢兢。当时孤立无助,传之五六十年,近世学子,稍稍诵其文,承用其说。①

他也坦承姚鼐与乾嘉诸老存在学理上的较大分歧,在当日是孤立无助的,姚鼐的观念直到五六十年后才在一定程度上为世人所承用。既然这样,《欧阳生文集序》开头所说的周永年(实为程鱼门)对姚鼐及桐城文的恭维和"学者多归向桐城"之间所存在的时间差,就被曾国藩用"由是"二字轻描淡写地隐去了。发现了这个问题,我们就不能不追问,在这段被隐藏的时间里,既然学者并未都归向桐城,那么桐城之外的古文圈景致是什么样的?

　　其实早在乾隆年间,王昶就对当时的古文圈有一个异于曾国藩的描述,其《与门人张远览书》曰:

　　　乾隆初言古文者,推临川李巨来、桐城方灵皋两公。仆生晚,不得见其人。稍长,始识蒋编修恭棐、杨编修绳武及李布衣果、沈秀才彤,乃知古文渊源曲折所在。四君又先后卒,今之有志乎是者,惟桐城刘教谕大櫆、钱塘杭编修世骏、大兴朱中允筠、桐城姚仪部鼐、嘉定钱中允大昕、族兄鸣盛数人。②

王昶在信中介绍了乾隆文坛上有志于古文创作的十二人。值得注

① 曾国藩著,王澧华校点《曾国藩诗文集》,第286—287页。
② 王昶《春融堂集》卷三〇,清嘉庆王氏塾南书舍刻本。

意的是，其中既有后来桐城派文人所尊奉的三祖，又有在曾国藩、李详文中均居于桐城派对立面的乾嘉诸老。并且在王氏的描述中，方、刘、姚之间的文脉传承关系并没有被特意点出，桐城仅仅是他们的籍贯，他们也并不显得比钱大昕、王鸣盛等人更能代表古文正宗。

　　这种描述或许会让习惯于以桐城派视野观察清中叶古文圈的人们多少有些不适应。现有的研究即便是留心到了经学家的文论，也会刻意关注他们与桐城派古文家之间的区别与对抗，一是会强调二者学术背景中的汉宋之别，二是会夸大双方的文笔之争。在桐城派的视野下，这两种强调的内在逻辑都是将考据学者排除出古文圈，而使得桐城派能够独享古文正宗的地位，哪怕经过他们"净化"后的古文圈比实际要狭小得多。当然，考据学者与桐城派的对抗并不纯然是研究者构建出来的，但过度强调这种对抗，会让双方的壁垒显得明确而固化，反而让人看不到二者内在的融通性。王昶的描述虽然也会带有考据学家的偏见，但毕竟他所认同的古文圈范围比姚鼐、方东树、曾国藩更广阔，也更能反映真实的历史情况。在当时，杭世骏、朱筠、钱大昕等人所创作的古文也确实为人所称道。这就给了我们一个思路，可以从这些考据学者所具有的另一重身份——古文家角度去考察他们的文论，而不是将他们放置在古文圈之外去讨论。那么，作为古文家的考据学者也会面对与桐城派文人相同的问题，他们会如何看待"唐宋八大家"这个古文圈的老话题呢？这是本章要分析的。

第一节　汉学家如何看待唐宋八大家

　　方东树的《汉学商兑》可以视作希望复兴宋学的学者对当时正

如日中天的考据学风发起的一次猛烈进攻。亲炙姚鼐多年的他在书中也不忘对汉学家的文论展开攻击，他反复强调汉学家对唐宋八家文章的唾弃：

> 汉学家论文，每曰"土苴韩、欧""俯视韩、欧"，又曰"斛矣韩、欧"。夫以韩、欧之文而谓之斛，真无目而唾天矣！及观其自为，及所推崇诸家，如屠酤计帐。扬州汪氏谓"文之衰自昌黎始"，其后扬州学派皆主此论，力诋八家之文为伪体。阮氏著《文笔考》，以有韵者为文，其旨亦如此。江藩尝谓余曰："吾文无他过人，只是不带一毫八家气息。"又凌廷堪集中亦诋退之文非正宗，于是遂有訾《平淮西碑》书法不合史法者。①

"土苴韩、欧""俯视韩、欧""斛矣韩、欧"分别出自江藩、段玉裁和焦循的著作，②加上下面提到的汪中、阮元、凌廷堪，方东树所提到的学者几乎都来自扬州学派。然而扬州学派仅仅是清代汉学流派中的一支，以扬州学派诸人的观点来代表汉学家的普遍立场，已经存在以小涵大的问题了。更何况，扬州学派中人对八家的态度也并非如方氏概括的那样整齐划一。李贵生就指出江藩所说的汪中"土苴韩、欧，以汉、魏、六朝为则"，实际上是对汪中的误解。汪氏为文不专一体，对唐宋古文亦多有诵习。而凌廷堪崇尚骈俪，确实对八家颇有微词。李贵生认为："扬州学派的文论有两种不同的取向。这两种取向首先体现在汪中与凌廷堪的分歧之上，后来分

---

① 方东树纂，漆永祥点校《汉学商兑》，凤凰出版社 2016 年版，第 189—190 页。
② 李贵生《传统的终结：清代扬州学派文论研究》，复旦大学出版社 2009 年版，第 20 页。

别由焦循与阮元所继承和发扬。"①因此上文举的扬州学派诸人中，真正视八家为别派的只有凌廷堪、阮元。如此看来，方东树所说的汉学家文论实际上是夸大了扬州学派中部分成员的主张。虽然骈散之争也是清代中后期文坛的重要论题，但作为阮元等人前辈的一些吴派、皖派学者，以及如杭世骏、朱筠这样无法严格限定派系的学者，他们对八大家的态度究竟如何，方东树的讨论并没有涉及。

　　皖派学者以戴震和段玉裁为代表，他们论文喜欢与古文家争辩"考据""义理""词章"三者的本末先后关系，②而不太愿意涉及具体的古文技法，关于唐宋八大家的议论很少。方东树所引的"俯视韩、欧"是段玉裁称颂戴震的话，这里仅反映汉学家心中带有的一种面对古文家的优越感，很难说是具体对八家的看法。可以说皖派学者多是站在古文圈外去谈论古文的，而吴派学者与古文的关系就亲近得多。早在康熙年间，惠栋的祖父惠周惕就曾受业于汪琬，而以古文名世。惠士奇、惠栋虽不以创作古文著称，但至少不会排斥古文，惠栋就曾在《九曜斋笔记》中记录了祖父论古文的心得。③当然，后来吴派经学家传习古文的风气应主要与沈德潜的影响有关。沈德潜于乾隆十四年（1749）归里后主讲苏州紫阳书院，并于第二年选编了《唐宋八家文读本》，此书问世后即风行海内，王昶、王鸣盛、钱大昕等吴地学者又皆出于沈氏门下，显然也会深受此书影响。他们中的许多人后来虽然有志经史，不复以文章名世，但其经学家背后的古文家身份远比皖

---

① 李贵生《传统的终结：清代扬州学派文论研究》，第 20 页。
② 郭绍虞《中国文学批评史》，商务印书馆 2010 年版，第 3467—3471 页。
③ 惠栋《砚溪先生论文遗语》，《九曜斋笔记》卷二，清光绪刘氏聚学轩刻本。

派学者明显。① 下面我们就以吴派经学家为中心来考察经学家对唐宋八家的态度，但讨论范围不局限在吴派经学家。

先来看王鸣盛和王昶的两篇策问：

乾隆二十四年福建乡试策问

问：……唐宋八家之目起于何时？八家之所以高出于诸家者何在？抑其他辅翼八家者，岂别无可取者？元之虞集、揭傒斯、黄溍、柳贯、欧阳玄、吴师道、吴莱、戴表元，明之王祎、宋濂，亦足接武八家否？嘉、隆以后，震川号为大宗，王元美称之曰"千载有公，继韩、欧阳"，推崇至矣。其说可得闻欤？文集之传于世者，指不胜屈，学者不能遍观也，于是乎有选本，而《文粹》《文鉴》《文类》《文衡》，各有专书行世，不特示文家圭臬，并以备一代掌故焉，其法甚善。顾《文鉴》所录，止于汴宋，则建炎以下之文，亦有可得而论列者否？②

壬子科顺天乡试策问

问：自时文作而有古文之名，源流门径，蓁以纷矣。八家之分始于谁氏？唐昌黎韩氏起八代之衰，柳宗元次之，然如李翱、孙樵、刘蜕、皮日休诸人，岂无可采欤？宋初文体疲苶，自柳开、穆修启其先，欧阳修继之，余如苏舜钦、李觏，非欧阳氏

---

① 章太炎《清儒》："初，太湖之滨，苏、常、松江、太仓诸邑，其民佚丽。自晚明以来，喜为文辞比兴，饮食会同，以博依相问难，故好浏览而无纪纲，其流风遍江之南北。惠栋兴，犹尚崇洽百氏，乐文采者相与依违之。及戴震起休宁。休宁于江南为高原，其民勤苦善治生，故求学深邃，言直核而无温藉，不便文士。震始入四库馆，诸儒皆震竦之，愿敛衽为弟子。天下视文士渐轻。文士与经儒始交恶。"

② 王鸣盛《西庄始存稿》卷三六，清乾隆三十年刻本。

之羽翼欤？三苏父子兄弟同时并起，而曾巩颉颃其间，其黄庭坚、张耒、秦观苏门诸子，可得议其优劣欤？南宋之文，莫富于朱子，殆所谓有德有言者欤？元代以元好问、虞集为最，此外尚有卓然名家者欤？明初刘基、宋濂为世所推，固已继此而兴者谁欤？李梦阳起北地，踵之以王世贞，侈言复古。归有光力斥之，其说有可述欤？①

　　这两篇策问分别作于 1759 年和 1792 年。虽然相隔了三十三年，但其中提出的问题却惊人地相似，我们从中可以窥见吴派学者对这类问题是抱有持续性热情的。一方面，王鸣盛与王昶希望学子们去思考唐宋八家之目是如何形成的，这就是希望他们能意识到唐宋八家框架作为文学典范的成立并非天然的，而是被历史地建构出来的。王昶还特别指出"自时文作而有古文之名，源流门径，綦以纷矣。"可见古文门径众多，以唐宋八家作为典范入手并非唯一途径。另一方面，二人都提醒大家留意与八家同时和之后的古文家的价值，这其实是将八家放回到他们所处的历史脉络中去。在具体的脉络中，韩、柳、欧、苏与无数人发生着关联，他们既有同时代的辅翼，又有许多的后继者。他们并非绝世而独立，而是作为古文传承过程中的重要环节而存在。

　　王鸣盛与王昶的这种思路与方苞、刘大櫆以来的桐城派古文家有很大不同。方、刘等人将八家奉为准绳，并建立起从唐宋八家到晚明归有光再到他们的古文传承统序，因此八家在他们心中就多少带有点神圣的宗教意味。既然多少带有宗教意味，他们会尽可能淡化八家之目形成的过程，因为历史地考察一个典范如何

---

① 王昶《春融堂集》卷四六，清嘉庆王氏塾南书舍刻本。

被建构起来,会一定程度上削弱其神圣性。同时桐城诸人也不会将八家放在他们所处的历史脉络中去观察,八家是被抽离出他们的时代而成为万古不变的典范的。因此,方苞选编的《古文约选》除了增加了两汉疏、书的内容外,还是以唐宋八家的文章为主体。晋、唐之间无文入选,八家之后更是空白。刘大櫆更加极端,甚至宣称"八家之外无文"。① 之后姚鼐选编了《古文辞类纂》,该书号称网罗众美,选编范围未尝以桐城派一家之见限之。比如,其中就收录了在《昭明文选》中属于辞赋的文章。但我们发现姚鼐对唐宋文的选择大体仍未超出八家范围,②八家之后也仅仅加入了归有光、方苞、刘大櫆这些桐城古文传承脉络中的人物。关于桐城派对八大家的态度,方东树在《书惜抱先生墓志后》总结得很清楚:

> 自明临海朱右伯贤定选唐宋韩、柳、欧、曾、苏、王六家文,其后茅氏坤析苏氏而三之,号曰八家。五百年来海内学者奉为准绳,无敢异论。往往以奇才异资,穷毕生之功,极精敏勤苦,踊跃万方,冀得继于其后而卒莫能与之并,盖其难也。近世论者谓八家后,于明推归太仆震川,于国朝推方侍郎望溪、刘学博海峰以及先生而三焉。夫以唐宋到今数百年之远,其间以古文名者,何止数十百人。而区区独举八家,已为隘矣,而于八家后又独举桐城三人焉,非惟取世讥笑恶怒,抑真似邻于陋且妄者。然而有可信而不惑者,则所谓众著于天下人之

---

① 《刘海峰先生唐宋八家文选序》,萧穆撰,项纯文点校《敬孚类稿》,黄山书社 1992 年版,第 40 页。
② 唐宋古文于八家外仅增加了元结《大唐中兴颂》、李翱《复性书》《来南录》《行己箴》《祭吏部韩侍郎文》、张载《西铭》六篇而已。

公论也。①

其《答友人书》也表达了类似观点：

> 唐宋以来号能文者，无虑数十百家。日久论定，其卓然不
> 可易者，八家而已。有明一代，独推震川一人，此非后人之敢
> 有所靳许也。②

方东树也提到了唐宋八家名目的形成经过了从朱右到茅坤的过程，但他并不会引导读者在八家的形成上多作思考。而是以不容置辩的语气来突出八大家的权威性："海内学者奉为准绳，无敢异论。"同样地，方东树并非不能意识到"以唐宋到今数百年之远，其间以古文名者，何止数十百人"，在漫长的历史过程中仅仅提取出唐宋八家和桐城三祖作为典范，似乎范围太狭窄了，是会引起世人质疑的。但他并不去思考和解释这种疑惑，而是去忽略世人的质疑，甚至以极大的自信认为将八家抽离出历史脉络的选择乃"天下人之公论"，是"可信而不惑"的。

　　考据学家自然不会认同这是"公论"。关于唐宋八大家的形成，另一位重要的吴派学者钱大昕同样抱有兴趣。他在《十驾斋养新录》卷十六中记载了明成化间李绍关于"七大家"的说法："李绍序《苏文忠公集》云：'古今文章作者非一人，其以之名天下者。唯唐昌黎韩氏、河东柳氏，宋庐陵欧阳氏、眉山二苏氏，及南丰曾氏、

---

① 方东树《考槃集文录》卷五，清光绪二十年刻本。
② 方东树《考槃集文录》卷六，清光绪二十年刻本。

临川王氏七大家。'"①《养新录》中这条记载不只体现了钱氏的博闻，事实上它补充了从元末朱右的六大家到晚明茅坤八大家说法之间过渡的中间环节，让这个从六到八的变化过程展现得更加清楚，也让人们更容易认识到八仍然有可能只是过程中的一环，并非不可再有增损。晚清学者平步青就引用了钱大昕的记载，《霞外攟屑》卷六的"唐宋文选"条曰：

　　　唐宋六家之目，昉自朱右；成化时有七大家；见《养新录》。八家增老苏，则定于荆川、鹿门。本非一定而不容增损者。②

此外，王鸣盛与王昶提到的第二点，即将八家置于历史脉络中去观察，并发掘八家之外的古文家的价值，也是诸多考据学者的兴趣所在。除了策问中提到的与八家同时和之后的其他古文家外，对于八家与前代的联系也是经学家喜欢讨论的。赵翼在《廿二史劄记》中就提出"唐古文不始于韩柳"。他发现《新唐书·文苑传》对大历、贞元间文士传习古文的情况与《旧唐书·韩愈传》的记载有区别，宋祁作为宋初古文运动的代表，在《新唐书》中突出了韩愈作为唐之古文倡始者的位置，而《旧唐书》则指出韩愈之前早有独孤及、梁肃等为先导。通过考察，赵翼赞同了《旧唐书》的说法。③ 这个说法在今天已成常识，而在乾嘉时期提出来却是发人深省的。之后严可均跋永泰二年(766)的《成德军节度使李宝臣纪功碑》时也从风格角度判断其"文体学班、扬，为退之先声"。④ 陈澧在

---

① 钱大昕《十驾斋养新录》，上海书店 1983 年版，第 398 页。

② 平步青《霞外攟屑》，上海古籍出版社 1982 年版，第 430 页。

③ 赵翼撰，曹光甫校点《廿二史劄记》，上海古籍出版社 2011 年版，第 392 页。

④ 严可均著，孙宝点校《严可均集》，浙江古籍出版社 2013 年版，第 334 页。

《三宋人集序》中除了肯定柳开、穆修、尹洙三家古文为欧阳修开先的重要性外，还提到他自己"尝以为元次山、独孤至之亦为韩文公开先，欲选二家文上溯至三国之文不为骈俪者为一集，不可尽以八代为衰"。^① 陈澧不满足于仅找到韩愈在唐代的先导，还希望能梳理出一条从三国以来古文传播的路径。

　　由于考据学者强调重视八家之外的古文家，所以他们于唐宋古文选本也是推崇选录更广的《唐文粹》《宋文鉴》，而非晚明以来流行的八家选本。又由于多数经学家并不反对骈体，也不尽以八代为衰，所以《文选》也是他们所重视的，他们会关注唐代古文与前代的延续性而非简单的革命性。如赵翼就有讨论过《选》学在唐初的影响。^② 王昶曾从军滇南，在"军营六七载，箧中只带《文选》及《唐文粹》"。^③ 戎事倥偬，朝不虑夕，此时随身携带的书定然是他认为需时时诵习的。《唐文粹》在清中叶以来一直颇受考据学者的青睐。顾广圻尝校勘此书，并与金勇同撰《辨证》。同时代的郭麐也著有《文粹补遗》和《文粹考异》。后来浙江藏书家许增约学者谭献重校《唐文粹》并刊行，世称善本，对晚清古文圈影响较大。谭献在《新校本文粹叙》中述说自己校订初衷曰："但欲为唐贤遗文千数百篇读定一善本，而后知振八代之衰，固不独昌黎韩氏一人而已也。"^④这可谓乾嘉以来学者的共同心声。一直到民国中，黄侃也将《唐文粹》抬得很高，认为"《文选》《唐文粹》可终身诵习"。^⑤ 他自己

---

① 陈澧著，黄国声主编《陈澧集》，上海古籍出版社 2008 年版，第 1 册，第 375 页。
② 赵翼撰，曹光甫校点《廿二史劄记》，上海古籍出版社 2011 年版，第 392 页。
③ 王昶佚文，见于王芑孙《惕甫未定稿》卷八，清嘉庆刻本。
④ 谭献著，罗仲鼎、俞浣萍点校《谭献集》，浙江古籍出版社 2012 年版，第 133 页。
⑤ 章璠《黄先生论学别记》，收于程千帆、唐文编《量守庐学记：黄侃的生平和学术》，生活·读书·新知三联书店 1985 年版，第 109 页。

直到去世前一天,虽大量吐血,也仍在圈点《唐文粹补遗》的末二卷。从王昶到黄侃,我们能大致看出《唐文粹》在学者间所受到的重视。

考据学者们在学习古文时重视《唐文粹》《宋文鉴》这类涉及面较广的选本与当时他们热衷蒐求稀见文集、汇总一代文章的行为是一致的。① 既然热衷于求全,希望历史地看待八家,他们就必然不会赞同桐城派为文只学八家,甚至学八家也不去读全集的行为。王昶在《四家文类自序》就对此提出批评:

> 自明茅氏坤论次古文,取八家为毂率。嗣后甄古文者以十数,斤斤焉墨守厥训,不敢有所进退损益。其于篇帙,茅氏取录外,亦不复采置一二,犹划鸿沟而界之也。②

钱大昕甚至从这个角度直接否定了桐城派核心文论——方苞的"义法"说:

> 盖方所谓古文义法者,特世俗选本之古文,未尝博观而求其法也。法且不知,而义于何有!③

确实,如果不博观世间古文,而仅仅从选出的一些八家文来归纳其法,这个法又如何具有普遍性呢? 这样的义法又如何能代表

---

① 考据学者们这种希望汇总一代文章的想法在嘉庆以后开始执行,除了嘉庆时由董诰领衔,阮元、徐松、胡承洪等百余人参加编纂的《全唐文》外,后来严可均编有《全上古三代秦汉三国六朝文》,张金吾也编有《金文最》。
② 王昶《春融堂集》卷四一,清嘉庆王氏塾南书舍刻本。
③ 《与友人书》,钱大昕著,吕友仁标校《潜研堂集》,上海古籍出版社 2009 年版,第 607 页。

世间古文的方向呢？钱氏的否定似乎不无道理。但是，我们若顺
着钱氏的思路去博观古文以约取义法，则会发现这种约取并不容
易操作。当我们不断扩大要考察的文本数量，则它们之间可以被
归纳出的共性会越来越少。即便是就八家中的一家归纳风格，如
以曾巩为例，如果我们关注《南丰类稿》中的所有文章，我们很难说
他具体是什么风格，他有许多文气舒缓的文章，但也不乏简洁雄健
的文章。只有当我们选出认为最具曾巩特色的一些文章，概括其
特色才相对容易，但这种选取过程也多少会带有选文者的主观意
图。很多时候，选文者认为的最具某位作者特色的文章，其数量在
文集中并不占多数。但也只有敢于去选，我们才有可能明确地概
括出一位作者的文风。从晚明以来重视八家选本的古文家都很注
意概括八家的风格，桐城派也不例外。在他们心中八家各具特色，
八家的风格合起来便可代表所有可以想象的古文形式，也因此他
们才会认为八家之外无文。

　　有一个具体的例子，既能印证桐城派古文家论文有唯以八家
限断的狭隘性，又能体现考据学者衡文有多以时代论断而不落实
在具体个人的模糊性。法式善是乾隆时著名的学者、古文家，其
《存素堂文集》所收古文后多有时贤跋语。其中以阮元、洪亮吉、王
芑孙、秦瀛、陈用光为主，这就既包括考据学者，又有桐城派古文
家，与王昶描绘的乾嘉古文圈的构成是相似的。其中又以阮元和
陈用光的评语最能体现两派差异，下面先录几则阮元评语：

　　　　《同馆试律汇钞序》，阮芸台曰：是虞文靖、杨文贞一派
　　文字。[1]

_____

[1]　法式善《存素堂文集》卷一，清嘉庆程邦瑞刻本。

《同馆试律续钞序》,阮芸台曰：渊雅,是东汉人手笔。[1]

《重刻己亥同年齿录序》,阮芸台曰：此文安章宅句,无一不合古人,其疏畅渊雅,真北宋人文字也。[2]

可以发现,阮元会用相对模糊的东汉、北宋来界定文章风貌。即便是涉及虞集、杨士奇,也会强调是他们这一派文字。而且我们能感觉到阮元心中的古文范围很广,东汉和元明人的文风也会被他拿来作对比。洪亮吉也有类似眼界,他在《西魏书后》评曰："似南宋人文字。"[3]与之相比,陈用光的评价则非常具体,他会用具体某个人的风格来比附集中文章,而且他的参照对象被严格限定在八家和归有光。他似乎暗示了这样一种观念：八家古文各有特色,而后世文人所创作的古文但凡有可取处,一定不出八家的范围,一定与八家中的某一家有较大的相似性。陈用光还是参与题跋者中唯一臧否过他人评价的人。如《明大学士李文正公畏吾村墓碑文》后,洪亮吉曰："笔力简峭,似合南丰、半山为一手。"陈用光则加以否定："此文是欧阳,非曾、王也。"[4]在《道镜堂记》后,秦瀛认为："极似《唐文粹》中杂家文字。"[5]虽然秦亦是桐城派中人,但陈用光并不赞同他的观点,他判断："于设色处淡以出之,便是柳州文字,非杂家文字矣。"[6]在这里,我们除了能看到陈用光性格中强势的一面外,也能体会到他力求将一篇文章的风格具体而准确地与

---

① 法式善《存素堂文集》卷一,清嘉庆程邦瑞刻本。
② 法式善《存素堂文集》卷一,清嘉庆程邦瑞刻本。
③ 法式善《存素堂文集》卷三,清嘉庆程邦瑞刻本。
④ 法式善《存素堂文集》卷四,清嘉庆程邦瑞刻本。
⑤ 法式善《存素堂文集》卷四,清嘉庆程邦瑞刻本。
⑥ 法式善《存素堂文集》卷四,清嘉庆程邦瑞刻本。

八家中的某家捆绑起来的苦心。

叙述至此，我们或许会有一个印象，即考据学家将八大家放置在历史脉络中看待，多少带有贬低其文章典范地位的意图，这或许是事实，但这不意味着他们反对学八家文，他们对是否师法八家大多持一种无适无莫的态度。杭世骏在《小仓山房文集序》中说："鹿门八家之说承袭真西山《读书记》中语，虽非定论，要为不失文章正宗，后世尊之者弱，悖之者妄。"①强调既不要过度尊奉，也不宜过分贬弃。焦循在《与王钦莱论文书》中也说为文："不必昌黎、梅庵，不必不昌黎、梅庵，不必琐细佶聱，不必不琐细佶聱也。"②晚清的广东大儒陈澧借郑献甫之言将此意说得更为透彻：

> 道无所谓统也，道有统，其始于明人所辑宋五子书乎！文无所谓派也，文有派，其始于明人所选唐宋八家文乎！自道之统立，文之派别，遂若先秦以来之贤人君子、东汉以来之鸿篇钜制皆可置之不论。……然则宋五子不足宗，八家文不足法乎？曰否。知贤人不止五子，则何病乎宗五子？知古文不止八家，则何病乎法八家？余恶夫徒知有五子、八家者耳，而况问以五子书、八家文，而亦未全寓目也。③

在他看来，如果能够历史地看待八家，并广泛地阅读八家选本外的其他文章，那么学习八家文就不会有什么问题了。

---

① 袁枚著，周本淳标校《小仓山房诗文集》，上海古籍出版社1988年版，第1147页。
② 焦循著，刘建臻点校《焦循诗文集》，广陵书社2009年版，第266页。
③ 《五品卿衔刑部主事象州郑君传》，陈澧著，黄国声主编《陈澧集》，第1册，第186页。

第二节　用欧、曾之法，阐许、郑之学

虽然考据学者不像桐城派古文家那样推崇八家，但他们在学习古文时也难以排除八家文的影响，哪怕他们并不愿公开宣扬这一点。朱一新在《无邪堂答问》卷二曰："东原本学八家，困于考据，未极其才。容甫……叙事诸作，并未改八家面目，而故为大言，卑视韩柳，此乃英雄欺人，学者毋为所吓。"①王闿运在晚清文坛影响也很大，他为文高雅绝俗，宗尚汉魏六朝，曾反对曾国藩从韩愈入手学文，认为："欲从韩愈以追西汉，逆而难。若自诸葛忠武、曹武王以入东汉，则顺而易。"②但他晚年课孙学文，却仍然从八家入手。③　这又是另一个"英雄欺人"的例子。既然表面上卑视韩柳的戴震、汪中、王闿运都会从八家出发去学习或教授古文，那么原本就不排斥八家的吴派学者，受八家的影响则会更明显。

吴派经学自惠周惕肇其始，传至其孙惠栋"犹尚该洽百氏，乐文采者相与依违之"。④　后来王鸣盛、钱大昕扬其波，甚至成为王昶心目中的当世有志于古文者。那么他们的文风是什么样的？钱大昕在《西沚先生墓志铭》中对王鸣盛的古文作了这样的描述："古文纡徐醇厚，用欧、曾之法，阐许、郑之学。"⑤他在《西沚光禄挽诗》中也表达了相同的意思："经传马郑专门古，文溯欧曾客气驯。"⑥关于

① 朱一新著，吕鸿儒、张长法点校《无邪堂答问》，中华书局 2000 年版，第 88 页。
② 钱基博《现代中国文学史》，华中师范大学出版社 2011 年版，第 34 页。
③ 张舜徽《爱晚庐随笔》，华中师范大学出版社 2005 年版，第 166 页。
④ 《清儒》，章炳麟著，徐复注《訄书详注》，上海古籍出版社 2000 年版，第 151 页。
⑤ 钱大昕著，吕友仁标校《潜研堂集》，第 840 页。
⑥ 钱大昕著，吕友仁标校《潜研堂集》，第 1282 页。

钱大昕的文章,王昶在《詹事府少詹事钱君墓志铭》中评曰:"文法欧阳文忠、曾文定、归太仆,从容渊懿,质有其文。"①我们发现王鸣盛与钱大昕为文都师法欧、曾,而这与桐城派古文家的取法方向是一致的。桐城派初祖方苞很早就订立了"学行继程朱之后,文章在韩欧之间"的行身祈向。一方面,方氏对自己的期许虽是"文章在韩欧之间",但是事实上他的文章厚重而雅洁,并没有韩文的雄奇之气,文辞更接近欧、曾。之后的桐城文士,从姚鼐到梅曾亮,为文也多得力于欧、曾,喜阴柔之美。②另一方面,方苞的"学行继程朱之后"也为桐城后学所效慕,章太炎在《清儒》中说:"江淮间治文辞者,故有方苞、姚范、刘大櫆,皆产桐城,以效法曾巩、归有光相高,亦愿尸程朱为后世,谓之桐城义法。"③于是桐城派古文家与钱大昕、王鸣盛为文的同与异就产生了,同的是他们都宣称师法欧、曾,异的是双方文章所要承载的道与学却有很大不同。这就带来了问题,他们为文所继承的是相同的欧、曾文法吗?相同的欧、曾文法是否既适用于阐发许、郑之学,又能承载程、朱之道?抑或为了适应各自所要表达的内容,双方所承袭的是欧、曾文法的不同方面?

前两个问题我们很容易就能给出否定的答案。早在乾隆中,许多古文家就认为考据文和传统意义上的古文在写法上有很大的差异。如袁枚在《与程蕺园书》中说:

　　　古文之道形而上,纯以神行,虽多读书,不得妄有摭拾。韩柳所言功苦,尽之矣。考据之学形而下,专引载籍,非博不

① 王昶《春融堂集》卷五五,清嘉庆王氏塾南书舍刻本。
② 施补华在《复陈子余论韩文书》中曰:"桐城自方灵皋以下,皆知推重退之。然桐城一派实导源欧、曾,托之退之以取重耳,其笔其气其固体不类也。"
③ 章炳麟著,徐复注《訄书详注》,上海古籍出版社 2000 年版,第 151 页。

详,非杂不备,辞达而已。无所为文,更无所为古也。尝谓古
文家似水,非空翻不能见长。果其有本矣,则源泉混混,放为
波澜,自与江海争奇。考据家似火,非附丽于物,不能有所表
见。极其所至,燎于原矣,焚大槐矣,卒其所自得者皆灰
烬也。[①]

秦瀛在《答陈上舍纯书》中也说:

> 　　夫古文中未尝无考据,然考据自考据,古文自古文。治古
> 文而欲废考据,非也;以考据为古文,亦非也。且文以明道,沾
> 沾于寻章摘句、饾饤训诂之学,而形而上者反遗焉。[②]

　　他们都认为古文之道是形而上的,而考据之道是形而下的,因
此创作二者所动用的思维方式和具体写法都是不同的。形而上的
古文更需要动用直觉去内省、去反思,所以袁枚说它"纯以神行",
"非空翻不能见长"。而形而下的考据文则需要实证,需要依靠具
体的事实来归纳和推导出结论,所以"非附丽于物,不能有所表
见",而且为了使论证的结果更有说服力,论据也是"非博不详,非
杂不备"的。
　　当然,这种简单地用形而上与形而下二分古文与考据文的做
法,在当时也有人质疑,如章学诚在《与吴胥石简》中就将矛头直
指袁枚的《与程蕺园书》,并斥袁枚是"风狂人作梦呓语",其理
由是:

---

① 袁枚著,周本淳标校《小仓山房诗文集》,第 1800 页。
② 秦瀛《小岘山人集》文集卷二,清嘉庆刻增修本。

　　古人本学问而发为文章，其志将以明道，安有所谓考据与
古文之分哉！学问、文章皆是形下之器，其所以为之者道也。
彼不知道，而以文为道，以考为器，乃是夏畦一流争论中书堂
事，其谬不待辨也。①

　　事实上，章学诚对袁枚的攻击是并没有弄清楚袁枚所说的"古
文"内涵。如果单纯将文字作为表意的工具，那说它是形而下的并
没有问题。但袁枚所说的"古文"并不是章学诚所说的"文章"，袁
枚说的"古文"既包含了作为表意工具的文字，又包含了所明之
"道"，两者是不可分的，文为道而存，道因文以显，在这个意义上，
袁枚所说的"古文"就具备了形而上的性质。与之相对的考据是双
方都认可为形而下的，不过章学诚似乎觉得考据也并非最终目的，
它最终也是为了道而服务的。但是从具体的古代案例中归纳出的
结论或考察出的事实似乎并不算是形而上的，它更接近沟口雄三
所说的"形而下之理"，因此章学诚虽然认为考证与文章都是达道
之器，但他在上面的叙述中并未认定所明之道一定都是形而上的。
并且章学诚也并未否定袁枚所认为的古文和考据文需要运用不同
的思维，其表达方式存在较大差异。

　　既然大家承认古文与考据文存在的较大差异，那么很显然同
一种欧、曾之法并不能满足两类文章的创作。于是我们要考察的
问题就剩以王鸣盛、钱大昕为代表的吴派经学家师法的欧、曾之法
与桐城派古文家有何不同？在解答这个问题前，我们有必要了解
一下经学家创作古文所侧重的文体。焦循在《钞王筑夫异香集序》
中曰：

---

① 章学诚著，仓修良编《文史通义新编》，上海古籍出版社 1993 年版，第 516 页。

其友朋辨难之文,简篇叙论之作,或出其精华之聚以破蒙
俗,或总其未成之书以俟参订,凡足以羽翼乎经,皆经类也。
墓铭、行状、家传、别传之等,核其实,去其浮,无撰史之职,可以
待撰史者之采用,则史类也。无益于经史,而议论足以成家,骈
俪可以悦目,亦有存而不能废者。盖本诸经者,上也;资乎史者,
次也;出于九流、诗赋者,下也。而皆可以相杂而成集。①

焦循此议论是本着经学家立场而发的,他认为论辨、序录这些羽翼
经传的文章是第一等的,而碑、传、行状之类有益史乘的文章则属
于第二等。无论是序还是碑、传,都是欧阳修和曾巩擅长的文体,
后代文人创作这几种文体多会从揣摩欧、曾笔法入手。但很显然,
考据学家与古文家各自最擅长的文体有所不同。考据学者要阐发
许、郑之学,所适用的文体是前者,阮元在评价王鸣盛的文学成就
时就说:“凡序、记、论、说、考议诸体,皆高视今古。”②这里也点出了
序、论类文章在考据学者文集中的地位。而被焦循视为第二等的
碑、传类文则是桐城派所擅长的。桐城文章“以论辨体、传志体、书
说体、序言体、杂记体为主”,虽然论辨体也能用来探究学术、阐发
程朱之旨,但载之空言终究不如见之行事深切著明,碑传文通过具
体的事件更能生动地传达他们的思想。③对考据学家所擅长的序
体文,尤其是目录序、书序,桐城派古文家则没有表现出那么高的
热情,因此在他们的文集中,辨章学术、阐发思想的目录序、书序,

---

① 焦循著,刘建臻点校《焦循诗文集》,第290—291页。
② 《王西庄先生全集序》,阮元著,邓经元点校《揅经室集》,中华书局1993年版,第
　546页。
③ 钱基博言:“传志体中,以忠孝节烈四者为其所亟力显扬。”见《后东塾读书杂志》,第
　300页。

远较考据学者的为少,而寿序、时文序等文章则偏多。① 此外,刘奕在对比了代表经学家选文标准的《湖海文传》和古文家的重要文章选本《古文辞类纂》后也指出:"双方区分文体最大的歧异体现在对序、跋的分合上。姚鼐合序跋为一类,又单独分出赠序一类。"合序跋为一,则是忽略了二者的区别,也多少反映了他们对序文多重用途的相对忽视。而将赠序独立出来,是因为较之书序,长于"抒情达意,劝勉人我"的赠序更为古文家所喜欢。姚鼐在具体选文上也会重视书序和史序两种,因为古文家颇自负史才,却不擅长条分缕析的目录之序。②

　　如果我们仅从文体角度来看,可能会产生一个判断:考据学者主要继承了欧、曾的目录序、书序写法,而古文家则重点继承了碑、传的写法。这可以反映一部分事实,但仅满足于这样的区分则对双方学习欧、曾之法认识得过于肤浅。古文家虽然不擅长目录序的写作,但他们也还是创作了不少书序,难道他们创作这类序文就不学习欧、曾吗? 他们学习的角度和经学家会存在差异吗? 同样,经学家也会创作碑、传文,他们和古文家的行文风格也会不同吗? 既然本节是以经学家为中心,下面笔者就从经学家青睐的序体文入手,来考察他们和古文家的行文差异。

　　我们先来对比桐城派三祖之一的姚鼐与吴派经学家的代表钱大昕在嘉庆三年(1798)为同一本书所写的序,此书乃谢启昆所著《小学考》。钱大昕的《小学考序》开宗明义,揭示了小学中所包含的声音、文字、训诂之学对于理解六经的重要性:

---

① 钱基博言"序言体中,以寿序时文序为其不愿为而反多为之者。"见《后东塾读书杂志》,第300页。
② 刘奕《乾嘉经学家文学思想研究》,上海古籍出版社2012年版,第97页。

六经皆载于文字者也，非声音则经之文不正，非训诂则经之义不明。①

接着用简洁的语言分别论述训诂、文字与音韵之学的历史沿革，以及叙述历史上的一些学者不重视研究三者对理解经义所造成的危害：

《尔雅》一编，肇始于周公，故《诗》赞仲山甫之德，则曰"诂训是式"；宣尼告鲁哀公，亦云"《尔雅》以观于古"。厥后，七十子之徒，叔孙通、梁文诸人递有增益，如"张仲孝友""瑟兮僩兮""谑浪笑傲"之类是也。后儒执此数言，疑为汉人缀集，各出新意以说经，而经之旨去之弥远矣。

自仓颉创作文字，而黄帝因之以正名百物，古之名，今之字也。古文籀篆体制虽变，而形声事意之分，师传具在，求古文者，求诸《说文》足矣。后人求胜于许氏，拾钟鼎之坠文，既真赝参半，逞乡壁之小慧，又诞妄难凭，此名为尊古，而实戾于古者也。

声音固在文字之先，而即文字求声音，则当以文字为定。字之义取于孳，形声相加，故六书唯谐声为多。后人不达古音，往往舍声而求义；穿凿傅会，即二徐尚不能免，至介甫益甚矣。②

钱大昕在叙述字音部分时已经说明了其与字形、字义的联系。文

---

① 钱大昕著，吕友仁标校《潜研堂集》，第 394 页。
② 钱大昕著，吕友仁标校《潜研堂集》，第 394 页。

字在历代流传中虽有变化，却"形声事意之分，师传具在"，是三者中最为有迹可循的，又由于文字多是形声相加的，所以根据字的声旁可以了解该字的读音。而文字的含义又是可以由字形和字音一起来考察，字形通过象形来暗示字义，而相同声音的文字间又存在一定的联系，故古人会用同声相训的方式来推测字义，以钱大昕为代表的乾嘉学者也特别重视因声求义。钱大昕接下来将三者的关系作了总结：

> 古人之意不传，而文则古今不异，因文字而得古音，因古音而得古训，此一贯三之道，亦推一合十之道也。[1]

三者的关系清楚后，作为包含三者的小学，其重要性便一目了然。那么，在历史上它的地位是否又与其重要性相一致呢？于是，钱氏继续简要地梳理其历史：

> 《汉志》以小学入《六艺略》，后之志《艺文》者莫不因之。秀水朱氏《经义考》，博稽传注，作述源流，最为赅洽，而小学独阙，好古者有遗憾焉。[2]

他说《汉书·艺文志》将小学归入《六艺略》，肯定了小学与经学的密切关系。后代《艺文志》《经籍志》也都延续这一归类，可见小学的较高历史地位和它的实际重要性是吻合的。但清初朱彝尊的经典之作《经义考》中却遗漏了小学部分，从钱大昕的论述逻辑来看，

---

[1] 钱大昕著，吕友仁标校《潜研堂集》，第394页。
[2] 钱大昕著，吕友仁标校《潜研堂集》，第394页。

这是违背历史传统的，因此"好古者有遗憾焉"。所以钱氏下面就很自然地引出了对《经义考》的补完之作《小学考》的著作缘起和此书的价值，为节约篇幅，此处不再引用。我们发现钱大昕的叙述虽有分有合，但叙述方式是跟随逻辑顺向推进的。无论是分开介绍训诂、文字、音韵，还是合起来谈小学，又都是沿着时间发展顺向叙述它们的历史。这种序文风格是许多考据学者都喜欢使用的，他们会觉得能够考镜源流，就可以辨章学术了。

姚鼐的《小学考序》则是另一种写法：

> 六艺者，小学之事，然不可尽之于小学也。夫九数之精，至于推步天运，冥测乎不得目睹之处，遥定乎前后千百载不接之时，而不迷于冥茫，不差于毫末，此术家之至学，小子所必不能也。夫六书之微，其训诂足以辨别传说之是非，其形音上探古圣初制文字之始，下贯后世迁移转变之得失，此博闻君子好学深思者之所用心，小子所不能逮也。至于礼乐，则固圣贤述作之所慎言，尤不得以小学言矣。①

文章一开始并没有直接告诉我们小学能做什么，而是相反，告诉我们小学做不了什么。姚鼐认为"小子"在六艺中的"九数""六书""礼乐"三方面都是力有不逮的。他的写法不是钱大昕那种顺叙的、肯定的，而是用逆向思维从反面去限定小学。当然就更容易看到小学的局限性。此外，姚鼐在写"九数""六书"时，也不是用追溯源流的方式确定其历史位置，而是用描述的手法去体现其博大精深。"冥测乎不得目睹之处，遥定乎前后千百载不接之时"，类似

---

① 姚鼐著，刘季高标校《惜抱轩诗文集》，上海古籍出版社 1992 年版，第 62 页。

这样的句子,句式排偶,又多用虚词,使我们在舒缓的语言节奏中产生想象,想象推演数术的过程是要穿梭于时空中,弹指间就上下千年。与之相比,钱大昕对文字、音韵、训诂的历史追溯则是叙述外还有引证,句子也都是实有所指,没有夸张的描述语,无法给读者更多想象的空间。

接下来,姚鼐才引出了小学是什么的议论:

> 然而谓之小学者,制作讲明者君子之事,既成而授之,使见闻之端于幼少者,则小子所能受也。①

为了让人们更清楚地理解小学的作用与地位,他还打了个比方:

> 今夫行万里穷山海者,纪其终身之所履,艰危劳苦之所仅获,以告于居不出于室中者,可以一日而尽得也。夫小学者,固亦若是而已。②

比喻的本质就是抓住两种不同事物的相似性,用一事物喻另一事物。而这二者的相似处不会在文字中点明,读者需经过一定的思维活动来自行建立起二者的关联。无论是文章开头引导读者去逆向思考小学不是什么,还是通过舒缓、排偶的描述性语言让读者产生联想,再到此处使用比喻,姚鼐一直在调动读者的思维,让读者也参与文本生成中。他除了通过比喻来引导读者外,在其他

---

① 姚鼐著,刘季高标校《惜抱轩诗文集》,第 62 页。
② 姚鼐著,刘季高标校《惜抱轩诗文集》,第 62—63 页。

序文中还大量使用了反问。这种写作手法并非姚鼐的个人特色，可以说是桐城文章的共同特点。[①] 反问能够让原本的直线叙述突然被截断，使读者在叙述停顿之际回头关注前面的叙述，并思考作者在此提出的问题。这种加入了反问的文章在叙述思路上就有顺有逆，行文的速度也有快有慢。如果以行车与作文相比，则考据学者的文章如同驾车在一条笔直的公路上匀速前进。而重视文境波澜的桐城文人则喜欢穿街过巷、忽快忽慢，还时常急刹车。如果说语言预设了对话关系，任何文本内部都交织着许多重对话关系，[②]则姚鼐文章中最突出的对话就是写作主体与读者的对话，他在写作过程中无时无刻不在诱导和启发读者参与他的话题。而钱大昕等考据学者则更注重与外部文本（尤其是前代文本）的对话，对他们来说，读者只是一个简单的受众，只需接受他们的考据结果就好，不需要过多参与文本生成。

　　总之，桐城文人因为要阐发的程朱之理相对抽象，不是可以用直叙的方式来清楚表述的外在知识，所以桐城文要使用对比、假设、反问的手法来引导读者去思考，要让人通过内在体悟来接近程朱之理，所以文字本身就得留有想象的空隙，不能是密不透风的。而考据文多为辨析学术源流、探求古代典章的详情而作，故只需逻辑严密，证据可靠，就能指向一个确定答案，所以叙述过程较少波澜反而能让表达更加清楚，这类文字是严谨的，密不透风的。以上通过对两篇《小学考序》的分析大致展现了考据学者与古文家在序文描写手法上的较大差别，那么，这两种风格是否都能在欧、曾序

---

① 我们在方苞、刘大櫆、姚鼐的序文中可以看到大量的反问句。
② ［法］茱莉亚·克里斯蒂娃著，祝克懿、黄蓓编译《主体·互文·精神分析：克里斯蒂娃复旦大学演讲集》，生活·读书·新知三联书店 2016 年版，第 13 页。

文中找到依据呢？

　　姚鼐在编纂《古文辞类纂》时就为他的这种文风找到了充分的依据。《古文辞类纂》所收录的序跋类文章大体偏于寄托感慨、发表议论一类。如所选司马迁《六国表序》。《六国表序》诸作虽也有叙述史实的内容，但主要是作者为发表议论而作的，行文愤激卓诡，多唱叹起伏。刘向的《别录》遗文尚有多篇存世，而姚鼐仅选《战国策序》一篇。姚鼐虽认为它"不若《过秦论》之雄骏"，但将之与策论文比较，也说明姚鼐认同该文的特色在议论。该文并非仅是简述春秋到战国的历史变迁事实，而是"述春秋所以变为战国"（方苞语），①其中的议论颇能体现刘向的史识。至于刘向序文中的另一类，如《管子书录》《晏子叙录》等文，主要内容是考察成书情况和介绍作者生平，其中议论的成分很少，这类序文便不受姚鼐青睐。对欧、曾序文的选择，姚鼐依然延续他的标准，重点选择议论精彩的文章。如欧阳修的《唐书艺文志序》、曾巩的《战国策目录序》《新序目录序》等，虽然也有考订和叙述史实或介绍成书情况的内容，但这些文章都在考订之外有篇幅不小的议论。若序文仅仅是为考订史实而作，如欧阳修的《孙子后序》《帝王世系图序》、曾巩的《鲍溶诗集目录序》《李白诗集后序》等文，便不会出现在姚鼐的古文选本中。到了选择桐城中人文章时，姚鼐的序文品位更加表露无遗。《古文辞类纂》一共选了方苞、刘大櫆三篇序文。其中姚鼐对方苞的《书孝妇魏氏诗后》和刘大櫆的《海舶三集序》皆有评语，他认为前者"议论好"②，而后者"有奇气"③。姚鼐的品位正可以

---

① 吴孟复、蒋立甫主编《古文辞类纂评注》，安徽教育出版社 2004 年版，第 234 页。
② 吴孟复、蒋立甫主编《古文辞类纂评注》，第 363 页。
③ 吴孟复、蒋立甫主编《古文辞类纂评注》，第 365 页。

从"议论"和"奇"二字读出。

以姚鼐为代表的古文家，他们的序文写法能从宋代的欧、曾上溯到西汉的司马迁，可谓渊源有自，而考据学者同样能从刘向到欧、曾的序文中找到与他们文风接近的另一条脉络，在姚鼐的选本之外，欧、曾的另一类专注考古、述古而较少议论的序文，写法则与考据学者的写法很相似，为了能让读者直观地体会这类文章的风格，下面就以欧阳修的《孙子后序》和曾巩的《李白诗集后序》为例，将这两篇文章全文引用于下：

孙 子 后 序

欧阳修

世所传《孙武》十三篇，多用曹公、杜牧、陈皞注，号《三家孙子》。余顷与撰四库书目，所见《孙子》注者尤多。武之书本于兵，兵之术非一，而以不穷为奇，宜其说者之多也。凡人之用智有短长，其施设各异，故或胶其说于偏见，然无出所谓三家者。

三家之注，皞最后，其说时时攻牧之短。牧亦慨然最喜论兵，欲试而不得者，其学能道春秋、战国时事，甚博而详。然前世言善用兵称曹公，曹公尝与董、吕、诸袁角其力而胜之，遂与吴、蜀分汉而王。传言魏之诸将出兵千里，公每坐计胜败，授其成算，诸将用之十不失一，一有违者，兵辄败北，故魏世用兵，悉以《新书》从事，其精于兵也如此。牧谓曹公于注《孙子》尤略，盖惜其所得，自为一书。是曹公悉得武之术也。然武尝以其书干吴王阖闾，阖闾用之，西破楚，北服齐、晋，而霸诸侯。夫使武自用其书，止于强伯。及曹公用之，然亦终不能灭吴、蜀,岂武之术尽于此乎,抑用之不极其能也? 后之学者徒见其书,又各牵于己见,是以注者虽多而少当也。

独吾友圣俞不然,常评武之书曰:"此战国相倾之说也。三代王者之师,司马九伐之法,武不及也。"然亦爱其文略而意深,其行师用兵、料敌制胜亦皆有法,其言甚有次序。而注者汩之,或失其意。乃自为注,凡胶于偏见者皆抉去,傅以己意而发之,然后武之说不汩而明。吾知此书当与三家并传,而后世取其说者,往往于吾圣俞多焉。圣俞为人谨质温恭,衣冠进趋,眇然儒者也。后世之视其书者,与太史公疑张子房为壮夫何异?[1]

李白诗集后序

曾　巩

《李白诗集》二十卷,旧七百七十六篇,今千有一篇,杂著六十篇者,知制诰常山宋敏求字次道之所广也。次道既以类广白诗,自为序,而未考次其作之先后。余得其书,乃考其先后而次第之。

盖白蜀郡人,初隐岷山,出居襄汉之间,南游江淮,至楚观云梦。云梦许氏者,高宗时宰相圉师之家也,以女妻白,因留云梦者三年。去,之齐鲁,居徂徕山竹溪。入吴,至长安,明皇闻其名,召见以为翰林供奉,顷之不合去。北抵赵、魏、燕、晋,西涉岐、邠,历商於,至洛阳,游梁最久。复之齐、鲁,南浮淮、泗,再入吴,转徙金陵,上秋浦、浔阳。天宝十四载,安禄山反,

---

[1] 欧阳修著,洪本健校笺《欧阳修诗文集校笺》,上海古籍出版社 2009 年版,第 1089—1090 页。

明年明皇在蜀，永王璘节度东南，白时卧庐山，璘迫致之。璘军败丹阳，白奔亡至宿松，坐系浔阳狱。宣抚大使崔涣与御史中丞宋若思验治白，以为罪薄宜贳，而若思军赴河南，遂释白囚，使谋其军事，上书肃宗，荐白材可用，不报。是时，白年五十有七矣。乾元元年，终以污璘事长流夜郎，遂泛洞庭，上峡江，至巫山，以赦得释。憩岳阳、江夏，久之复如浔阳，过金陵，徘徊于历阳、宣城二郡。其族人阳冰为当涂令，白过之，以病卒。年六十有四，是时宝应元年也。其始终所更涉如此，此白之诗书所自叙可考者也。

范传正为白墓志，称白"偶乘扁舟，一日千里，或遇胜景，终年不移"，则见于白之自叙者，盖亦其略也。《旧史》称白山东人，为翰林待诏；又称永王璘节度扬州，白在宣城谒见，遂辟为从事。而《新书》又称白流夜郎，还浔阳，坐事下狱。宋若思释之者，皆不合于白之自叙。盖史误也。

白之诗，连类引义，虽中于法度者寡，然其辞闳肆隽伟，殆骚人所不及，近世所未有也。《旧史》称白"有逸才，志气宏放，飘然有超世之心"，余以为实录。而《新书》不著其语，故录之，使览者得详焉。①

这类序文重视所论书籍的版本信息，有考有证，叙述平稳而少波澜，结论的得出完全依照证据。欧阳修、曾巩不会引导读者去反思，他们自己也不做过度的推测，不寄托个人的理想。钱大昕与其他考据学者的目录序、书序写法与之很相似。但是与考据学家文风接近的这条脉络一直被古文家所压抑，这里说的古文家并不仅

① 曾巩撰，陈杏表、晁继周点校《曾巩集》，中华书局 1984 年版，第 193—194 页。

指清代的桐城派,晚明以来的唐宋派古文家在序文的写法上与桐城派意见也很接近。如茅坤就认为曾巩《李白诗集后序》"不论着李白诗,而独详白生平踪迹,此其变调也"。① 在茅坤看来,此序的"正调"写法应该是就李白诗发表议论,而不仅仅是对李白生平作外围的考察。这正如桐城古文家认为的序文"正调"显然也不是满足于考订清楚一本书目录的次第和作者的生平,他们需要对所评价的书和作者给予自己的主观评价,并在序中宣扬自己所信奉的思想。对此,清初著名学者何焯表示不赞同,《义门读书记》卷四一云:"为考白诗之先后而次第之,故于白始终所更涉特详,而并辩新旧二书之误,或以为'变调'者,谬也。"②但何焯给出的理由仅仅是说明了考察李白行迹对确定李白诗先后有重要价值。他并没有去思考序文怎样写才是主流,他没有充分的理由否定茅坤的"变调"说。可以说何焯的观点很接近乾嘉考据学者们,但也正如考据学者们在古文领域常常无法与桐城派古文家在同一平面上沟通一样,何焯的意见与茅坤的观点没有形成对话。

通过本节的考察,我们可以大致作两点小结:

一是以钱大昕、王鸣盛为代表的吴派考据学者在书序体的古文创作上与桐城古文家异趣,考据学者倾向于顺序的方式,平稳地对一部古籍中的问题娓娓道来,这种叙述方式是沿着逻辑推演的过程,有条理地进行的。而以姚鼐为代表的桐城古文家则喜欢在序文中加入设问,让叙述的过程有进有退,人为地制造了一些文境波澜,他们也更喜欢在书序中加入议论。

二是考据学者与桐城古文家书序写法虽有差别,但他们双方

---

① 高海夫主编《唐宋八大家文钞校注集评》,第 3869 页。
② 高海夫主编《唐宋八大家文钞校注集评》,第 3869 页。

的写法都可以从欧、曾序文中找到渊源，因此二者皆是师法欧、曾的。只是考据学者所师法的另一种欧、曾之法，一直被古文家的欧、曾之法压抑着，随着桐城派的古文地位日益巩固，这一被视为"变调"的欧曾之法，便愈加隐晦了。

还需要强调的是，我们现在所常说的欧、曾文风其实是被明清以来的古文家逐渐建构起来的，这种风格并不能包含欧、曾文的全部特色。① 当然，笔者此文并非要站在考据学者的立场上去否定"变调"之说，我们也无法认为《古文辞类纂》中未选的欧、曾序文就比其中所选的更具欧、曾特色，更为"正调"。笔者在此只是将过去常常被忽略的考据学者们师法欧、曾序文的角度揭示出来，希望能够让人们了解考据学家的序文写法，虽不同于桐城派古文家，但也同样可以从欧阳修、曾巩那里找到影子。

第三节　汉学家对韩、柳碑传文的态度

作为唐代古文家代表的韩愈、柳宗元在文体改革上取得的一个重要成绩就是开创了碑传文的新境界。陈寅恪在《长恨歌笺证》中列举了唐代两个墓志，并批评它们虽为不同人而作，但写法上公式化严重，先写什么、后写什么完全一致，用的词汇也高度相似。接着，陈氏夸赞"昌黎、河东集中碑志传记之文"，"多创造之杰作"。② 这里的创造应该就表现在韩、柳能在形式上突破固有程式，内容上避免剿袭雷同。他们能够根据传主的不同特点写出符合人

---

① 其实唐宋八大家中每一家的风格，都是一代代古文家所归纳出来的，他们会选取他们所认为的最具这些大家特色的文章来归纳特色。因此就会造成一个问题，以韩愈为例，韩愈的很多文章很可能在这些古文家看来，是很不韩愈的。

② 陈寅恪《元白诗笺证稿》，生活·读书·新知三联书店 2001 年版，第 3 页。

物情态的作品。钱穆在《杂论唐代古文运动》一文也指出："碑志既缚于题材、碍于情面,又限于文体。盖碑文当勒之金石,体尚谨严,文须韵藻,并不与其他散文同其渊源,亦复与史传性质有别。而韩公为之,乃刻意以散文法融铸入金石文而独创一体。"①在钱穆看来,韩愈的创造性体现为他能用散文来写碑志。因为传统的碑志文需韵藻,与散文不同源,而是更接近骈体。总的来说,我们可以认为唐代古文家所开创的碑传文新境界包含形式和内容两个方面:形式层面包括文体上的以散文法融入金石文和对碑文固有书写要例一定程度上的抛弃;内容上则由于不受碑文固有书写要例的限制而能更好地描绘传主的个性,做到千人千面。

　　韩、柳的碑传文写法被他们的宋代后学所继承,并为后代古文家所尊奉。清代的汉学家们因各自看待古文的不同态度,形成了对这种碑传写法折截然相反的评价。反对韩柳碑传体的人大抵以古为贵,认为碑文义例应该坚守,不应该随便抛弃古法创为新格。如钱泳《履园丛话》中就提到碑文有定体:"唐人撰文皆如此,至韩昌黎碑志之文,犹不失去古法。惟《考功员外卢君墓铭》《襄阳卢丞墓志》《贞曜先生墓志》三篇,稍异旧例,先将交情家世叙述,或代他人口气求铭,然后叙到本人。是昌黎作文时偶然变体,而宋、元、明人不察,遂仿之以为例。"②他有意将韩愈所开创的碑文新境界轻描淡写地表述为"偶然变体",并将后代文人的继承看成是"不察"的结果。他心中的碑传正体应当是韩柳改革文体之前的状态。之后,扬州学派的代表人物、倾向骈文创作的阮元也有着与他相似的态度。阮亨在《瀛洲笔谈》记其从兄阮元对碑传体的看法云:"墓

---

① 钱穆《中国学术思想史论丛(四)》,生活·读书·新知三联书店2009年版,第49页。
② 钱泳著,张伟点校《履园丛话》,中华书局1979年版,第82页。

碑、墓志，古人于首行标题之，次行未有不从君讳某起者，而今人无不别冠以死者交情及子孙乞铭，不获辞。"①王葆心认为："阮意盖欲人用唐人碑版不变之体，而不尚宋人好变之体也，犹是恶八家之旨也。"②此言得之。时代稍晚于阮元的另一位扬州学者刘宝楠在《张穆〈汉石例序〉引》中说："其书爵里姓名为传体，其书生卒年月为状体。魏晋以降，迄于唐初，谨守其法。韩柳上法庄荀，工于思议而体制寖失。"③他也因韩柳碑志丧失古法而感到可惜。为何这些汉学家会特别在意要恢复被韩、柳所抛弃的碑传旧法呢？主要原因可能有两方面。其一，汉学家中许多人有以古为是和以古为贵的理念，因此他们对于从古传下来的义例、体制看得比碑传内容更重要。他们会单纯认为古法保存下来本身就值得研究，它能够拉近我们和过去的距离，方便我们去研究过去。其二，传统的碑志文"体尚谨严，文需韵藻"，会让倾向于骈文创作的汉学家更加青睐。阮元、刘宝楠都是这一阵营的学者，虽然他们在上述言论中没有提及骈散优劣，但我们猜测他们反对韩、柳碑志文很可能也与他们的文体品位有关。

除了反对的声音外，支持韩、柳碑志文的汉学家也很多。他们大多是亲近八大家，并在古文创作上颇有心得的人，比如王昶所称有志于古文的杭世骏和朱筠，以及既长于古文创作又深于金石学的王芑孙。杭世骏在《复梁少师书》中就认为碑志文："原无一定之制，亦无一定之例也，而为金石之例者，必沾沾执一例以相绳，不亦颠乎？"④他批评了执着于金石旧例而不能随时变通的行为。朱筠

① 转引自王葆心《古文辞通义》，收于王水照编《历代文话》，第8册，第7945页。

② 王葆心《古文辞通义》，收于王水照编《历代文话》，第8册，第7945页。

③ 刘宝楠《张穆〈汉石例序〉引》，《汉石例》卷首，商务印书馆1937年版。

④ 杭世骏《道古堂文集》卷二一，清乾隆四十一年刻、光绪十四年汪曾唯修本。

在《邵念鲁先生墓表》一文的最后替邵念鲁先生写了铭文，而旧例墓表不应有铭。朱筠为证明这样做的正当性，除了引黄宗羲《金石要例》中"墓表有铭不可谓非也"作为依据外，更提到自己这样做是"兼取义于昌黎韩子所以铭施士丏者"。[①] 可见他在碑文创作中会有意识地效仿韩愈碑文作法，哪怕这样写不合古法。王芑孙对韩愈碑传体的推崇更为直白，他在《碑版文广例》自叙中说："碑版莫盛于韩欧，韩以前非无作者，凡其可法韩欧则既取而法之矣。其不可法韩欧亦既削而去之矣。韩以后非无作者，能以韩欧之例，例秦汉、例元明，无往不失矣。"[②]在他看来，韩欧的碑文标准才是最高标准，可以用他来衡量历代的碑志文。

　　以上主要从碑文体制、义例角度叙述了汉学家群体对韩柳碑志文的两类不同看法。[③] 从碑志文扩大到包括传、记在内的广义的史传体文章，以韩愈为代表的古文家在具体的写法上也有自己的特色。对这个特色的评价在汉学家内部也有分歧。

　　在谈分歧前，我们先来看韩愈的史传文写法上的特色是什么。罗联添尝言："韩愈用古文写作七十多篇碑传文，布局因人而异，运笔变化无穷。""而更为难能可贵的，是善于无中生有，从无可着笔处着笔。如殿中少监马君（继祖）墓志，墓主实无事功可记，然出之以情，哭马氏祖孙三代，寓人世沧桑之感，遂成动人篇章。"[④]"无中生有"乃是韩愈遇到传主无事可记时别出新意的写法。罗氏尚未言及韩愈为功烈显著的人物作碑传时所采取的叙述策略。对于这

---

① 朱筠《笥河文集》卷一一，清嘉庆刻本。
② 王芑孙《碑版文广例自叙》，《碑版文广例》，清道光二十一年刻本。
③ 党圣元、陈志扬的《清代碑志义例：金石学与辞章学的交汇》对此问题分析得更为详细，可参考。发表于《江海学刊》2007 年第 2 期。
④ 罗联添《韩愈研究》，天津教育出版社 2012 年版，第 208 页。

类事迹较多的人物,韩愈往往会详细记述几件最能传神的事,而略写其余的经历,这样既突出了人物性格,又让文章不那么枝蔓。方苞评韩愈《赠董太傅行状》曰:"此韩文之最详者,然所详不过三事,其余官阶皆列数,而不及宦迹,虚括相业。"①韩文之最详者如此,其余可想而知。韩愈正是通过这两种写法做到所写的碑文千人千面的。韩愈和不同的传主有不同的交情,故对于无事可记者,他可以在文中每次都注入不同的情感,这样不同的传记就不会雷同。而对于经历丰富的传主,他又会挑选其异于常人的事迹来凸显传主的个性,这类的事迹未必是经国大业,有可能是很琐细的小事,但绝对是既能传神又与众不同的。韩愈不太喜欢详细描绘官阶和宦迹,也许在他看来,时代相同,地位、身份相近的人会拥有相似的履历,仅仅罗列官职和详述宦迹并不能塑造出一个活生生的、独特的传主。

　　清代古文家方苞尤其推崇碑传文在面对传主无事可记时以感情缥带其中的写法。他在《与程若韩书》中针对世人诵欧阳修王恭武、杜祁公诸志不如黄梦升、张子野诸志之熟,遂感慨:"在文言文,虽功德之崇,不若情辞之动人心目也,而况职事族姻之纤悉乎?"②这话引起了汉学家钱大昕的不满:

　　　　然则使方氏援笔而为王、杜之志,亦将舍其勋业之大者,而徒以应酬之空言了之乎? 六经、三史之文,世人不能尽好,间有读之者,仅以供场屋馈饤之用,求通其大义者罕矣。至于传奇之演绎,优伶之宾白,情词动人心目,虽里巷小夫妇人,无不为之歌泣者,所谓曲弥高而和弥寡,读者之熟与不熟,非文

---

① 吴孟复、蒋立甫主编《古文辞类纂评注》,第 1227 页。
② 方苞著,刘季高校点《方苞集》,第 181 页。

之有优劣也。①

我们也就文言文,方氏信中只是要表达纯粹描绘功德勋业的文章不如描绘交情、夹杂感慨的文章更能打动人心,他并没有说自己写一篇传记会完全舍弃功业不记。故钱大昕所谓的"使方氏援笔而为王、杜之志,亦将舍其勋业之大者,而徒以应酬之空言了之乎"并非平情之论,对此王葆心已有批评。② 但是方苞确实在信中流露出对功业的不够重视,此外他还认为功业尚且不如情词动人,更何况详细记载职事族姻呢? 所以在实际创作中,方苞及其后学确实不会完整记录传主的功业,而只是选取有代表性的详细描写。对于职事族姻,则更会尽可能少费笔墨。所以他们笔下的人物作为独立的个人都是形象丰满、余韵无穷的,但是要想通过他们描写的人物来考察其完整的经历以及与社会的关系,则往往又会觉得材料不足。这其实反映了桐城派古文家和大部分汉学家写作理念和目的上的一个差异。桐城派古文家更重视的是描写个人,他们更希望突出这个人的独特性。可独特性该怎么体现? 单纯地罗列这个人的简历也许并不能很好地表现,我们只能通过在一些具体事件中,他说了什么、做了什么来表现。而这类的事件往往并非家国大事,一个人在政治舞台上的表现很多时候未必真实反映了他的内心,反而是在与朋友、家人乃至家中童仆的交往中,更能反映他是什么样的人。汉学家对于考察传主个体的独特性没有桐城派古文家那么执着,他们希望通过传主的经历来给传主做一个定位。因此方苞不重视的职事族姻恰恰是重视考史的汉学家最看重的。二

---

① 《与友人书》,钱大昕著,吕友仁标校《潜研堂集》,第 607 页。
② 王葆心《古文辞通义》,收于王水照编《历代文话》,第 8 册,第 7944 页。

十世纪的历史学家陈寅恪就表示仕与婚是把握唐代社会史很重要的因素。① 其实不惟唐代,仕与婚的信息对于考察任何一个时代的社会风俗和职官制度都是不容忽视的。清代汉学家也会觉得通过职事族姻能够在一定程度上对一个人做出定位。

下面笔者要通过分析两段描写,来说明桐城派古文家与一般汉学家在描写人物时写法的不同。为了让比较更具有说服力,笔者选取的是姚鼐的《朱竹君先生传》和钱大昕《内阁侍读严道甫传》,两篇的传主所处时代相同,且都在京师担任修纂官,两段描写又都与刘统勋有联系:

> 先生初为诸城刘文正公所知,以为疏俊奇士。及在安徽,会上下诏求遗书。先生奏言:"翰林院贮有《永乐大典》,内多有古书世未见者,请开局使寻阅。"且言搜辑之道甚备。时文正在军机处,顾不喜,谓"非政之要而徒为烦",欲议寝之,而金坛于文襄公独善先生奏,与文正固争执,卒用先生说上之。四库全书馆,自是启矣。先生入京师,居馆中纂修《日下旧闻》。未几文正卒,文襄总裁馆事,尤重先生。先生顾不造谒,又时以持馆中事与意迕,文襄大憾。一日见上,语及先生。上遽称许"朱筠学问文章殊过人",文襄默不得发,先生以是获安。②

> 乾隆二十七年,天子巡幸江南,长明以献赋召试,特赐举人,授内阁中书。甫任事,即奏充方略馆纂修官,以书局在内廷,许悬数珠。中书在书局得悬数珠,自此始也。一日,户部

---

① 陈寅恪《元白诗笺证稿》,第116页。
② 《朱竹君先生传》,姚鼐著,刘季高标校《惜抱轩诗文集》,第141—142页。

奏《赋役全书》,所载杂项钱粮,名目烦多,请并入地丁项下,内阁已票拟依议矣,长明言于刘文正公统勋曰:"杂项既经折色,即为正供,若并去其名目,异日如薪、红茶、药之类,更有需用,必复加征,是重困民也。"刘公曰:"不图后生有此说论。"即令驳止之。因荐入军机处行走。[①]

　　姚鼐的此段描写涉及两件事。一是朱筠在是否开四库全书馆的问题上并未因早年受刘统勋的赏识而顺承他的意图。此时于敏中支持朱筠的意见与刘统勋据理力争,最终四库馆得以开启。二是在于敏中负责馆内事务时,本应对于氏感恩的朱筠却并未表现出过度的热情,他并不去拜访于敏中,还常常因为事情忤逆这位上司的意思,这让于感到非常遗憾,甚至有了要在皇帝面前中伤朱筠的意图。由于皇帝当着于敏中的面夸奖朱筠的学问文章,于敏中才放弃了攻击,朱筠得以平安。姚鼐通过描写两件不合常理的事,用简洁的语言勾勒出朱筠不顾私情、刚正不阿的形象。姚鼐在文章中只交代了朱筠对开四库馆的意见,并没有描写他在四库馆中的其他事件,对于朱筠因何事忤逆于敏中也略过不写,可见记录事件并不是他的目的,勾勒人物性格才是他重视的。与之相反,详细而准确地把握事件是钱大昕所追求的,因此他在描绘严长明担任纂修官时,详细地记录了他和刘统勋关于《赋役全书》的对话。后人可以通过类似对话考察清代赋役制度。虽然通过这些对话也能看出严长明敢于直言的性格,但是钱大昕的描写过于平静,不如姚鼐善于通过冲突和对比来凸显人物性格,故不及姚文余韵无穷。此外钱大昕在文中提到在严长明任修纂官时,中书在书局开始可

①《内阁侍读严道甫传》,钱大昕著,吕友仁标校《潜研堂集》,第 665 页。

以悬数珠,这对考察清代冠服制度的演变是非常重要的史料,但对描写严长明却没有帮助。记录这个内容纯粹是因为他对保存史料的强烈兴趣。

王昶也和钱大昕一样注重碑志的史料价值,他在《与沈果堂论文书》中说:

> 墓志不宜妄作。志之作与实录、国史相表里,惟其事业焯焯可称述,及匹夫匹妇为善于乡而当事不及闻,无由上史馆者乃志以诏来兹,以示其子孙。舍是则皆谀辞耳。①

王昶是强调要记录"事业焯焯可称述"处,既然如此,似乎不那么重大的事件都没有必要写,这个观点不仅与桐城派的趣味对立,其实也在一定程度上对韩愈开创的碑传文风做了否定。

汉学家中也有部分支持韩、柳碑传文的作者,以朱筠和焦循为代表。李威《从游记》中详细记载了老师朱筠的学行,其中有关于老师创作碑传文的经验:

> 先生诗古文词并于昌黎为近,每为人作传志表状诸篇,必先进其子孙或亲故,令缕述其生平事迹,得一二殊异者,乃喜曰:"传神专在是矣。"不知者病其毛举细故,及文成读之,始觉生动婉挚,神理逼真。②

朱筠希望从传主生平事迹中选择一两件"殊异"的事来写,而

---

① 王昶《春融堂集》卷三〇,清嘉庆王氏塾南书舍刻本。
② 李威《从游记》,见朱筠《笥河文集》卷首,清嘉庆刻本。

这类"殊异"的事往往未必是"焯焯可称述"的大事,因此会有人"病其毛举细故"。但是朱筠显然知道很多时候传神就在这"细故"中,"焯焯可称述"的大事往往是由众人合力做成的,而且事件本身头绪繁多,对个人性格的描绘容易被淹没在复杂的事件叙述中。反而是"细故"条理简单,人物的性格也往往在简单的待人接物中表露无遗。

焦循并未像朱筠那样对如何学习韩愈碑传提出方法上的意见,但他在《里堂家训》中的叙述表明他也非常倾慕韩、柳碑传能传神地描写人物:

> 叙事之文,尤为重大,春秋、楚、汉之人,后世岂绝无之?得《左》《史》以为之传,便精采百倍。韩昌黎之于南霁云、何蕃,李习之之于高愍女,柳柳州之于段太尉,杜牧之之于燕将谭忠,孙可之之于何易于,采入史传,顿生光彩。至于难状之状,难写之情,一经点次,如见如诉。宜从《左》《史》入手,参之以《庄》《列》诸子,广之以韩柳诸集,大之能包括一切,细之能穷极毛发,繁简长缩所不拘也。[1]

他没有像桐城派古文家那样对文章一味求简,但也并非认为只需要记述功业之大,他认为文章应该做到细大不捐,他这个观点在《文说三》中也有表述:

> 《左氏春秋》,一人之笔也,或一二言而止,或连篇累牍,千百言而不止。一二言未尝不足,千百言未尝有余,灾变战伐,

---

[1] 焦循《里堂家训》卷下,稿本。

下至琐衮猥鄙之事，无不备载。未闻徒举其大端而屏其细故以为简也，而文自简。[①]

这里的"徒举其大端而屏其细故以为简"不知是否是指桐城派古文家，如果是，那么焦循有一个误解。桐城派求简，但是非常看重细故，他们很多时候是徒举细故而屏其大端。不过焦循至少表明了他对细故的重视，这就与朱筠接近而不同于钱大昕、王鸣盛。在具体的创作中，朱筠和焦循是否实践了他们的观点呢？先来看朱筠，笔者打算分析他的《蒋秋泾先生别传》，文中所详仅三事，罗列如下：

先生眠时未尝去诗，几案、床榻，卷籍与被服相糅错，而身卧其中。或起，绕室百匝长吟，其韵清越。遇意得，则举以示余兄弟辈。旋弃其稿，不复问也。

先母为先生设食，必手治之。先生云："蒸鸡子者必用箸调之，度三千箸乃可食。"每朝食，先母调食，必如其箸之数。顾谓余兄弟曰："若辈幸得名师，我岂惜手指力耶？"他日，先生闻之，所以教余兄弟者益至。

一日与诸公会，座中猝报某贵人至，诸公方迎揖，先生则闭阁不与通。诸公固强请之，曰："何逼人至此？"先生开后阁，竟去。[②]

---

① 焦循著，刘建臻点校《焦循诗文集》，第 184 页。
② 朱筠《笥河文集》卷一五，清嘉庆刻本。

　　蒋秋泾先生是朱筠、朱珪兄弟少年时的老师,他举业不达,无大事业可称道,所以朱筠描写的三件都是"细故"。第一段反映了他生活的落拓不羁,诗文对他来说只像是生活的调剂品,"遇意得,则举以示余兄弟辈。旋弃其稿,不复问也",大有王子猷雪夜访戴"乘兴而行,兴尽而返"的风度。第二段介绍了他对治馔方式的苛求,而朱筠的母亲不顾劳苦,认真按照要求准备食物。这里一方面反衬出他确实有真才实学,另一方面也表现了朱母尊师重教的品德,从这样简单的文字中我们就能理解朱筠兄弟何以会取得后来的那些成就。第三段描写他参加聚会,遇有贵人前来,坚决不去迎接,最后竟然逃跑的事。三件都是小事,但通过朱筠的点染,一个孤傲、不近人情却又性格耿介的教书先生形象浮现在我们面前。

　　下面再从焦循的《周县丞传》中截取一段来看:

　　　公愤曰:"吾亦朝廷官,何坐视城陷?"乃攫须奋入县署。县令适与老幕客对饮酒,公至,斥曰:"此何时,尚饮酒耶?"县令曰:"我文官,无力遏贼势,死也!死也!"公张目,謋倒起,睨县令曰:"贼乌合众,诸罗民素尚义,城虽孤,以死力守之,未必陷也。国家建官,命能守,不命能死,坐致民逆死以塞责,小丈夫也!"终弗听,恨恨出。趋居民叶友伯家,谋所以御贼计。是夜,贼已入城,据县署,有见公者曰"爹也",缚去,敬公贤,不忍杀,而劝受其伪官,公且骂且谕。副贼以掌掴公颊,公抚颊大哭曰:"此颊乃为贼污!"以首触柱,额裂血淋漓,贼犹欲其从也,囚之数日,始遇害。①

──────────────

① 焦循著,刘建臻点校《焦循诗文集》,第369—370页。

焦循很欣赏韩愈笔下的南霁云,笔者认为焦循下笔作周县丞时,脑海中一定反复回荡着《张仲丞传后叙》中的文字。周县丞面对软弱的县令发出深明大义的言辞,面对贼寇的威逼,他丝毫不愿屈服,这描绘的简直是异代的又一个南霁云。焦循在描写周县丞时渲染了两个细节,写他入县署时"擢须",睨县令时"髯倒起",这两处关于胡须的描写勾勒出周县丞虬髯客的样貌,让整个人物神采奕奕。朱筠和焦循这样的文章在其文集中尚有不少,可以认为受了韩、柳碑传文很大的影响。

　　最后有必要说明的是,朱筠和焦循在描绘人生经历较少、功业不著的小人物时确实会采用韩、柳的碑传写法,他们的这类文字接近桐城风格而与钱大昕有别。钱大昕也有不少给小人物立的传记,如《李静书传》《奚孝子传》《周山人传》等,但他在这些文章中对事件的描写没有做明显的详略区分,这样记述就显得过于平稳,类似流水账,所以他的这类文章不如朱筠、焦循传神,不能给人留下太深的印象。到了描绘功业显赫或学术成就较高的人物时,朱筠在写法上虽然也会有详有略,对事件加以选择,但总体来看不会像姚鼐那样处理得过于简洁。其《邵念鲁先生墓表》与钱大昕的《严先生衍传》《阎先生若璩传》《胡先生渭传》等学人传记很相似,也会详细记录传主的学术经历和学术成果。焦循也在《国史儒林文苑传议》中主张此类文章需要"详载",要以钱大昕、杭世骏所作的学者传记为范式。[1] 既然如此,朱筠和焦循写作这类文章的风格就和韩、柳碑传文不那么接近了。

---

[1] 《国史儒林文苑传议》,焦循著,刘建臻点校《焦循诗文集》,第 217 页。

第三章

诙诡之趣： 晚近桐城派的
韩文阐释趣味

韩愈崛起中唐，负重誉于北宋，自此之后，世称文宗，千秋百代而名不寂寞。韩文的影响贯穿于历朝文人的批评与创作中，这些内容本应视作北宋以来古文发展的核心部分，但现有的研究却略显单薄，且呈现出头重脚轻的状态，清代的韩文接受研究尤为薄弱。[①]

桐城派振起于乾嘉之时，流衍至民国，是清代中后期影响最为深远的古文流派。作为一个古文流派，韩文自然是其摹效的典范，但从姚鼐到梅曾亮，文风偏于阴柔，于韩文气象不侔，直到曾国藩氏出，桐城文风才为之一变。对此，钱基博尝言："曾国藩以雄直之气，宏通之识，发为文章，而又据高位，自称私淑于桐城，而欲少矫其懦缓之失；故其持论以光气为主，以音响为辅；探源

[①] 有关韩文接受的研究，专著有查金萍《宋代韩愈文学接受研究》、全华凌《清代以前韩愈散文接受研究》，尚无整体研究清代韩文接受的相关专著。有关清代韩文接受的相关论文亦不多，如全华凌《刘大櫆对韩愈散文的接受》《方苞对韩愈散文的选编与批评》、王国瑞《曾国藩对韩愈的接受研究》等，主要还是个案的探索。总体来说，清代韩文接受研究的深度和系统性还远远不够。

扬、马,媲宗退之,奇偶错综,而偶多于奇,复字单词,杂厕其间;厚集其气,使声彩炳焕而戛焉有声。"①其中点出了曾氏对韩文的重视,且曾氏主要在光气音响处用力,以求塑造一种具有"雄直"气象的新文风。他所推崇的"雄直"也确是韩文的一个重要特点。② 这段议论十分经典,屡被引述,后来的研究者在考察曾氏一脉的古文风格时,也多就此意发挥,然而在研究思路上尚未有较大突破。③

　　但值得怀疑的是,钱基博这一教科书式的论断是否真能涵盖问题的复杂性? 我们是否可以提出以下问题:晚近的桐城派④除了从韩文中汲取了雄直的气象外,还有没有别的气质是他们所欣赏并在创作中追求的? 曾氏及其后学对韩文的探索除了声色音响等较为直观的形式外,有没有别的内容尚未被学者充分讨论? 本章希望切实地回应这些问题,补充和修正现有的韩文接受研究及晚近桐城派发展研究。

---

① 钱基博著,傅宏星主编《现代中国文学史》,华中师范大学出版社 2011 年版,第 26 页。
② 钱基博在后文中还说,"盖韩愈得扬、马之长,字字造出奇崛",所以"探源扬、马"与"媲宗退之"具有一致性。
③ 已有研究如左鹏举《曾国藩的诗文理论观念及其近代意义》(《文艺理论研究》2017 - 4)、武道房《汉宋之争与曾国藩对桐城古文理论的重建》(《文学遗产》2010 - 2)、黄伟、周建忠《曾国藩古文理论平议》(《文学评论》2008 - 6)、李和山《曾国藩对姚鼐学术思想、古文理论的改造与创新》(《苏州大学学报》2007 - 1)都将曾国藩的古文理论及其对前期桐城派古文的改造阐述得愈加详细,但整体研究思路仍然不出钱基博的评论,在古文形式上基本是从雄直或雄奇之气势、声采炳焕、骈散结合等角度来阐发曾氏理论。在古文内容上,则着重阐述曾国藩以经济之学注入传统桐城古文的创新意义。此类研究尚有许多,恕不一一列举。
④ 钱基博曾分桐城派为两期,自方苞至梅曾亮之徒为第一期,自曾国藩至吴闿生之徒为第二期。本书所言之晚近桐城派就是指这第二期。见钱基博《桐城文派论》,氏著,傅宏星主编、校订《后东塾读书杂志》,华中师范大学出版社 2014 年版,第302—303 页。

第一节　发现诙诡之趣：晚近桐城派的
　　　　　韩文阐释路径

带着上述问题，笔者详阅了晚近桐城派的韩文批评文献，发现"诙诡"这一概念频频出现，体现了后期桐城派古文家独特的集体趣味，但这一脉络并未引起学者的注意。

诙诡，最早见于《庄子》，写作"恑憰"，《齐物论》曰："恑憰憰怪，道通为一。"①其中"恑者，宽大之名。憰者，奇变之称。憰者，狡诈之心。怪者，妖异之物"，②所以，"恑憰"大致可解释为气象宏阔而多变，又因其与"憰怪"相组合，所以在庄子的观念中，"恑憰"与"憰怪"多少有点气味相投，其中又蕴含着一丝狡狯与妖异的味道。"恑憰"在后世文献中也常被写作"恑诡"或"诙诡"，这里"憰"和"诡"同义，可以互换，而使用"诙"字，就又给该词增加了戏谑、调笑的意义。总之，无论其内涵是变怪还是戏谑，这个词汇都指向一种游离于雅正审美之外的无常、不正的状态。后人在使用这一词汇时，往往又会强化这一指向。如刘向在《列子书录》言："《穆王》《汤问》二篇，迂诞恢诡，非君子之言也。"③张籍在《遗韩公第一书》云："宣尼没后，杨朱、墨翟恢诡异说，干惑人听。"④王安石《彼狂》诗云："恢诡徒乱圣人氓，岂若泯默死蚕耕。"对此李壁注曰："恢诡，谓异

---

① 郭庆藩撰，王孝鱼校点《庄子集释》，中华书局 1961 年版，第 70 页。
② 郭庆藩撰，王孝鱼校点《庄子集释》，第 71 页。
③ 刘向、刘歆撰，姚振宗辑录，邓骏捷校补《七略别录佚文　七略佚文》，澳门大学出版社 2007 年版，第 46 页。
④ 韩愈著，马其昶校注，马茂元整理《韩昌黎文集校注》，上海古籍出版社 2014 年版，第 146 页。

端皆有绝人之才，能持其说以惑人心。"①当它写作"诙诡"时，在使用上并无任何区别，如独孤及的《仙掌铭》曰："诙诡不经，存而不议。"②宋儒陈渊也在《学者以孔孟为师》中说："诙诡谲怪之论兴，诐邪淫遁之词胜，而大中至正之道始不行矣。"③

　　可以发现，在使用"诙诡"来形容学说言论时，人们都倾向于指明其与圣人之言的异质，强调其对正道的乖违。那么，如果将这一词语用作文学批评概念，恐怕其中的异端意味也会让正统派文人警惕再三，虽然它也蕴含着文笔变化无端，有极大神通的意思，但很难想象它会被视为一个至高的境界，是人们希望号召文坛去追求的。以本章要讨论的韩文为例，历来文人多能注意到它雄奇、善变的一面，但他们一般使用的形容词是"奇""变"甚至"怪"，④这几个词给人的感觉还是客观地描述文字神妙的一面，可以指文境的波澜迭起，也可以指句法字法的种类繁多、变幻莫测，而"诙"却暗示了作者"以文为戏"的主观态度，"诡"则更多地指向了作者用心的狡狯，这两个字都多了一点从作者主观意图上判断的意味，而意图的不正与古文"文以载道"的本质多少有些龃龉。故而自中唐以来，古代的批评家大都不愿将这视为韩文的极高成就，更不会从"诙诡"角度去全面阐释韩文。⑤

---

① 王安石著，李壁注，高克勤点校《王荆文公诗笺注》，上海古籍出版社 2010 年版，第 374—375 页。

② 独孤及《毗陵集》卷七，清赵氏亦有生斋本。

③ 陈渊《默堂先生文集》卷一四，四部丛刊三编景宋抄本。

④ 历来用"奇""怪""变"评价韩文非常常见。如魏禧《日录论文》就称韩文"入手多特起，雄奇有力"，"崇山大海，孕育灵怪"；刘大櫆《论文偶记》称韩文"奇"；张秉直《文谈》称韩文"奇崛"；吴铤《文翼》曰："八家中惟退之、永叔、子瞻门径最大，故变化处多。"

⑤ 比如明代的茅坤选编的《唐宋八大家文钞》影响深远，他在其中评韩文就直言："世之论韩文者，共首称碑志。予独以韩公碑志多奇崛险谲，不得《史》《汉》序事法，故于风神处或少遒逸，予间亦镌记其旁。"明显是对诡谲文风有所不满。

　　然而千载之后，曾国藩（1811—1872）偏偏将目光投向了这一概念。他在自己的"古文四象"理论中，将姚鼐的阳刚、阴柔二分论文法扩充为太阳气势、少阳趣味、少阴情韵、太阴识度四分法。又由四而八，给每组细分了两种类型，其中少阳趣味包含诙诡之趣与闲适之趣。就这样，"诙诡"成为曾国藩古文理论的一个组成部分。曾氏的"古文四象"理论并非一朝成型的，朱东润的《古文四象论述评》一文根据曾氏文章及《日记》中的只言片语勾勒出了该理论发展的脉络，用力颇深。① 其中指出曾氏在最终形成四象理论之前，于乙丑（1865）《日记》中已经提到自己所慕的文境之美有八言："阳刚之美，曰雄、直、怪、丽；阴柔之美，曰茹、远、洁、适。"朱文叙述至此，都没什么问题，但他接着下了一个判断，将曾氏所追慕的"雄、直、怪、丽"决然删去两个，仅留下"雄、直"。其文曰：

　　　　今以曾氏之言验之，曾氏所称为阳刚之美者，雄、直、怪、丽。论怪之言所谓"《易》《玄》《山经》、张、韩互见"者，《太玄》《山海经》及张华《博物志》三者，《经史百家杂钞》及《古文四象》均未录。《易》则《经史百家杂钞》录《乾·文言》《坤·文言》《上系·七爻》《下系·十一爻》入序跋类，《古文四象》录《系辞上下传》两篇入太阴，皆与"怪"无涉。盖《易》《玄》《山经》、张华《博物》之"奇趣横生，人骇鬼眩"者，奇文多零落不成片段，曾氏无从收入。有之，独退之《石鼎诗序》一篇耳，其文入《古文四象》少阳类。

―――――――――

① 朱东润《古文四象论述评》，《国立武汉大学文哲季刊》，第 4 卷第 2 期，1935 年，第 291—314 页。

　　至于所谓"丽"者,《日记》之中虽目为阳刚之美,而"《诗》《骚》之韵,班扬之华"者,《古文四象》往往入少阴类,则其不尽属阳刚之美可知。今于阳刚四字中,简去不成篇幅之"怪"与形同瓯脱之"丽",则所余者不过"雄、直"二字而已,易言之,则为"气势"。①

　　朱东润删去"怪"字的理由是曾国藩所提到的符合该风格的典范大多并未出现在自己的选本中,所以这一范畴是失效的。那么这一观点准确吗?诚然,"《易》《玄》《山经》、张"并未出现在曾氏选本中,但符合"怪"这一风格的韩文在《古文四象》中却并非只收录了《石鼎诗序》一篇。在四象理论中属少阳的"诙诡之趣"其实就是包含在"怪"这一范畴中的。如此,仅《古文四象》中就收有八篇此类韩文,分别为《毛颖传》《送穷文》《王适墓志》《郑群墓志》《石鼎诗序》《蓝田县丞厅壁记》《送李愿序》《答吕毉山人书》,②那么符合"怪"之风格的文章就不能算是"不成篇幅"了。朱东润并非没有意识到"诙诡之趣"的存在,但他似乎觉得"诙诡"不够"怪",不足以达到"人骇鬼眩"的效果:

　　乙丑《日记》认"奇趣横生,人骇鬼眩"为阳刚之美……《古文四象》仅录诙诡之趣,视"人骇鬼眩"者,似有未逮。③

　　朱氏的观点不难反驳,符合"诙诡之趣"的韩文能否"人骇鬼

---

① 朱东润《古文四象论述评》,《国立武汉大学文哲季刊》,第 305—306 页。
② 曾国藩编《古文四象》,中国书店 2010 年版,第 209—215 页。
③ 朱东润《古文四象论述评》,《国立武汉大学文哲季刊》,第 311 页。

眩"本就是见仁见智的,朱东润的标准不能代替曾国藩自己的观感,如曾氏评《毛颖传》云:"凡韩文无不狡狯变化,具大神通,此尤作剧耳。"①评《送穷文》时认为其中"精语惊人",②既然具大神通,又精语惊人,那么认为是"人骇鬼眩"也无不可,曾门后学吴闿生评《送穷文》时使用了"惊创壮骇,拔地倚天"的表述,也是类似的意思。③ 此外,"诙诡"固然不能尽"怪"的全部内涵,但"诙诡"毕竟属于一种"怪",曾国藩在1865年提出一个相对抽象的"怪"这一概念,而在之后的《古文四象》中留下了"诙诡"的位置,恰恰说明了曾氏自己的审美取向,他所推崇的"怪",其实更多的是"诙诡"这种"怪"。

曾氏在同治六年(1867)三月二十二日给曾纪泽的信中言:"凡诗文趣味约有二种:一曰诙诡之趣,一曰闲适之趣。诙诡之趣,惟庄、柳之文,苏、黄之诗。韩公诗文,皆极诙诡,此外实不多见。"④"韩公诗文,皆极诙诡",与前面提到的"韩文无不狡狯",都是在提示我们曾国藩有关"诙诡"之趣的发现,主要来自韩文的启发,并且他心中韩文带有"诙诡"风格的篇章应远大于《古文四象》中所选。⑤

如果我们承认曾国藩文章受韩愈影响很大,而他又专从"诙诡"的角度去审视韩文,那么我们就能体会到"雄、直、怪、丽"俱是

---

① 曾国藩《曾国藩全集》,中华书局年2018年版,第10册,第7041页。

② 曾国藩《曾国藩全集》,第10册,第7041页。

③ 吴闿生著,王基伦、王诚御、许妙音点校《古文范》,万卷楼图书股份有限公司2019年版,第263页。

④ 曾国藩《曾国藩全集》,第11册,第8017页。

⑤ 如曾国藩评《送何坚序》《衢州徐偃王庙碑》也都使用了或"狡狯""诙诡"。见曾国藩《曾国藩全集》,第10册,第7022、7030页。

曾氏所重视的，并不能随意取舍，①甚至他对"诙诡"之"怪"的欣赏，更能够体现其古文理论的特色。原因有二，一是吴闿生曾提及："曾文正公尝谓：恢诡之文为古今最难到之诣，从来不可多得者也。"②"最难到"与"不可多得"都暗示了曾国藩将"诙诡"视为文章所要达到的遥远目标，甚至是最高目标。二是历来学韩文者，多能感受其雄直之气，而并非所有人都能欣赏"诙诡"之趣，郭象升有过描述："古文家自宋以后渐衰者，以但能庄论而无恢诡之思也。曾文正始提倡此一途，张、吴继之，而吴又妙于张。"③在《古文四象》的八种风格中，称得上由曾国藩"始提倡"的可能只有"诙诡"一途了。

在曾国藩开示了韩文"皆极诙诡""无不狡狯"之后，其弟子、后学便乐于从这一角度进入韩文，此种趣味在他们对韩文的评点中体现得最为明显。如张裕钊（1823—1894）评《蓝田县丞厅壁记》云："此文纯以诙诡出之，当从傲睨一切中玩其神味。"④评《答吕毉山人书》结尾处的"方将坐足下三浴而三熏之，听仆之所为，少安无躁"一句亦云："一结尤奇诡不测，意致隽永，昧之无极。"⑤这两篇文章，戏谑之味还较为明显，而《河中府连理木颂》一文为韩公少作，

---

① "丽"也不能去掉。诚如朱东润所认为的，"至于所谓'丽'者，《日记》之中虽目为阳刚之美，而'《诗》《骚》之韵，班扬之华'者，《古文四象》往往入少阴类"，但曾国藩所说的"丽"乃是"韵"与"华"，是《诗》《骚》、班、扬文本的外在形式，而非《诗》《骚》、班、扬的内容与情感。就内容和情感来看，它们很多确实是偏阴柔的，故在《古文四象》中将这些文章归入少阴。但并不代表"丽"本身属于少阴，文辞华丽的文章可能整体内容上是阴柔的，但丽本身是一种形式美感，体现的是一种声色的丰富性，偏于张扬的，所以是阳刚的。朱东润没有将《诗》《骚》、班、扬的内容与其形式作为不同的层面来看，故而死于句下，将"丽"排除出了阳刚的范畴。
② 吴闿生著，王基伦、王诚御、许妙音点校《古文范》，第 261 页。
③ 张裕钊著，王达敏校点《张裕钊诗文集》，上海古籍出版社 2012 年版，第 100 页。
④ 韩愈著，马其昶校注，马茂元整理《韩昌黎文集校注》，第 99 页。
⑤ 韩愈著，马其昶校注，马茂元整理《韩昌黎文集校注》，第 244 页。

内容并不复杂，就是借连理木这种祥瑞之物的出现来称颂咸宁王浑瑊的功业，多少有点谀颂的意思，向来不太为世人所重，然吴汝纶(1840—1903)评曰："古雅遒奥之词，谲诡恢危之趣。"①从这个角度再回观此文，我们发现全文是借山野之人的口来道出的，这样作者韩愈就成为一个倾听者，颂扬不出自他，他则不必承受阿谀之讥。对于文章歌颂对象的浑瑊来说，赞颂出自一个最底层的百姓，出自一个与自己没有直接利益关系的人，又更容易让自己，也让读到这篇文章的其他人感到自在，相信所夸赞的内容都是客观的，都是来自底层真挚的赞美。这里已经可以看出韩愈的文心狡狯之处了，那么韩愈只是作为一个记录者吗？又不是。我们如果再细味文辞之古雅，就知道这样的文辞断然不是野夫能说出来的，这又将赞颂与韩愈拉近。在浑瑊那里，他也能体会韩愈上此文的心意。典雅的文辞，配上"吾侯"这一符合野夫口吻的词汇，整篇文章一直让颂扬语在野夫与韩愈之间拉扯，韩愈玩弄其文字神通，半推半就地、较为体面地完成了一个本来不那么体面的事。吴汝纶所提示的"诙诡"角度，确实使我们对此文的解读更为细腻。

　　吴汝纶之后，诸多吴门弟子及再传弟子延续了这一阐释角度。先看林纾(1852—1924)，他虽然称不上桐城嫡系，但亦服膺桐城派主张。吴汝纶晚年刊刻老师的《古文四象》时，曾委托林纾校勘，②故林氏对"诙诡"之趣并不陌生，其解读韩文，亦多从此处体会。他使用"狡狯"一词更多，但意思与"诙诡"差别不大。如总论韩文与书一门曰："昌黎集中，与书颇多，然多吞言咽理之作，有时文法同于赠序。盖昌黎未遇时，亦一无聊不平之人，第不欲为公然

① 韩愈著，马其昶校注，马茂元整理《韩昌黎文集校注》，第88页。
② 曾国藩编《古文四象》，第219页。

之谩骂,故与书时弄其狡狯之神通。"①其评《唐朝散大夫赠司勋员外郎孔君墓志铭》曰:"文前后倒置言之,使读者不测,文心之变幻极矣。"②评《进学解》曰:"文不过一问一答,而啼笑横生、庄谐间作,文心之狡狯,叹观止矣!"③评《送廖道士序》曰:"此在事实上则谓之骗人,而在文字中当谓之幻境。昌黎一生忠鲠,而为文乃狡狯如是,令人莫测。"④林纾是能够深探韩文变化之妙的人,他的很多评点都致力于将作者隐藏在啼笑间的隐微用心表现出来,对发掘韩文"诙诡"之趣贡献极大。

　　下面再来看晚近其他桐城派名家的观点。高步瀛(1873—1940)为吴氏在莲池书院的弟子,其评《祭张员外文》云:

　　　　此著当日无聊之慰藉,以见忧患相同,望归之切,非真信其兆之验也。此皆韩文诙诡处。

　　　　写归途中情事极豪放。……写到官后情事,又极局促,极文章恢诡之观。⑤

　　吴闿生(1877—1950)幼承庭训,自然熟悉乃父古文宗旨,其评《送温处士赴河阳军序》云:

---

① 林纾选评,慕容真点校《林纾选评古文辞类纂》,浙江古籍出版社 1986 年版,第113 页。
② 林纾选评,慕容真点校《林纾选评古文辞类纂》,第 338 页。
③ 林纾著,武晔卿、陈小童校注《韩柳文研究法校注》,北京联合出版公司 2019 年版,第15 页。
④ 林纾著,武晔卿、陈小童校注《韩柳文研究法校注》,第 41 页。
⑤ 高步瀛选注《唐宋文举要》,上海古籍出版社 1982 年版,第 432 页。

韩公钦奇尚节之士，于温、石等之趋迎大府，意皆不以为然，《寄卢仝诗》所谓"彼皆哆口论世事，有力未免遭驱使"者也。此文意含谐讽，词特屈曲盘旋，在《韩集》中亦不可多得之文字。①

贺培新（1903—1952）为贺涛之孙，曾从吴闿生习古文，其《记韩退之送王含序后》曰：

退之尝曰："世无孔子，不当在弟子之列。"此文盖隐以圣门自喻，而不便明言。寄眇旨于吞吐抑扬之间，意若曰：含之遇己，宜可以乐道忘忧，不独仕宦得失不足介意，即有托而逃亦又奚为？而惜乎含之不足解此也。故亦姑与饮酒而已，尚何言哉？《左氏传》记臧孙纥出奔，御叔之言曰："我将饮酒而已。雨行，何以圣为？"其恢诡之趣，与此正同。疑退之所本，皆千古以来之至文，他家所无有也。②

以上三位，将韩文如何"诙诡"，阐述得更为详细，让世人能够更好地窥探文章妙境。他们往往期待读者能够从韩文中发现出一些"不寻常""不平稳"的地方，并思索其中的原因。比如韩愈在文中故作滑稽之态，或故意说出荒诞不经的话，那么背后蕴含的是什么？又比如看到韩文前后叙事节奏不一致处，就又该思考，为何前面娓娓道来，后面要极力收束？这些都可能是韩愈用心狡狯处。

① 吴闿生著，王基伦、王诚御、许妙音点校《古文范》，第 227 页。
② 贺培新著，王达敏、王九一、王一村整理《贺培新集》，凤凰出版社 2016 年版，第 388 页。

韩文自中唐以来，就有人批评其"以文为戏"的特点，但那些批评基本限定在针对《毛颖传》《送穷文》等游戏性特强的文章，而曾国藩以来对"诙诡"之趣的发掘，其范围则扩散到韩文之全体，韩愈最为世人称道的书、序、碑文中皆可看出诙诡之趣。并且哪怕是一本正经的文章，只要从其中某句中读出了"狡狯"，都值得回味再三。甚至发现了蕴含"诙诡"之趣的韩文，就会被他们认为是"不可多得之文字""千古以来之至文"。

既然寻到了一把新的解读韩文的钥匙，晚近桐城古文家们便急忙在自己的创作中尝试起来，他们也乐于将"诙诡"作为很高的评价许以自己心仪之文。曾国藩在评左宗棠的《祭润帅文》时就说："愈读愈妙。哀婉之情，雄深之气，而达之以诙诡之趣。"[1]贺涛(1849—1912)也在《书秦园诗钞后》称王燮："词旨诙诡，殆与退之相近。"[2]张裕钊的《诰授通议大夫例晋资政大夫通政使司通政使朱公墓碑》一文，徐世昌(1855—1939)称赞道："意含诙诡，抑扬尽致，最公文之隽妙者。"[3]吴汝纶的诸多创作，更是被圈内交口称誉：张裕钊评《前工部侍郎潘公神道碑》云："铭尤奇诡可喜。"[4]评《答王晋卿》云："酷似姚惜抱《与人论经学书》，间杂以诙诡之趣，则惜抱之所无也。"[5]贺涛评《赠太仆卿故福建台湾兵备道吴君墓志铭》云："谲宕。"[6]评《保定曾文正公祠堂碑记》云："中幅用韩公体，益加恢奇。"[7]评《题范肯堂大桥遗照》云："此文之佳，固在有诙谐妙趣，尤

① 曾国藩《复左季高太常》，《曾国藩全集》，第9册，第5935页。
② 贺涛《贺先生文集》卷四，民国三年(1914)徐氏家刻本。
③ 张裕钊著，王达敏校点《张裕钊诗文集》，第127页。
④ 吴汝纶著，朱秀梅校点《吴汝纶文集》，上海古籍出版社2017年版，第34页。
⑤ 吴汝纶著，朱秀梅校点《吴汝纶文集》，第44页。
⑥ 吴汝纶著，朱秀梅校点《吴汝纶文集》，第32页。
⑦ 吴汝纶著，朱秀梅校点《吴汝纶文集》，第108页。

当玩其节奏。"[1]评《周易象义辨正序》云："语近诙谐，而义则通澈，文笔之谲诡，殆不可方物。"[2]此外，王树枏(1851—1936)的《琴师黄勉之墓碑》一文，钱基博评曰："恢诡以发其沉郁。"[3]张宗瑛(1879—1910)的《送山东提学使罗公正钧序》一文，被特别选出收在《吴门弟子集》中，吴汝纶的评价也是"恢诡"。[4]此类评价比比皆是，不烦再举。总之，我们发现在晚近桐城派中，一篇文章被视为诙诡，常会被视为韩文之体，又往往会被认为是他文集中的极佳之作。

至此，应该可以了解，"诙诡"作为一个批评概念在晚近桐城派的韩文阐释，乃至古文创作中的重要意义。我们常说的韩文雄直、雄健都突出了其极为阳刚的一面，而诙诡带有用心屈曲的意思，某种程度上是对纯粹的喷薄与跌宕的一种阻遏与内敛，看到了晚近桐城派对诙诡的青睐，我们就有必要重新思考晚近桐城派古文的真正审美倾向。现在回过头再去看钱基博所忽略的与朱东润无端地减去的"怪"，[5]我们可以发问：这真的可以减去吗？

第二节　阐发"诙诡之趣"的理念背景与实际意图

现象叙述清楚了，下面还需考察其背后的问题。其一，韩愈在

---

① 吴汝纶著，朱秀梅校点《吴汝纶文集》，第 119 页。
② 吴汝纶著，朱秀梅校点《吴汝纶文集》，第 236 页。
③ 钱基博著，傅宏星主编《现代中国文学史》，第 132 页。
④ 吴闿生编《吴门弟子集》卷八，民国十九年(1930)刻本。
⑤ 钱基博对曾国藩文风的描述提到了"雄、直"与"声彩炳焕"，于"雄、直、怪、丽"中也是忽视了"怪"。钱基博、朱东润忽略"怪"这一脉络的原因今天已难推测，但他们都是对当代文史研究影响很深的大家，这类论断无疑遮蔽了一部分历史真相，让曾氏始倡的"诙诡"之趣变得似乎无足轻重了。

世时,其文章中的"诙诡"特性就为世所不解,这一概念千百年来更是鲜有人阐发和提倡,那么,何以在曾国藩及其后学这里会成为一种进入韩文的重要路径,他们是否需要承受来自正统思想的压力?其二,对韩文"诙诡之趣"的提倡仅仅是因为对戏谑、诡变因素的欣赏吗? 这是一种猎奇心理,还是有更深的意图?

先来看前一个问题。我们知道,桐城派素来宗奉程朱理学,对"义理"的深求固然能让文章立意醇厚平正,但也在一定程度上束缚了文章写法上的多变,而文章过分追求"雅洁"也造成了文境狭隘的弊病。钱基博便对自方苞至梅曾亮时期的桐城文章有过总结:"桐城派集中,皆中篇短篇,平事平理,其篇幅气魄,俱嫌拘囚。"①与梅曾亮同时代的桐城古文家中已有人认识到这一问题,他们借评价方苞文章提出了自己的看法。方东树(1772—1851)《书望溪先生集后》曰:

> 树读先生文,叹其说理之精,持论之笃,沉然黯然,纸上如有不可夺之状。而特怪其文重滞不起,观之无飞动嫖姚跌宕之势,诵之无铿锵鼓舞抗坠之声。……其于退之论文之说,未全当焉。……盖退之因文见道,其所谓道由于自得,道不必粹精,而文之雄奇疏古,浑直恣肆,反得自见其精神;先生则袭于程、朱道学已明之后,力求充其知而务周防焉不敢肆。故议论愈密,而措语矜慎,文气转拘束,不能闳放也。②

戴均衡(1814—1855)《重刻方望溪先生全集序》亦曰:

---

① 钱基博《桐城文派论》,氏著,傅宏星主编、校订《后东塾读书杂志》,第303页。
② 方东树《考槃集文录》卷五,清光绪二十年(1894)刻本。

> 先生服习程、朱，其得于道者备；韩、欧因文见道，其入于文者精。入于文者精，道不必深，而已华妙而不可测；得于道者备，文若为其所束，转未能恣肆变化。①

方、戴二人都已意识到方苞之所以文气拘束，是由于以道束文，而非如韩愈那样因文见道，这里已经暗示：道学不仅仅决定着文章所写的内容，它的精神也会对文章的形式产生制约，而若要文章华妙，就必须摆脱道学所附加的许多外在的束缚。戴均衡乃曾国藩旧雨，他们当年就文坛现状和文章作法应该有过不少讨论，故曾氏论及方苞，其腔调与戴氏极为相似：

> 鄙意欲发明义理，则当法《经说》《理窟》及各语录、札记如《读书录》《居业录》《困知录》《思辨录》之属；欲学为文，则当扫荡一副旧习，赤地立新。将前此所业，荡然若丧其所有，乃始别有一番文境。望溪所以不得入古人之闾奥者，正为两下兼顾，以致无可怡悦，辄妄施批点，极知无当高深之万一。（《与刘霞仙》）②

当然，曾氏此言更为豪壮，大有打破一切，建立一副文坛新气象的势头。在他心中，道学与文章"两下兼顾"已无活路，欲求文章入"古人之闾奥"，就必须摆脱束缚，空诸一切，专从文章本身出发方有新的境界。

其后，吴汝纶亦继承了此类议论，他在致姚永朴、姚永概兄弟

① 方苞著，刘季高校点《方苞集》，上海古籍出版社 1983 年版，第 906 页。
② 曾国藩《曾国藩全集》，第 8 册，第 5440 页。

的书信中,此类意思表达得非常清楚:

> 近时张廉卿又独得于《史记》之谲怪,盖文气雄俊不及曾,
> 而意思之诙诡,辞句之廉劲,亦能自成一家。是皆由桐城而推
> 广,以自为开宗之一祖,所谓"有所变而后大"者也。说道说
> 经,不易成佳文。道贵正,而文者必以奇胜。(《与姚仲实》)①

> 通白与执事皆讲宋儒之学,此吾县前辈家法,我岂敢不心
> 折气夺。但必欲以义理之说施之文章,则其事至难,不善为
> 之,但堕理障。程朱之文,尚不能尽餍众心,况余人乎! 方侍
> 郎学行程朱,文章韩欧,此两事也,欲并入文章之一途,志虽高
> 而力不易赴,此不佞所亲闻之达人者。今以贡之左右,俾定为
> 文之归趣,冀不入歧途也。(《答姚叔节》)②

既然判学行与文章为两事,而义理不能妨害文章,那么为了使文章
之境更为丰富,在审美趣味上偏离雅正也并无不可,甚至趣味越怪
异,用心越莫测,越能给古文注入新的活力。曾国藩为文就忌平直
而尚奇崛,其《复吴子序》云:"弟夙昔好扬雄、韩愈瑰玮奇崛之文,
而近时所作率伤平直,不称鄙意。"③吴汝纶《答施均父》亦云:"窃观
自古文字佳者,必有偏鸷不平之气,屈原、庄周、太史公、韩昌黎皆
是物也。"④所以,吴汝纶提出了"道贵正,而文者必以奇胜"的观点,
将文与道在具体表现上的差异说得更明确。当然,这里说的偏离

① 吴汝纶撰,施培毅、徐寿凯校点《吴汝纶全集》,黄山书社 2014 年版,第 3 册,第 52 页。
② 吴汝纶撰,施培毅、徐寿凯校点《吴汝纶全集》,第 3 册,第 138 页。
③ 曾国藩《曾国藩全集》,第 8 册,第 5592 页。
④ 吴汝纶撰,施培毅、徐寿凯校点《吴汝纶全集》,第 3 册,第 645—646 页。

雅正是指在审美趣味上可以恣情一些，在文章写法上允许灵活多变，少一些拘执，而非文章的中心思想上可以随意离经叛道。

主张文道分离也是曾门一脉与传统桐城派的一个区别。吴氏与姚氏兄弟俱为桐城人，但姚氏兄弟是桐城派宗师姚鼐的后辈，与桐城派的亲缘关系更近。吴汝纶移书二人，其实也是希望传统的桐城派能够接受文与道分途的观念。"俾定为文之归趣，冀不入歧途也。"吴汝纶信中的此类句子，值得细细品味，似乎是在告诫姚氏兄弟，文章的趣味把握不好，是会误入歧途的。他要用他和张裕钊都推崇的奇、诙诡、谲怪的趣味，来对传统桐城派的后辈进行一次"招安"。

南宋以来，理学对文学的影响就从未停息，"文以载道"的观念始终萦绕在文士的心头。曾、吴判文道为二，在理论上是一次很大胆的尝试，甚至可以说，由一个自视为正统的古文流派，提出类似的理念是前无古人的。正是在这样的认识基础上，曾、吴等人追求文章的诙诡之趣才会变得理直气壮，[①]也才会在千载以来，甚至在桐城派的韩文阐释史上显得别具一格。

下面来看第二个问题。曾国藩、吴汝纶等人都是有绝大抱负之人，他们在风云诡谲的晚清，在不同寻常的文道关系理论下，追求一种不同寻常的文章趣味，似乎理当有不同寻常的目的，而不应只是为了在文章风格上进行拓展。在此，笔者又注意到上文引述过的民国学者郭象升的话：

古文家自宋以后渐衰者，以但能庄论而无恢诡之思也。

---

① 吴汝纶较之曾国藩，与宋学关系更为疏远，他在与友人的书信中多次谈到自己对理学的厌弃，所以他追求"诙诡"之趣更加没有心理负担。

　　曾文正始提倡此一途,张、吴继之,而吴又妙于张。①

　　在郭氏看来,写作文章不会使用诙谐狡狯的表达方式是宋代以来古文渐衰的原因。诙谐而多变的表达较之庄重平直的表述确实有不少优势,就文章的意态而言,用诙诡的笔调可以使文章空灵、隽逸、摇曳多姿。② 但如果仅仅因为文章表述方式的转变,就判断古文衰落了,似乎有些危言耸听了。其实,宋以后文家也并非“但能庄论”,刘成国《宋代俳谐文研究》一文就指出,宋代士林中诙谐戏谑之风的盛行导致了轻视俳谐的文学观有所改变,故而产生了大量的俳谐文。但较之前代,宋代俳谐文的社会批判锋芒有所减弱,而纯粹的游戏性加强了。刘成国还发现,“宋人在许多本属俳谐的题材中,经常喜欢不合时宜地羼入一些道德说教,将文中的讽喻之意直截了当地以议论之笔点出。这大大违背了俳谐文中‘隐’的原则,从而减弱了作品的诙谐色彩”。③ 也就是说,宋人即便想要在俳谐文中寄托讽诫,其手法也多是平直而拙劣的。所以,郭象升认为的“古文家自宋以后渐衰者”,并非由于宋以后无人为俳谐之文,而是宋人多不能用好诙诡之笔。他真正感叹的是一种精妙的微言讽喻模式的丧失,导致了高尚的政治或道德理想无法很好地寄托于文。

　　吴闿生亦有类似的观点,其评韩愈《送温处士赴河阳军序》云:

　　　　凡文字以意在言外、委婉不尽为最上乘,《左氏传》最为擅

_____

① 张裕钊著,王达敏校点《张裕钊诗文集》,第 100 页。
② 吴闿生在评韩愈《送幽州李端公序》曰:“意在讽厉效顺,而借往事着笔,又参以术数之说,痕迹都化,一片空灵,意态自尔隽逸。若以庄语出之,则失之拙滞矣。”见高步瀛《唐宋文举要》,第 219 页。
③ 刘成国《宋代俳谐文研究》,《文学遗产》2009 年第 5 期,第 34—43 页。

场，《史记》亦数数见之，韩文中类此者，盖可指数。自余各家，于此微旨寥乎绝矣。夫为文不能涵泳微意，则词尽而意与之尽，平直浅近，复何蕴藉之可言乎？此自唐以后，文章之所以日衰，而高尚理想之不复存在也，岂小失哉！[1]

吴氏也提到了文章"日衰"的问题，他指出"高尚理想之不复存在"是"日衰"的表现。"高尚理想"是什么？即是文章中所寄寓之"微意"，"微意"显然不能用平直浅近之语表达，而必要借隐曲之言以传递，而文家若乏诙诡之思，是断难寄托好微言的。

　　通过对上述两段话的对读，我们应该能理解追寻"诙诡之趣"的目的，很大程度上就是希望重新在古文中寄托"微意"，让古文再次担负起社会批判的义务。曾国藩以来桐城古文家从韩文中体会诙诡之趣的同时，也往往从中读出许多不测之微意，有讥讽，有规谏，他们在这个阐释角度上比前辈走得更远。从这个层面上来看，曾氏及其后学文章趣味的转向，最深刻的目的就不仅是补救桐城一派之失了，而是如郭象升所言，是对千载以来古文日衰的状况担起责任：他们在韩文那里汲取营养，是为了再起古文之衰。

第三节　诙诡之趣与不测之意

　　下面就具体看晚近的桐城古文家是如何透过韩文诙诡之笔，来体会其背后的"微意"的。透过"诙诡"来体会"微意"，这一说法预设了逻辑上的先后，其实不太准确，"诙诡"与"微意"在很多时候是互为表里的。如《毛颖传》《送穷文》这种俳谐味极浓的文章，或

---

[1]　吴闿生著，王基伦、王诚御、许妙音点校《古文范》，第227页。

《蓝田县丞厅壁记》《进学解》这类明显带戏谑语气的文章,其行文
之诡变是一目了然的,人们往往会从这诙诡的笔调中揣摩其弦外
之音。① 而韩愈还有一些文章,看上去并不显得滑稽,前人也多半
未曾深究过微旨,但读者也许会在某个机缘下顿悟,发现其中的一
些语句是暗含玄机的。在这启悟之际,读者会感慨自己险为古人
所欺,此时对其文心之狡狯必有深戚,回味之余,文章的诙谐意味
也就能感受出来了。② 对于滑稽意味明显的韩文,曾、吴等人自然
会欣赏其"人骇鬼眩"之神通。而对于后一类看上去不那么怪怪奇
奇的文章,他们同样执着于探微探幽,这更值得我们关注,他们在
挖掘深意这点上比前人做得更细致,韩文中这一层面的诙诡之趣
有不少是由他们初次揭示的。

先说前一种类型的韩文,虽然大多数文人都会从中品味深意,
但其中还是有一部分不太被人接受,就是那些蕴含着怪力乱神因
素的文章。世人即便认同这些文章中亦有佳构,但对文中荒诞的
部分,也多半予以厌弃。如《柳州罗池庙碑》中写道:"三年孟秋辛
卯,侯降于州之后堂,欧阳翼等见而拜之。其夕,梦翼而告曰:'馆
我于罗池。'其月景辰庙成,大祭。过客李仪醉酒,慢侮堂上,得疾,
扶出庙门即死。"对此,茅坤评曰:"予览昌黎碑柳州,不书柳州德政
之可载,载其'死而为神'一节,似狎而少庄。"③张自烈认为这段描
写流传出去会"骇四方见闻"。④ 全祖望也认为:"柳州之有惠政于

---

① 能否准确把握韩文的微旨是另一回事,但我们会倾向于认为这类文章是有所寄托的。
② 海曼斯(Heymans)曾提出"困惑与启悟"是诙谐产生的一种原因。见[奥]西格蒙
　　德·弗洛伊德(Sigmund Freud)著,常宏、徐伟译《诙谐及其与无意识的关系》,国际文
　　化出版公司 2000 年版,第 5 页。
③ 高海夫主编《唐宋八大家文钞校注集评》,三秦出版社 1998 年版,第 684 页。
④ 张自烈《与韩退之论柳侯求祀书》,《芑山文集》卷一,民国刻胡氏豫章丛书本。

柳，其遗爱之惓惓于民，而庙祀之，宜也。必以祸福惊动之，以示其奇，则反浅矣。"①此类负面的意见举不胜举，但吴汝纶却体会到了其中的深意："此因柳人神之，遂著其死后精魄懔懔，以见生时之屈抑。所谓深痛惜之意恉，最为沉郁。史官乃妄议之，不知此乃《左氏》之神境也。"②他自然不信这一荒诞之事，甚至韩愈本人也未必信此事，但只有这样写，写出一个不宽容的、让人望而生畏的形象，我们才能体会到柳宗元在生前积聚了多少的愤懑。如果柳宗元死后为神，是一个慈眉善目、一团和气的形象，那就消解了其生前的悲剧色彩，既让他的形象变得不完整，也让时代的乌云消散殆尽。韩愈通过怪诞的描写，多少也有讽刺世道不公的用心，吴汝纶虽然没有明言此讽刺的意思，但他的解读让荒诞变得与事实甚有关系，使诙诡与微意结合起来，其实隐隐指向了这一方向。

又如《贺徐州张仆射白兔书》一文，是韩愈借军营中发现瑞兔之事所作的一篇贺状，篇幅不长，并不太为世人所重，如何焯评曰："唐人好言祥瑞类，表中若此者多，不足为公称也。"③直视为一般的落俗文字。姚鼐《古文辞类纂》也未收此文，而吴汝纶则重视其中的诙诡与微意："殆规模《左氏》，以为滑稽，因以讽谕。"与评《柳州罗池庙碑》相同的是，他又将文中看似荒诞的成分与《左传》结合了起来，这便给荒诞提供了经典的依据，无疑加重了文章身价。吴氏一直以来就对左传中的此类描述非常感兴趣，尝言："《左氏》往往借神怪以寄诙诡之趣，柳子厚《非国语》乃以淫巫瞽史病之，未足喻

①　全祖望《跋柳州罗池庙碑》，氏撰，朱铸禹汇校集注《全祖望集汇校集注》，上海古籍出版社 2018 年版，第 1472 页。

②　韩愈著，马其昶校注，马茂元整理《韩昌黎文集校注》，第 551 页。

③　高海夫主编《唐宋八大家文钞校注集评》，第 246 页。

于文字之精微也。"①他显然把描写神鬼之言,看作是表现诙诡之趣的重要手法,在他的影响下,其子吴闿生在所著《左传微》中也特别喜欢从这类描写中体会诙诡之趣与作者本意。② 其弟子高步瀛在读到类似描述时,也不会径视为荒谬而轻轻放过。③ 这类内容常常成为晚近桐城文家解密一篇古文的关键。

接着再看晚近桐城古文家对后一种韩文的态度。这类文章中即使前人已读出了一些微意,但曾、吴等人又往往能更进一层,将深旨揭示得更彻底。如韩愈的《送石处士序》,该文前半部分主要借旁人之口向河阳军节度使乌重胤介绍石洪处士志向高洁而有经纬天下之才,又淡泊名利,非大义所至,不会轻易出山。后半部分则描写石处士准备出山为乌公服务,在饯行宴会上,有人向他进言:

> 酒三行,且起,有执爵而言者曰:"大夫真能以义取人,先生真能以道自任,决去就,为先生别。"又酌而祝曰:"凡去就出处何常,惟义之归。遂以为先生寿。"又酌而祝曰:"使大夫恒无变其初,无务富其家而饥其师,无甘受佞人而外敬正士,无昧于谄言,惟先生是听,以能有成功,保天子之宠命。"又祝曰:"使先生无图利于大夫而私便其身。"先生起拜祝辞曰:"敢不

① 此语为吴闿生所引述,见氏撰,白兆麟校点《左传微》,黄山书社 2014 年版,第 44 页。
② 可以参考吴闿生撰,白兆麟校点《左传微》,第 30、44、71 页。
③ 如《祭张员外文》中写到张署与韩愈俱被贬谪,途中二人相遇,正逢韩愈所乘之驴被虎捉走,张署认为驴不是跑得快的坐骑,所以被虎取走暗示着坏事要离开,而虎为寅,预示着吉事发生在来年寅月。高步瀛云:"此著当日无聊之慰藉,以见忧患相同,望归之切,非真信其兆之验也。此皆韩文诙诡处。"见高步瀛《唐宋文举要》,第 432 页。

*敬蚤夜以求从祝规。"*①

从祝词中，我们能读出韩愈有规勉处士不为己图利，并进而希望借助处士的协助和引导能使乌公正心为国的用意。这层意思不算隐晦，故前人多能领会，②但如果主旨只是规勉处士和乌公，那么文章前一半内容似乎与主旨联系得不紧密，为何要将处士的立身处世渲染得极为传奇，难道只是为了突出处士才能出众吗？只是为了烘托乌公知大义、能得士吗？此外，还有一些地方似乎能读出一点微妙的内容。其一，既然推荐者称道石处士有云"先生居嵩、邙、瀍、谷之间，冬一裘，夏一葛，食朝夕，饭一盂，蔬一盘。人与之钱，则辞；请与出游，未尝以事免；劝之仕，不应"，石处士应该是口不言利之人，为何下文石处士的朋友会以"无图利"来规箴，推荐者和友人谁更懂石处士？其二，既然强调要"以义请而强委重焉"，为何文中还要点出聘请前除了"撰书词"还要"具马币"？韩愈在这里也点出"利"来，是有心还是无心？其三，描写石处士回应乌重胤的聘任时"不告于妻子，不谋于朋友，冠带出见客，拜受书礼于门内"，这一严肃而迅疾的态度和前文描写他居于山中时散淡、不愿出仕的形象有冲突，这里是为了反映处士因受到大义的感召而一反常态，还是想表达他是纯盗虚声、表里不一之人？

这些略显突兀的地方都非常微妙，也许是韩愈的刻意安排，有他自己的深意，但也有可能只是读者过于多疑，关于作者的本意我们无法给出确定的答案。这些文字仿佛是万丈悬崖边的窄路，我

---

① 韩愈著，马其昶校注，马茂元整理《韩昌黎文集校注》，第 314 页。

② 如储欣就说："直为两下规切之词，而言之者无罪，闻之者足戒。"何焯也说："此篇命意，盖因处士之行，望重胤尽力传输，使朝廷克成讨王承宗之功，不可复若卢从史阴与之通。而位置有体，藏讽谕于不觉。"见高海夫主编《唐宋八大家文钞校注集评》，第 300 页。

们可以不多想,不四顾,大步迈过而安然无恙,但也可能会时时想要朝下张望,感受到一种惊心动魄。如果选择了后者,那么此文中多次闪烁的利以及接受聘任的迅疾,就都成了罗兰·巴特(Roland Barthes)所谓的刺点(punctum),[1]成为解读深意的突破口。来看看曾国藩等人的解读。曾曰:"此文前含讥讽,后寓箴规,皆不著痕迹,极狡狯之能。"[2]他看出了前人忽略的"讥讽",显然是考虑了类似笔者上文提到的诸多刺点,吴汝纶更是点明了"前含讥讽"的内容:"此文深讥其轻出,所以惜之也。"[3]吴闿生也在评《送温处士赴河阳军序》一文时顺便提到了石处士:"韩公歆奇尚节之士,于温、石等之趋迎大府,意皆不以为然。"[4]在这种阐释下,此文的前半部分的渲染才显得更有必要。于是文章就蕴含了两层深意,一显一隐,假使韩愈真是刻意为此,那么从这一层又一层的深意中,确实可以玩味其用心狡狯。

最后再举《送郑十校理序》为例。郑涵为宰相郑余庆之子,于元和四年(809)以长安尉选为集贤校理,时韩愈为都官员外郎,分司东都,而郑余庆为东都留守。这篇文章其实是下属为上司之子升迁所作的送行文字,看起来酬应的意味很浓,但韩愈以其文章之才,写得倒是未失分寸,所以前人一般对其谋篇布局多有赞赏,[5]但

---

① [法]罗兰·巴特著,赵克非译《明室:摄影纵横谈》,文化艺术出版社 2003 年版,第 39—41 页。罗兰·巴特的"刺点"概念,源自他对照片的观察,照片上经常会有一些微小的细节,刺痛或影响他,让他重新感受整张照片的氛围。这个概念同样可以借用到文学文本中。文本中的一些小的细节也会突然刺痛或吸引读者的注意,而这些细节或许并非作者有意安排的。

② 曾国藩《曾国藩全集》,第 10 册,第 7024 页。

③ 韩愈著,马其昶校注,马茂元整理《韩昌黎文集校注》,第 312 页。

④ 吴闿生著,王基伦、王诚御、许妙音点校《古文范》,第 227 页。

⑤ 如茅坤、林云铭的评价,见高海夫主编《唐宋八大家文钞校注集评》,第 310—311 页。

并不认为颇具微旨，如茅坤就之言此文"古直浑朴"。但吴汝纶偏偏说："此讥郑公以公卿子弟为之，非其任也。"①民国时的王文濡也附和道："文之揄扬处似含有讽意，吴评甚当。"②这一讥讽是如何看出来的呢？我们回到文本中，文章前半部分这样写道：

> 秘书，御府也。天子犹以为外且远，不得朝夕视，始更聚书集贤殿，别置校雠官，曰学士、曰校理。常以宠丞相为大学士。其他学士皆达官也，校理则用天下之名能文学者；苟在选，不计其秩次，惟所用之。由是集贤之书盛积，尽秘书所有，不能处其半；书日益多，官日益重。四年，郑生涵始以长安尉选为校理，人皆曰：是宰相子，能恭俭守教训，好古义施于文辞者；如是而在选，公卿大夫家之子弟其劝耳矣。③

先介绍天子因秘书省"外且远"，不便于事，便设校雠官，分学士和校理，校雠官负责的文献资料超过了秘书省，于是校雠官的地位就越来越高了。接着再说郑涵如何优秀，可以作为公卿子弟的表率。如果我们这样读过去，韩愈似乎就是在夸赞郑涵：一个优秀的人被安置在了重要的位置上。那么，这段描述中存不存在"刺点"（punctum）呢？如果我们深究起来，会觉得有一个地方似乎有点怪。韩愈在文中区别了学士和校理的担任者身份：一为宠臣达官，一为不计秩次的能文学者。那么郑涵作为宰相之子，似乎与韩愈所说的"不计秩次"有些不和谐。当然，郑涵也可能文学才能出众，完全

---

① 韩愈著，马其昶校注，马茂元整理《韩昌黎文集校注》，第 323 页。
② 高海夫主编《唐宋八大家文钞校注集评》，第 311 页。
③ 韩愈著，马其昶校注，马茂元整理《韩昌黎文集校注》，第 322—323 页。

胜任校理之职,但此文既然是写给宰相子的,区分学士和校理担任者身份的内容就完全可以不写,为什么要强调"不计秩次"呢?所以其中就有了不测之意,而吴汝纶欣赏到了这一点。像这类文章的行文诙诡之处,必须在体会了其中的深意后才能感受出来。如果把这些微妙处都等闲视之,那么这就是一篇"古直浑朴"之作了。对于这种类型的韩文,"古直"还是"诙诡"很可能就在读者一念之间。

　　类似的解读还有很多,限于篇幅,不再赘举。当然,一味求深求微也会存在过度解读的可能。不过笔者想到克林思·布鲁克斯(Cleanth Brooks)曾对反讽有一个经典的定义,即"语境对一个陈述语的明显的歪曲"。① 从语境角度出发,任何句子都可能具有反讽的意味。某一句话看上去没有异样,但它与上下文有看似矛盾的地方,这时文章的语境就可能对这句话造成压力,让它的意义产生扭曲。还有些时候,全文无不和谐之处,但描写的事实与别的史书中的事实相龃龉,那么历史语境或者别的文本的语境也会对这篇文章造成扭曲。晚近曾国藩一脉的桐城古文家对于韩文从其诙诡之趣与不测之意的角度进行探索,就是一种深入的文本细读,与新批评学者对诗歌从反讽的角度进行解读很相似,他们都将文本所提供的信息拓展到了最大。

第四节　余论:被忽视的"诙诡"与 "以诗为文"说的提出

　　如上文所述,曾国藩所开创的以诙诡之趣来解读韩文的路径

---

① [美]克林思·布鲁克斯(Cleanth Brooks)《反讽——一种结构原则》,收于赵毅衡编选《"新批评"文集》,中国社会科学出版社1989年版,第335页。

在张裕钊、吴汝纶及其后学那里极受推崇，而这些三传、四传弟子主要来自北方的莲池书院，那么，这一理论在南方是否流行，民国后是否仍有影响？

说起桐城古文在民国的传播，尤其是在江南的影响，唐文治创办的无锡国专所起的作用是不能忽视的。唐氏早年受知于吴汝纶，也是曾门一系的传人，他自然重视曾国藩的文论，但其论文却并未标举"诙诡之趣"，在其弟子陈柱、王蘧常、钱仲联等人有关古文的论述中，亦未见"诙诡"的踪影，甚至弟子朱东润还欲将诙诡之怪从曾氏古文理论中删去。那么可以认为这一脉曾门后学放弃对"诙诡之趣"的追求了吗，他们对韩文中深藏的微旨不再着迷了吗？并不完全如此，唐文治对曾氏解读韩文微旨的做法是欣赏的，他甚至认为在阐发韩文意蕴上，前辈古文家中唯有曾氏于"不测"之义法，能入其堂奥，其他人只是偶涉而已。[①] 而唐氏后学提出的韩愈"以诗为文"说也很值得注意。

"以文为诗"自宋代以来便成为韩诗批评的焦点，世人多能言之。而自钱穆（1895—1990）明言韩愈"以诗为文"后，"以诗为文"便又成为解读韩文的一个新方向，世人亦有详尽精微的阐发。[②] 这一观点很醒目，钱穆亦视此为自己的创见。[③] 其实，世人所不知的

---

① 唐文治著，邓国光辑释《唐文治文集》，上海古籍出版社 2018 年版，第 3 册，第 1779 页。

② 如何寄澎、王基伦对此都有精彩的阐发。何寄澎《论韩愈之"以诗为文"》，收于《语文、性情、义理——中国文学的多层面探讨国际学术会议论文》；王基伦《"韩愈以诗为文"论题之辨析》，收于《韩柳古文新论》。

③ 钱穆在《杂论唐代古文运动》中说："惜无一人能明白言之曰：'是乃韩公以诗为文耳。'章实斋《文史通义》有云：'学者惟拘声韵之为诗，而不知言情达志，敷陈讽谕，抑扬涵泳之文，皆本于诗教。'其言是矣，然亦未能明论唐宋诸家之以文为诗也。余此所论，苟深明于文章之体类流变者，当不斥为妄言。"见氏著《中国学术思想史论丛（四）》，生活·读书·新知三联书店 2009 年版，第 53 页。

是,在钱穆此论问世的三十年前,无锡国专的陈柱(1890—1944)就已对韩愈化诗为文有所揭示,其《证韩篇》(1926)云:

> 独求之于经,探之于子,运之于史,斯已异矣。乃更进而求之于诗,化诗入文,廓小为大,则其手段岂不更诡哉?①

文中更是举了许多实例来证明,如认为《杂说·马说》,其意本于杜甫《天育骠骑歌》;《送董邵南序》中"为我吊望诸君之墓"一段,乃从陶渊明《赠羊长使诗》而来;《送温处士赴河阳军序》开头"伯乐一过冀北之野"一段,意本于《郑风·叔于田》,等等。这些例证是从韩文的句意与句式与前代的诗歌作比较,考察的是韩文在面貌上与古诗的相似。而数年后,陈柱对"化诗为文"的体会更为深刻,其《札韩》(1933)②中更加重视涵泳韩文微意,认为这是深得古诗讽谕之旨的结果。

> 此篇当有所讽而作……收句说出自鉴则言者无罪,闻者足戒,亦诗人忠厚之旨也。(评《圬者王承福传》)③
>
> 五箴有正说有反说,时有愤怨之辞,诗三百篇,大抵皆圣贤发愤所为作也。吾于五箴亦云。(评《五箴》)④
>
> 亦有讽意,或以谓几乎诒,则非也。(评《猫相乳》)⑤

---

① 陈柱《证韩篇》,《国学专刊》1 卷 3 期,1926 年,第 20 页。

② 据《札韩》小序可知此文作于 1933 年,后于 1936 年连载于《学术世界》。

③ 陈柱《札韩》,《学术世界》1 卷 8 期,1936 年,第 72 页。

④ 陈柱《札韩》,《学术世界》1 卷 8 期,1936 年,第 72 页。

⑤ 陈柱《札韩》,《学术世界》1 卷 9 期,1936 年,第 22 页。

此文笔以唱叹出之，真有诗境。（评《与孟东野书》）[1]

李翊本志乎利，故首段云"毋望其速成，毋诱于势利"，正言之也，末云"念生之言不志乎利"，讽之也。（评《答李翊书》）[2]

此与孟东野书，气韵相同，皆有诗意。（评《答李秀才书》）[3]

柱谓正深得古诗反言讽谏之义。……结云"无疾其驱，天子有诏"，亦讽天子收回成命之意。（评《送陆歙州诗序》）[4]

得志一段，描写当时所为大丈夫之得志于时者之态度与心志，不过如是而已。既以刺当时大官之素餐，亦以讽李愿之立志。伺候一段，则既刺大官之敖士，亦痛斥趋附者之无耻，所以戒李愿也。故吾尝曰："为文当得古诗讽刺之义。自宋以后，古诗讽刺之义不明，学者于诗，望文直释，则如此等文之为讽刺，不独无人能为之，且无人能知之矣。"（评《送李愿归盘谷序》）[5]

除了没有使用"诙诡"这样的词汇外，陈柱对韩文微旨的执着与曾、吴诸人非常相似，也读出了许多前人未注意到的讽意。尤其是在评《送李愿归盘谷序》时，他提到"自宋以后，古诗讽刺之义不明"，这种思虑与吴闿生、郭象升是一样的，他们共有着同样的一种焦虑，我们隐隐能感觉到他们对韩文的阐释目的是一致的。那么，可以认为曾国藩以来的桐城派古文家对诙诡之趣和不测之意的追求影响了陈柱吗？答案应该是肯定的，不只是因为陈柱本身就与

[1]　陈柱《札韩》，《学术世界》1 卷 9 期，1936 年，第 23 页。
[2]　陈柱《札韩》，《学术世界》1 卷 9 期，1936 年，第 25 页。
[3]　陈柱《札韩》，《学术世界》1 卷 9 期，1936 年，第 25 页。
[4]　陈柱《札韩》，《学术世界》1 卷 10 期，1936 年，第 23 页。
[5]　陈柱《札韩》，《学术世界》1 卷 10 期，1936 年，第 24 页。

曾门一脉有千丝万缕的联系。① 更重要的是他的《札韩》本就是在前辈的评点基础上,再阐发自己的看法的。而这些前辈评点中,为其引述最多的就是曾国藩的观点。

再回到钱穆,钱氏早年与唐文治亦有交往,其于文章颇爱"唐宋韩欧至桐城派古文",②对曾国藩文论亦不陌生。③ 他在《杂论唐代古文运动》一文中说:"诗人之比兴,正似小说家之寓言。可知运文入诗,其来久矣。韩公狡狯为文,又一转手运诗入文,遂若蹊径独辟。"④狡狯二字,与诙诡相似,都多少与正心诚意相背离,自曾国藩在评韩文多次使用后,晚近桐城文家才多以此语评文,诙诡、狡狯便成了流派内部的共同话语,如上文所提及的林纾就喜用此语。钱穆称韩公"狡狯为文",很可能亦受曾氏启发。

不过,必须要指出的是,陈柱、钱穆提出韩愈以诗为文,并不等于提倡"诙诡之趣"。他们只是在关注韩文微旨的角度与北方桐城派存在共识。从字面气质来看,诙诡之趣更像是一种私人化的偏好,且除了寄托的微旨外,诙诡的表达方式本身也是他们极力追求的,他们非常强调在立意上极尽狡狯,讽刺要尽可能布置得深巧,要在文字上给人以似褒还讽、似是而非之感,有时候还可以加入神怪玄幻因素。而提倡诗之比兴,似乎更显得义正辞严,虽然也重视表达的委婉,但在温柔敦厚的约束下,狡狯之意就淡了。所以,即便"诙诡之趣"与"以诗为文"都有要阐发韩文的讽谕因素的内涵,

---

① 陈柱受教于唐文治,而唐文治曾蒙吴汝纶亲授古文要旨,其后半生创办无锡国专,使得桐城文法能够在江南一带再放光彩。唐文治、陈柱都可以看作是曾门一脉。
② 严耕望《钱穆宾四先生行谊述略》,收于卞孝萱、唐文权编《民国人物碑传集》卷七,凤凰出版社 2011 年版,第 442 页。
③ 钱穆《中国近三百年学术史》中专门有一小节讨论曾氏文章学。
④ 钱穆《中国学术思想史论丛(四)》,第 53 页。

"以诗为文"也显得更为大气，更为符合人们的正统意识，①但也因此，韩文的讽谕似乎又被归入一条"主文谲谏"的文学传统的大河中，其独特的魅力、个性化的气质亦被抹杀了。所以，笔者虽然认为陈柱、钱穆等人所提出的"以诗为文"说受到了曾国藩古文论的影响，但并不把这一说法纯然看成是晚近桐城古文家追求韩文"诙诡之趣"的一个新阶段。唐文治虽曾受吴汝纶的指点，但他本人的理学气在晚近古文家中是较为突出的，②所以很可能在他的教导下，国专的古文传习并不强调诙诡，甚至有意忽视诙诡，于是，从曾国藩至张裕钊、吴汝纶，再至林纾、贺涛、吴闿生、高步瀛等人，乃至第四代的贺培新，都共同追求的一种独特的审美趣味，在北方桐城派中较有影响，而在江南的无锡国专中却销声匿迹了。这里孰是孰非，只能留待后人评说。

---

① "以诗为文"是将文统一到诗教，根本上还是"文道合一"。如果说，曾国藩是对桐城文传统的一个修正，无锡国专诸人似乎是对曾氏的再修正。因为在他们看来，"道"不是必然害"文"，深于道者同时深于文，不是不可以达到的。

② 吴汝纶曾指出唐文治文章的理学气太重。见《桐城吴挚甫先生文集手迹跋》，《唐文治文集》，第 3 册，第 1737 页。

第四章

晚近桐城派中的王安石文风

近人孟森曰:"闻故都老辈言,承平时士大夫有不传之秘二事:于宋则王荆公,于清则钱牧斋,其集皆在人袖笼内,心摹手追,口不敢道。"[①]"心摹手追,口不敢道"是个很有趣的现象,其背后反映了什么样的社会文化心态? 孟森所能接闻的故都老辈大体生活在晚清,那么他所说的士大夫学习王文的风气是否直到晚清才出现? 如果确实如此,那么何以会产生这样的风气,这种风气又带来什么问题? 这些是本章要考察的。

第一节　王安石文章评价的两个维度

王安石主导的熙宁变法在当时就引起了极大的社会动荡与士人恐慌,因此针对新法和王安石个人的毁谤从未停息。变法失败,带来了大量的负面因素,如北宋末年权门的抬头导致了政权内部各阶层的严重对立,[②]"国是"与党争的互相加强又使得士人的政治

---

① 孟森《王安石评传序》,柯昌颐《王安石评传》,商务印书馆 1933 年版,第 1 页。
② [日]寺地遵著,刘静贞、李今芸译《南宋初期政治史研究》,复旦大学出版社 2016 年版,第 43—46 页。

环境日趋恶劣。① 这些问题不仅导致了北宋的灭亡,其影响更是持续到了宋室南渡之后。南宋"内圣"之学的骤盛与熙宁变法的失败亦有着密切联系,理学家对王安石的攻击开始从政治层面转向内在的道德层面,认为王安石的"外王"建立在错误的"性命之理"上。② 所以无论是在"立功"还是在"立德"上,王安石都很难在主流话语中获得正面形象。晚明的茅元仪曾言:"北宋诸公,虽与王介甫生前为敌者,毁之亦不忍尽抹杀。至南宋,则几与林、杞合传矣。胜国之初,大率为此,至世庙时,唐荆川作《左编》,列之于名相,斯可谓卓识。"③可见这种现象从南宋到明代都没有多大改观,唐顺之尊王安石的行为显得极为个别。大体上说,南宋以后对于王安石的评价已有定谳,后世虽时有人意图为荆公翻案,但影响仍然是有限的。④

这种政治和道德角度的负面评价自然会影响到文学评价话语。以清初的方苞为例,王芑孙《读小岘所作亡弟行状书后》曰:

> 《泷冈阡表》,吾曹以文字读之,侍郎以文字论之,痛加刊落,境自益胜。在欧公当时,至性至情激宕而出,言之短长与事之繁简所不及计,势不能无冗长。……独介甫自铭兄弟,操

---

① 余英时《朱熹的历史世界:宋代士大夫政治文化的研究》,生活·读书·新知三联书店 2011 年版,第 10—11 页。

② 余英时《朱熹的历史世界:宋代士大夫政治文化的研究》,第 12 页。

③ 茅元仪《暇老斋杂记》卷二一,光绪李文田家抄本。

④ 清代有李绂、蔡上翔等人的翻案,但即便到了晚清,对王安石的总体评价并没有发生大的变化,当时主流的文人虽有不少学习荆公诗文,但政治上对王安石仍然持否定态度。现在的一些研究容易给人一种王安石在清代的评价不断变化,慢慢变好的假象,如刘成国《荆公新学研究》第 270—274 页、童强《"王安石研究"的清学地位》(《江海学刊》2005 年 6 月)都本着这一思路,这是笔者不能赞同的。

笔严谨,如挟风霜。然侍郎议之,以为即此见介甫不近人情
处。侍郎之有所不惬于介甫之为,而仍自改《泷冈表》,意非以
欧公为不足也,徒以作文义法示吾曹而已。[1]

以常理论,为亲人撰写墓志,因真情流露难以节制,文字便容易冗
长。方苞一贯重视文字的简洁,他读欧阳修的《泷冈阡表》,认为
"撕其繁复,则格愈高,意愈深,气愈充,神愈王",[2]这是从作文角度
去评判的。与欧阳修不同,王安石撰写亲人墓志时下笔十分克制,
这看似符合方苞对文字的要求,但此时方苞却从人性角度出发,批
评王安石此举"不近人情"。方苞对待王安石和欧阳修明显采用了
双重标准,这也可以视为道德评价维度对文学话语的渗透。与方
苞同时代的王士禛在谈到王安石编选的《唐百家诗》时,也是从人
性角度着眼,认为:"世谓介甫一生好恶拂人之性,此选亦然。"[3]魏
禧亦认为王文如"高士溪刻,不近人情"。[4] 乾隆时的汪缙在《柳王
二家文叙》中说:

予少习唐宋大家文,最初与柳子厚、王介甫相入,方其入
之深而溺焉也,溺其文因护其人。痛子厚之党于王叔文也,介
甫之与元祐诸君子相水火也,以新法坏天下也,辄为之焦焦然
虑曰:"吾欲宗其文,奈何其人如是?"于是见有辩子厚之诬,原
介甫之过者,则跃跃然大喜曰:"吾当主是说。"已而读书渐多,

---

① 王芑孙《惕甫未定稿》卷二三,清嘉庆刻本。
② 方苞《古文约选评文》,王水照编《历代文话》,第 4 册,第 3979 页。
③ 王士禛《跋王介甫唐百家诗全本》,《带经堂集·蚕尾续集》卷一九,上海锦文堂刻七略
书堂初印本。
④ 魏禧《日录论文》,王水照编《历代文话》,第 4 册,第 3613 页。

意渐开解,乃为之嚣然曰:"出处不失其正者,士君子立身之大节也,子厚昧焉;进贤退不肖以尊主庇民者,宰相立朝之大业也,介甫反是。是尚可为之辩其诬、原其过也耶?"……以予观于唐宋大家文,韩、欧其至矣,能配韩、欧以行者,独有子厚、介甫耳,以彼其文克配韩、欧,而其人如是,惜哉惜哉! 予叙二家文,以著予之爱其文,而不能护其人,俾后之慕为二家文者,其慎所守焉,勿更为后人所惜也。①

在汪氏的陈述中,我们可以看到他经历了从"溺其文因护其人"到"爱其文而不能护其人"的过程。因文护人是一种爱屋及乌的状态,是每个个体最自然的一种类推。这个过程的转捩点是"读书",书所象征的是一种传统,随着"读书渐多",个体慢慢被融化在一个大的传统中,个人最原始的主观意见便被慢慢消除了。汪氏此文最后的强调很值得玩味,他不但表达了自己的立场,而且还作为一种告诫者的身份出现:"俾后之慕为二家文者,其慎所守焉,勿更为后人所惜也。"一方面他暗示了柳、王因为立身大节有亏,于是其文也沾染了某种毒。学习其文的人有可能会中这种毒;另一方面通过这种告诫,汪氏让自己彻底摆脱了幼时的自己,而过去的自己恰恰是他此时所要告诫的那一类人。通过这种陈述,他能更正式地将自己纳入王安石的传统评价维度中。从汪缙所经历的思想转变中,我们可以清晰地看出一种典范历史是如何影响和消化个体,并让个体成为继续强化这一典范历史的因素的。

　以上主要阐述了王安石评价的第一个维度,即政治道德的负面评价对其文章评价所造成的影响。在这一维度下,就算是王文中的

---

① 汪缙《汪子文录》卷二,清光绪刊本。

优点亦会被一定程度地否定（如方苞），即便是非常喜爱王文之人（如汪缙）也不能不强调并惋惜其立身的污点。但王安石评价还有另一个维度，即将其文章视作文学典范。自茅坤选本风行海内，"唐宋八大家"的文章"一二百年以来，家弦户诵"，已经成为大家讨论古文不可忽略的典范了。而且八大家作为一个集体，在世人讨论古文的话语中也稳定了下来。① 一个人即便再讨厌荆公为人，也不敢轻易将其剔出"八大家"的行列，如陈兆仑在《王文选序》中尝言："吾既厌恶其人，故不欲阅其文，姑取数篇以仍八家之号，其实虽悉置不观，亦无不可。"②陈氏虽然表达了对王安石的极度不满，但在"唐宋八大家"的框架影响下，也还是选择维持"八家之号"。同时代的沈德潜选编《唐宋八家文读本》，他在凡例中将王安石与其他七家分开评论。在描述了其他七家风格后，加以总评"要皆正人君子，维持文运"，③而对于王安石则曰："半山之文，纯粹狠戾互见，芟而存之，勿以人废言可也。"④王安石虽然被单独置于一个反面的位置，但沈氏亦不敢将他从八家中除名。与清人相比，同时代的日本人对于"八大家"的框架则没有那样的执着。荻生徂徕就认为"八大家"名号有所不公。⑤ 之后赖山阳（1780—1839）对于八大家的名号也表

---

① 唐宋八大家的组合是在南宋以来慢慢形成的，但最初结构比较松散，人们讨论韩、柳、欧、苏较多，对于曾、王则措意较少。如南宋王正德《徐师录》、陈模《怀古录》、元代李淦《文章精义》、王构《修辞鉴衡评文》都选择性遗漏了王安石，而重点评述韩、柳、欧、苏四家。直到明代中期，唐宋八大家的框架基本固定，以茅坤《唐宋八大家文钞》为代表的选本出现后，人们习惯于把八大家作为一个整体讨论，此后很难再出现评述了其他七家而仅遗漏王安石的现象。

② 陈兆仑《陈太仆评点唐宋八大家文读本》，光绪二十八年山东书局石印本。

③ 沈德潜选评，［日］赖山阳增评，闵泽平点校《增评唐宋八家文读本》，崇文书局 2010 年版，第 9 页。

④ ［日］赖山阳增评，闵泽平点校《增评唐宋八家文读本》，第 9 页。

⑤ ［日］赖山阳增评，闵泽平点校《增评唐宋八家文读本》，第 7 页。

达了不满："余所不满于茅者，以曾、王列焉是矣。盖茅师王遵岩，遵岩喜曾，故收之也。……要之，曾、王岂可列为大家哉？"①斎藤正谦(1797—1865)亦认为："所谓大家者，唐唯一韩，宋唯欧、苏二子当之，柳亦庶几之。如李、曾、王、老苏、小苏，可称名家而已，不可谓大也。"②无论是赖山阳还是斎藤正谦，都对八大家能否都配得上"大"字深表怀疑，也都认为曾巩与王安石不应具备大家的名号，甚至直到昭和初期，日本学者笠松彬雄在《唐宋八家文详解》中也认为，八家中有了曾、王，便不能称为"八大家"，只能称"八家"。③ 曾、王一下子被降到了无法与韩、欧并列的地位上。在中国，"八家"或"八大家"并不构成明显的价值差异，沈德潜选编的《唐宋八家文读本》在题目上并无深义。当然，清代也并非没有批评"八大家"框架的学者，如清初的钱谦益曾说："以熙甫追配唐宋八大家，其于介甫、子由，殆有过之，无不及也。"④清中期的吴士模也"欲于八家中，退颍滨而进震川"。⑤ 吴德旋亦认为苏辙在八家中"稍弱"，但前两种话语的重点是在抬高归有光的地位，而并非真的否定"八大家"的框架，吴士模与吴德旋也只是对苏辙的地位产生怀疑，所以从文章典范的角度看，王安石在中国的地位还是要高于日本的。⑥

---

① ［日］赖山阳增评，闵泽平点校《增评唐宋八家文读本》，第 7 页。

② ［日］斎藤正谦《拙堂文话》，王水照《历代文话》，第 10 册，第 9865 页。

③ ［日］笠松彬雄《唐宋八家文详解》，大同馆书店 1929 年版，第 2 页。

④ 钱谦益《题归太仆文集》，钱谦益著，钱曾笺注，钱仲联校《牧斋初学集》，上海古籍出版社 1985 年版，第 1760 页。

⑤ 吴铤《文翼》，余祖坤编《历代文话续编》，凤凰出版社 2013 年版，第 595 页。

⑥ 赖山阳、斎藤正谦所欣赏的文章是偏向于苏轼一路的，苏文本与曾、王趣味不同，所以他们对曾、王的贬低更多的还是从文章评价角度，并非如陈兆仑、沈德潜等人以道德角度来评判王文。关于近世日本人对于王安石的看法，还可以参考［日］东一夫《日本中·近世の王安石研究史》，风间书房 1987 年版。

　　一方面是政治与道德的负面评价维度，一方面是作为八大家中一员所具备的文章典范的评价维度，这二者始终在清人的王文评价中并存，这种状态比较明显地体现在张伯行的《王文引》中：

> 王介甫以学术坏天下，其文本不足传。然介甫自是文章之雄，特其见处有偏，而又以其坚僻自用之意行之，故流祸至此；而其文之精妙，终不可没也。……介甫文虽精妙，而其学术意见，隐然有倔强之意，形于笔墨间，固不待其用之之后，而乃知其祸天下也。余特择其文为世所传诵者若干首评之，以质知言之君子。①

在张氏的文字中始终包含着两股互相撕扯的力量：因为王安石学术坏，故其文"本不足传"；文虽因学术坏而"不足传"，但王氏"自是文章之雄"；可就算是"文章之雄"，也还是"见处有偏"；虽然"见处有偏"，但"文之精妙，终不可没"；即便"文虽精妙"，但学术意见依然能够"祸天下"。张氏的叙述中，每相隔两句都可以形成一个互相牵制的组合。这样反复致意的目的并不是体现其内心的矛盾，而恰恰是突出王安石身上所并存的两种评价的维度。

第二节　柳王合称与晚清桐城派学王风气

　　我们如果将唐宋散文家全体看作一个大家族的话，将其中的几位单独提取出来并称，会愈发突出其相似性，不同的组合突出的

---

① 张伯行选编，萧瑞峰标点，张星集评《唐宋八大家文钞》，上海古籍出版社 2007 年版，第 4 页。

相似性也不同。"韩柳欧苏"合称为古文四大家,很早便被人们作为文与道结合的典范而提倡。[①]"韩欧"并称也很常见,这种从唐宋古文家中各选一位合在一起是为了突出古文道统的传承关系。谈到宋代的古文,"欧苏""欧曾"的并称最具代表性。明人何良俊曾言:"曾南丰文,严正质直,刊去枝叶,独存简古。故宋人之文,当称欧苏,又曰欧曾。"[②]其中"欧苏"并称所凸显的是他们所共同拥有的迂回漫衍的文风,而"欧曾"并称则更多体现一种文章立意之正。[③] 那么,如果将柳与王并称,会突出什么样的相似性? 二人除了文风中共有"峭"的特点外,更容易被人注意的就是他们都有政治污点,而突出这种相似性在传统的政治话语中是需要承担风险的。因此,在南宋以来的文论中很难看到将柳宗元与王安石并称的现象。

然而从雍乾时期开始,柳王合称便屡见不鲜了。杨仲兴将八家分为四类,两人一组纳入元、亨、利、贞四集,其中《亨集》收柳、王之文。杨氏认为:"柳州旁推交通,羽翼大道。临川网罗独断,固而存之,深峭镌刻,品格微肖,故附之。"[④]杨氏此种分类法,陈兆仑、袁枚均称其有法,可见在当时,柳王文章的相似性是被大家认可的,但杨氏将柳王并举只是为了世人学文方便,并无推尊的意思。其后,潘相(1713—1790)《琉球入学见闻录》卷四曰:"余尝论唐宋八

---

① "韩柳欧苏"合称最早见于南宋初王十朋的《读苏文》,四大家的形成及其所代表的"文""道"结合的文章观,参见朱刚《唐宋四大家的道论与文学》,东方出版社 1997年版。

② 何良俊《四友斋丛说》,中华书局 1959 年版,第 207 页。

③ 朱熹曰:"固宜以欧曾文字为正。"黎靖德编《朱子语类》,中华书局 1986 年版,第 8 册,第 3311 页。

④ 王水照编《历代文话》,第 8 册,第 7236 页。

家，惟柳王足亚韩豪，而韩公于柳王之长无不有。"①汪缙(1725—
1792)《柳王二家文叙》亦曰："以予观于唐宋大家文，韩欧其至矣，
能配韩欧以行者，独有子厚、介甫耳。"②潘、汪二人都将柳王并称，
他们使用"惟"与"独有"的表述将柳王从八大家中独立出来，并将
其升格到仅次于韩欧的位置。由于长久以来柳王一直处于相对边
缘的位置，此类议论可谓空谷足音。

　　到了嘉庆时期，吴德旋(1767—1840)指示学古文门径时说：
"上等之资从韩入，中等之资从柳、王入，文品可以峻、古。"③虽然
从柳、王入门相对门槛较低，但同样是通向文品峻、古之路。在
此，柳、王文与韩文的内在同一性被再次强调。关于柳、王、韩
三者的关系，与吴德旋同时的李道平(1788—1844)说得更为
详细：

　　　　前人云学韩必先学柳，故钞柳州文一卷。宋人惟介甫能
　　学韩，余皆不逮也，故钞临川文一卷。……要之韩柳匹也，王
　　则具体而微，皇甫与李、孙皆各具韩之一体云。(《柳王文合钞
　　题词》)④

　　李氏认为韩柳相匹敌，而王安石乃宋人唯一能学韩者，其对
柳、王的推崇不可谓不高。从杨仲兴将柳、王合集，到汪缙《柳王二
家文》、李道平《柳王文合钞》的出现，表明文人已经有意识地从选
本角度对柳王进行整体宣传。并且从诸人的评价中，我们可以明

---

① 潘相《琉球入学见闻录》卷四，清乾隆刻本。
② 汪缙《汪子文录》卷二，清光绪刊本。
③ 吴德旋口述，吕璜纂《初月楼古文绪论》，中华书局1985年版，第3页。
④ 李道平《有获斋文集》，清安陆陈氏念园刻本。

显发现清中期文坛开始涌现出的一股扬柳、王之风势。当时,除了柳王合称现象出现较多外,文人对柳、王文也多有偏好。闽人朱仕琇(1715—1780)作文"上仿《法言》,下摹柳州"。① 张绅师事朱仕琇,其"文学欧、曾,间取奥峭于子厚,为古文正传"。② 长洲王芑孙(1755—1817)则"于各家,最服膺昌黎。次则河东、六一、临川。又次则东坡、南丰。于老泉多所讥弹,颍滨则著墨寥寥"。③ 阳湖恽敬(1757—1817)文章取法王安石"亦喜论法制,而文章奇峭峻悍,尤与半山之文相同"。④ 李兆洛(1768—1841)亦表现出对王安石文章的偏爱,尝言:"介甫极聪明,看书极多,根柢极足,所见虽僻,胸中有物以助之,其文不烦绳削而自成。"⑤到了晚清,董沛(1828—1895)认为:"王荆公于欧苏之外别树一帜,劲峭似柳,端凝似韩,寻法门而透关捩,于二家可称具体。"⑥施补华(1835—1890)议论与李道平相似,认为:"介甫健劲,故于退之独近。"⑦宋恕(1861—1910)更是直言:"唐代通人,以柳柳州为最。宋代通人,以王半山为最。"⑧在他的论述中,柳、王遗世独立,已然超越了其他六家。

现象叙述至此,就产生了一个疑问,何以从清中期开始会出现一股推崇柳、王的风势呢?

---

① 刘声木《桐城文学渊源考》,王水照编《历代文话》,第 10 册,第 9448 页。

② 《桐城文学渊源考》,第 9452 页。

③ 王欣夫著,鲍正鹄、徐鹏标点整理《蛾术轩箧存善本书录》,上海古籍出版社 2002 年版,第 339 页。

④ 刘师培著,金文渐校点《中国中古文学史 论文杂记》,人民文学出版社 1959 年版,第 122 页。

⑤ 蒋彤辑《暨阳答问》卷二,清光绪盛氏思惠斋刻本。

⑥ 董沛《正谊堂文集》卷四,清光绪刊本。

⑦ 施补华《泽雅堂文集》卷一,清光绪刊本。

⑧ 宋恕《宋恕集》,中华书局 1993 年版,第 84 页。

近人钱基博描述清中叶文坛情形曰："桐城姚鼐称私淑于其乡先辈方苞之门人刘大櫆，又以方氏续明之归氏而为《古文辞类纂》一书，直以归、方续唐宋八家，刘氏嗣之，推究阃奥，开设户牖，天下翕然号为正宗。"① 然桐城派号称接续八家，其实主要师法欧、曾。施补华《复陈子余论韩文书》曰："桐城自方灵皋以下，皆知推重退之。然桐城一派实导源欧、曾，托之退之以取重耳，其笔、其气、其词固不类也。"② 姚鼐尝以阳刚、阴柔衡文，而欧、曾一路即偏阴柔。③ 桐城派既专师欧、曾，故瑰伟雄奇之气少，很难不带有阴柔的特质。④ 其不待末流"弱而不能振"，即使是姚鼐本人之文，虽有文简韵胜之誉，⑤亦时罹笔弱才短之讥。⑥ 那么，为了补救文弱的缺点，在师法欧、曾时，兼学偏于阳刚的文章明显是一条顺路。在八大家中，韩、柳、王、苏文风都偏阳刚。⑦ 韩文起点太高，初学并不易入手，姑且不论。在其他三家中，人们为何选择柳、王而放弃苏轼

---

① 钱基博《现代中国文学史》，上海古籍出版社 2011 年版，第 27 页。

② 施补华《泽雅堂文集》卷一，清光绪刊本。

③ 姚鼐《复鲁絜非书》："宋朝欧阳、曾公之文，其才皆偏于柔之美者也。"姚鼐著，刘季高标校《惜抱轩诗文集》，上海古籍出版社 1992 年版，第 94 页。

④ 朱一新就认为桐城派"未学雄奇，专学冲淡，易流薄弱"。朱一新著，吕鸿儒、张长法点校《无邪堂答问》，中华书局 2000 年版，第 87 页。

⑤ 吴德旋《初月楼古文绪论》："拣择之功，虽上继望溪，而迂回荡漾，余味曲包，又望溪之所无也。叙事文，恽子居亦能简，然不如惜抱之韵矣。"参见吴德旋口述，吕璜纂《初月楼古文绪论》，中华书局 1985 年版，第 7 页。

⑥ 恽敬《与章沣南》称姚文"才短不敢放言高论"。参见恽敬著，万陆、谢珊珊、林振岳标校《恽敬集》，上海古籍出版社 2013 年版，第 499 页。晚清孙宝瑄亦言："姚惜抱古文，笔力太弱，不足取也。"参见孙宝瑄《忘山庐日记》，上海古籍出版社 1983 年版，第 266 页。

⑦ 曾国藩在姚鼐之后，发展了阳刚、阴柔的文论。他说："余常数阳刚者约得四家：曰庄子，曰扬雄，曰韩愈、柳宗元。阴柔者约得四家：曰司马迁，曰刘向，曰欧阳修、曾巩。"又颇重视光明俊伟的文章气象，认为："自孟子、韩子以外，惟贾生及陆敬舆、苏子瞻得此气象最多。"

作为师法对象？这里还有必要作进一步说明。

　　曾国藩曾以"自然神妙"与"精与谨细"的二元分法来区别八大家的文风，在他看来韩愈是"既能精与谨细而又自然神妙"的，欧阳修、苏轼是"自然神化而未能精与谨细"的，如柳宗元、王安石、曾巩三家，则"精与谨细而未能自然神妙"。① 所谓的"自然神妙"指行文一任自然，行其所当行，止于其所不得不止。这样的文章行气流畅，却也容易把意思说尽，造成文字俚俗、篇幅冗长的毛病。而"精与谨细"则是作文时注重对字句的琢磨，人为的控制力在文章中起到很大的作用。曾国藩虽然时代相对靠后，但他指出的两种不同文风，雍乾时期的文人也多少意识到了。姚范在《援鹑堂笔记》中就指出："凡文字轻利快便，多不入古，才说仙才，便有此病。李太白诗、苏东坡文皆有此患，庄周亦间有之。"②他推崇厚重的文风，其实也是曾国藩所谓的重视人为的"精与谨细"，而苏轼所代表的轻便的文风，显然就是一任自然的结果了。桐城派自方苞以来就重视行文的法度，推崇文字的简洁，可以说也是精与谨细一路，在这个意义上他们推崇欧、曾，其重点落实在欧、曾中接近曾的一面。③ "阳刚""阴柔"的二分与"自然神妙""精与谨细"的对举是两种不同范畴的衡文方法。④ "自然神妙"与"精与谨细"两派中都可以包含"阳刚""阴柔"的风格："自然神妙"一派中，庄周、苏轼近阳刚，而欧阳修近阴柔；"精与谨细"一派中，柳宗元、王安石近阳刚，而曾巩近阴柔。苏文虽然与柳、王文同属阳刚风格，但其距离阴柔风格的曾文反而更远。因此以柳、王文之奇峭来弥补曾文

---

① 薛福成《论文集要》，王水照编《历代文话》，第 6 册，第 5806 页。
② 姚范《援鹑堂笔记》，王水照编《历代文话》，第 4 册，第 4127 页。
③ 与曾文相比，部分欧文尚有冗长的毛病，从方苞删削《泷冈阡表》一事即可见一斑。
④ 前者纯粹是对作品风格的评判，后者则涉及作者作文的状态。

之柔弱,对于桐城派来说才是切实可行的。①

　　仔细审视清中期以来文坛中逐渐流行的师法柳、王文风气,会发现宗柳与崇王的人群亦有不同。其中宗柳的现象带有明显的地域性:以福建为主。这应与朱仕琇在闽推崇的古文理念有密切关系。朱仕琇为文力摹子厚,其影响到晚清仍未消退,郑孝胥、林纾、陈衍等都对柳文多有称道。光绪二十年(1894)郑孝胥与张之洞的一次对话最能体现闽人宗柳现象:

　　　　香涛制军问余:"于文,谁师?"对曰:"喜子厚之无障翳。"制军笑曰:"闽人固多好子厚也,其文实矜炼。"余曰:"桐城派极贬子厚。"②

张之洞以清流而为疆臣,于学术升降、文运交替深有体会,他所云"闽人固多好子厚"应为当日实录。接着张之洞的话头,郑孝胥指出"桐城派极贬子厚",一下子将闽人与桐城派划分到两个对立的阵营。这似乎暗示着师法柳文需要承受来自桐城派的压力。桐城派确实一贯有着扬韩抑柳的观念。方苞《书柳文后》认为柳宗元"言涉于道,多肤末支离而无所归宿","承用诸经字义,尚有未当者","所作效古而自泪其体者,引喻凡猥者,辞繁而芜、句佻且稚者,记、序、书、说、杂文皆有之,不独碑、志仍六朝、初唐余习也"。③ 姚鼐《古文辞类纂序》也说:"文士之效法古人,莫善于退之,尽变古人之形貌,虽有摹拟,不可得而寻其迹也。其他虽工于学

① 我们可以发现推崇柳、王文的文人往往不惬于苏文,如朱仕琇、王苣孙皆如此。此亦可以证明"自然"与"人为"之间调和的难度非常大。

② 郑孝胥著,劳祖德整理《郑孝胥日记》,中华书局1993年版,第446页。

③ 方苞著,刘季高校点《方苞集》,上海古籍出版社2008年版,第112页。

古,而迹不能忘,扬子云、柳子厚于斯盖尤甚焉。"①方、姚这种抑柳的论调影响颇广,桐城派中人固不必论,即使"不依傍桐城、阳湖"②的王芑孙,早年亦受此影响而排斥过柳文。③

　　至此,由于自身的偏见,桐城派欲以阳刚的文风补救自身的柔弱,理论上可行的道路只剩下师法王文,而事实上他们也正是从此处用力的。道、咸以后曾国藩"力矫桐城懦缓之失",发展了桐城派而自成湘乡派。此派中人大多师法王文,张裕钊就深嗜韩、王,曾国藩尝夸其文"有王介甫之风"。④ 之后王树枏、马其昶、范当世、李刚己等人为文,亦多得力于介甫。但其中值得注意的是,诸人师法介甫而并不公开宣扬介甫。曾国藩第一次见到张裕钊便为其朗诵王文,使其知晓文章奥秘。但曾国藩自己的文论中称述王文的地方很少,他在给张裕钊的信中也只是让他以"扬、韩各文,而参以两汉古赋"⑤来救治笔力之弱。张裕钊自己的文章中同样很少涉及王安石,偶尔提及也是从政治角度批评王安石祸国,⑥而曾国藩、吴汝纶皆言其文学介甫。马其昶文集中亦难见推崇王文的言论,而张裕钊给他的信中言其"学介甫文",⑦陈三立评点其文也多言其文"类半

---

① 吴孟复、蒋立甫主编《古文辞类纂评注》,安徽教育出版社 2004 年版,第 18 页。

② 张舜徽《清人文集别录》,华中师范大学出版社 2004 年版,第 267 页。

③ 王芑孙:"十年前,宗望溪之说,颇不喜柳文。今来复读,觉意境又别。然子厚生平长处,多在大篇杰构,而屑玉碎金则无足为宝也。乾隆甲寅五月廿五日,写韵轩记。"批于康熙四十四年刻本《唐宋大家全集》卷六末。参见王欣夫著,鲍正鹄,徐鹏标点整理《蛾术轩箧存善本书录》,第 343 页。

④ 张裕钊《张裕钊诗文集》,上海古籍出版社 2012 年版,第 643 页。吴汝纶、郭象升评点张文,也多言其学荆公,分别见于《张裕钊诗文集》第 110、115、156、175、199 页。

⑤ 《张裕钊诗文集》,第 642 页。

⑥ 《策莲池书院诸生》,《张裕钊诗文集》,第 243 页。

⑦ 《张裕钊诗文集》,第 507 页。

山"。① 由此可见,我们只能通过师友的评论以及细读诸家文字才能知晓他们学习王文,以及如何学习王文。这种现象也从一个侧面印证了世人对王文的态度恰如孟森所述,是"心摹手追,口不敢道"。

徐梵澄对晚清文坛风气转移有一个判断:"清代咸丰、同治年间,学者甚尊韩文,光绪、宣统以后,又盛推柳文。"②徐氏的判断多少还是延续一种韩柳消长的思路,其实,韩、柳从风格角度看都属于阳刚一路,虽然二者文章趣味有不同,但终究属于相近的风格,将二人对举来反映从咸、同到光、宣的文风变化总显得过于平面。另一方面,虽然闽人在晚清政坛和文坛影响很大,柳文在晚清的地位有所提高亦是事实,但单从古文领域来看,郑孝胥、陈衍等人主要以诗名世,其文章的影响力远不及桐城派。张裕钊、吴汝纶等所代表的桐城后劲更可谓是文章正宗。在此笔者换一个思路,沿桐城派的学文取向对晚清文坛风气变化作一个新勾勒:从专师欧、曾文到以王文来补救学欧、曾文之弊。

那么,哪一类的王文最受桐城派重视呢?

第三节　法门:以《泰州海陵县主簿许君墓志铭》为典范

历来论王文者,皆以碑志文为其能事。方苞尝言:"北宋人志铭,欧公而外惟介甫为知体要。"③可见他对介甫碑志的推重。从姚鼐的《古文辞类纂》到曾国藩的《经史百家杂钞》都延续此观念,于

---

① 马其昶《抱润轩文集》,《清代诗文集汇编》,上海古籍出版社 2011 年版,第 231、353 页。

② 徐梵澄《澄庐文议》,徐梵澄著、孙波编《徐梵澄文集》,上海三联书店、华东师范大学出版社 2006 年版,第 4 卷,第 305 页。

③ 方苞《古文约选评文》,王水照编《历代文话》,第 4 册,第 3993 页。

宋人志文只取欧、王两家。晚清文坛推重王文,也主要表现为对其碑志文的青睐。在曾国藩一派古文的传授脉络中,有三次重要会面与此有关,颇值得注意。

道光三十年(1850),二十八岁的张裕钊在京师参加国子监学正学录考试,他的文章得到了主考官,时任礼部侍郎的曾国藩赏识。在二人初次见面时,曾国藩便指出张裕钊为文似曾巩,但"筋脉太缓,宜读介甫文以遒炼之",并当即朗诵了王安石的《泰州海陵县主簿许君墓志铭》(以下简称《许平墓志》)一文。据同在曾门的吴汝纶记载:"公朗诵此篇,声之抑扬诎折,足以发文之指趣。廉卿言下大悟,自此研讨王文,笔端日益精进。"[①]

二十四年后,1874 年,二十二岁的张謇初次拜见时主金陵凤池书院的张裕钊,并向其叩问古文之法。张裕钊命其"读韩昌黎须先读王半山"。[②]

又过了二十七年,1901 年,吴汝纶初见唐文治时说:"文章之道,感动性情,义通乎乐。故当从声音入,先讲求读法。濂亭初见文正时,文正告之曰:'子文学《南丰类稿》,筋脉太缓,宜读介甫文以遒炼之。'即就座中朗读王介甫《泰州海陵县主簿许君墓志铭》一过,濂亭闻之大有悟。此文家入门诀也。"[③]

三次会面时间跨越了半个世纪,"濂亭顿悟"的故事在曾门三代人中一直传递着。张謇的记载中虽然没有明确提及张裕钊朗诵王文,但"读韩昌黎须先读王半山"的教诲很难不让人联系到张裕钊第一次见曾国藩的情景,我们甚至可以揣测张裕钊在向张謇解

---

① 《古文辞类纂评注》,第 1544 页。

② 张謇《啬翁自订年谱》,张謇《张謇全集》,江苏古籍出版社 1994 年版,第 6 卷,第 835—836 页。

③ 唐文治《桐城吴挚甫先生文评手迹跋》,《茹经堂文集三编》卷五,民国铅印本。

释为何要先读王半山时会举到自己的例子。"濂亭顿悟"这个故事中包含着三个要素，即初见、声音、顿悟，从内容到结构都非常类似禅宗公案。通过读王文来"遒炼"文笔，可以看出桐城派在有意识地用王文弥补专学欧、曾文带来的不足。而通过朗诵让张裕钊大有悟，也突出了后期桐城派非常注重文章声音的特点。

　　曾国藩所朗诵的《许平墓志》很早就被世人留意。茅坤《唐宋八大家文钞》、金圣叹《天下才子必读书》、吕留良《晚村先生八家古文精选》、孙琮《山晓阁选本宋大家王临川全集》、吴楚材及吴调侯《古文观止》、林云铭《古文析义》都选评了此文，但他们对此文的重视远不如曾国藩。在曾门，此文是作为声音抑扬诎折的代表，从诸多王文中脱颖而出，并成为初习古文的不二法门。① 吴汝纶的弟子贺涛对书院学生和家中子弟都曾专门讲授过此文。吴汝纶之子吴闿生更是评价此文为学韩文之"极则"。②

　　除了重视程度不同外，桐城派自姚鼐以来对此文的解读也与他人有别。茅坤、孙琮、林云铭等人多以此文为惋惜许平生不逢时，不得大用而作。③ 姚鼐独看出其中对许平的讥讽："按《宋史·许元传》，元固趋势之士，平盖亦非君子，故介甫语含讥刺。"④后来，服膺桐城文的林纾对姚鼐此言做了阐发，他补充描述了许平之兄许元的政治劣迹，并从王文的议论部分入手，分析了王安石是如何"讥切"许平的。⑤ 这样，《许平墓志》中幽微曲折的微言便得以彰

---

① 在姚鼐《古文辞类纂》中，此文尚杂厕于王安石诸多碑志中，而在曾国藩《经史百家杂钞》中的传志部分，此文是作为王文中的第一篇被选入的。
② 《古文辞类纂评注》，第 1544 页。
③ 高海夫主编《唐宋八大家文钞校注集评》，第 3498 页。
④ 高海夫主编《唐宋八大家文钞校注集评》，第 3499 页。
⑤ 高海夫主编《唐宋八大家文钞校注集评》，第 3499 页。

显。这种从负面角度书写墓志的手法也被曾门所继承，张裕钊作《诰授中宪大夫即选道江苏候补知府黄君墓志铭》就有意仿效《许平墓志》。张氏在文中描绘了一个热衷奔竞的小官员形象。墓志主黄克家"娴熟于时俗之务，用智能自襮见"，[①]在京师时希望通过遍识名公贵人来坐致通显，然而收时望未能让他如愿以偿。后来他又通过"入赀"外放为官，过了很多年，仍然没能通显。对黄克家来说，"清"与"浊"的手段都采用了，在期待"通显"的道路上可谓竭尽心力，最终却只落得客死他乡的结局。

　　王安石笔下的许平同样是遍识名人，慨然欲有所为而终不获。王安石在简述许平庸行后，横空插入一段议论：

> 士固有离世异俗，独行其意，骂讥、笑侮、困辱而不悔。彼皆无众人之求，而有所待于后世者也，其龃龉固宜。若夫智谋功名之士，窥时俯仰，以赴势物之会，而辄不遇者，乃亦不可胜数。辨足以移万物，而穷于用说之时；谋足以夺三军，而辱于右武之国。此又何说哉？嗟乎，彼有所待而不悔者，其知之矣。[②]

而张裕钊在文中相同位置也有一段感叹：

> 嗟乎！进退、显晦、愉戚、穷通、得丧之际，岂夫人之能自为者哉？世之人或竭其耳目心思才力，苦营度于得失利害，以求一当者，其亦可以已！[③]

----

① 《张裕钊诗文集》，第 154 页。
② 《古文辞类纂评注》，第 1543 页。
③ 《张裕钊诗文集》，第 155 页。

可以发现张氏的议论在立意上与王安石很接近，他们都认为人生得遇难以逆料，个人竭尽心力去趋势赴会、营度利害未必能达到预期效果。两段议论在开头部分都罗列了几组个人处境，结构也一致。两篇文章的内在关联非常明显，故郭象升在张文后评曰："全用荆公《许平墓志》法意。"①可谓知言。张裕钊效法《许平墓志》，在立意上用了似褒实贬的手法，使作者意图的表达显得不那么平浅，而且文意诡变不测，读者涵泳其中也能更觉余味悠长。

《许平墓志》另一个影响更广的手法是，以议论行叙事。刘大櫆就认为："以议论行叙事，而感叹深挚，跌宕昭朗。荆公此等志文最可爱。"②晚清桐城派学王文亦多学此风格。张裕钊、马其昶文集中的碑、志文中夹杂议论的非常多。马其昶的《四品衔刑部奉天司主事孙君墓志铭》就非常典型，大段议论横空插入，没有"马其昶曰"之类的主语，就这样兀自和前面的叙事相接，作者仿佛突然从幕后走向台前，嬉笑怒骂，气势逼人。故姚永概评曰："以议论行叙事，纯从空际旋折，其气弥厚。"③

总之，桐城文人通过学习以《许平墓志》为代表的荆公碑志，用简练的文笔勾勒人物生平，又横空加入议论，一方面使得文章更遒紧而多转折，而不只是沿时间脉络平缓地叙事，在表达上也更具气势。另一方面，以议论行叙事也使得作者更容易在碑志文中掺入私人情感，融入自己的价值判断，前面所说的似褒实贬的手法如果不通过议论而仅仅靠简要的叙事很难表达得如此"跌宕昭朗"。无论是从文章表述上增加转折还是在文章中注入更多的个人意图，都表明作

---

① 《张裕钊诗文集》，第 156 页。
② 《古文辞类纂评注》，第 1544 页。
③ 《抱润轩文集》，《清代诗文集汇编》，第 354 页。

者对文章的控制力在增强。作文之"作"的意味越来越明显。

第四节　困境：围绕《泰州海陵县主簿
　　　　　　许君墓志铭》的反思

　　唐文治是曾门脉络中的重要人物，但他在 1925 年编《国文经纬贯通大义》时却未选入《许平墓志》这篇具有"法门"意义的文章，这自然让人疑惑，弟子便引"濂亭顿悟"之事问曰：

> 　　曾文正初见张濂卿时，教以读王介甫《泰州海陵县主簿许君墓志铭》。先生最重读法，此文不入选，何也？[①]

唐文治答曰：

> 　　余素薄介甫之为人，故未选录。然更有进焉：据吴评《古文辞类纂》云"文正在座中，读此文抑扬迟速，抗坠敛侈，无不中节。张大有悟"云云。余夷考其文，其中段盖"奇峰突起法"，亦即"移步换形，避实击虚法"也。许君本无事实可纪，是以介甫用此法。后人效之，乃不叙实事，不研真理，专于题外吞吐夷犹，无裨阃指。此则流于取巧，遁于空虚，为文家之大弊矣。[②]

"薄介甫为人"乃个人好恶，姑且不论。唐氏给出的第二个理由则关涉文章本身。由于许平本人经历少，没有太多实事可记，故王安

① 唐文治《国文经纬贯通大义》，王水照编《历代文话》，第 9 册，第 8373 页。
② 《国文经纬贯通大义》，《历代文话》，第 9 册，第 8373—8374 页。

石采取了一种以议论为主的写作方式，这种方式在唐氏看来是"专于题外吞吐夷犹"，故不宜效法。唐氏所赞同的写作方式是"叙实事""研真理"。唐氏此观点并不新鲜，方苞在评论此文时也有类似意见："墓志之有议论，必于叙事缥带而出之。此篇及《王深父志》，则全用议论，以绝无仕迹可纪，家庭庸行又不足列也，然终属变体，后人不可仿效。"①但方苞于别处又曾举韩愈《马少监墓志铭》和《柳柳州墓志铭》言两种志文做法："志铭宜征实事，或事迹无可征，乃叙述久故交亲而出之以感慨，《马志》是也。或别生议论，可兴可观，《柳志》是也。"②其为《古文约选》，于永叔独录其叙述亲故者，于介甫独录其别生议论者，表明方苞对于这两种志文的写法还是欣赏的，并未一概抹杀。唐在回答中也提到了"濂亭顿悟"，但引起笔者兴趣的是，他对这个故事的引述是"据吴评《古文辞类纂》云"，而在五年后他为吴汝纶文评手迹题跋时，详细地叙述了他与吴先生第一次见面时，吴先生是如何用这个故事教导他学习古文的。那么他为何不直言闻之吴先生云云，而要引述一个文本呢？如果此处的引述并非偶然，那么他在回答学生问题时，似乎有意要将自己放置于曾门脉络之外，将自己与《许平墓志》的密切关系淡化，也许只有这样，他反对将《许平墓志》作为入门途径的意见才显得并非入室操戈。

　　早在 1915 年，贺葆真就在日记中记载了王树枬对桐城文的评价："桐城之文太干净，于事皆扫却，虽具有规模，亦无意味。"并于其后加按语曰："潘伯寅论桐城文亦同一口吻，吾父尝述之，世之论文者，大抵如此。"③王树枬认为桐城派过于简洁，在记事功能上有

① 《古文辞类纂评注》，第 1544 页。
② 《古文约选评文》，《历代文话》，第 4 册，第 3954 页。
③ 《收愚斋日记二十六》，贺葆真著，徐雁平整理《贺葆真日记》，凤凰出版社 2014 年版，第 281—282 页。

所欠缺。"具有规模,亦无意味"当是指桐城文章中人为安排痕迹重而缺乏自然韵味。"扫"与"规模"是王树枏评论的关键词,而这恰恰是王安石文章最突出的特点,[①]也是桐城派学王文的主要用力点。[②] 桐城派此种文风的形成,与曾门大力推扬王安石文,不能说没有一定的关联。贺葆真接着又记录了王树枏对于作传记文的看法:"为人作传者,为记其事也,非令汝作文也。"此处王树枏直接将"记事"与"作文"对立了起来,等于是否定了王文的"扫"与"规模"("规模"也是一种"作文"之"作")。前述唐文治批评《许平墓志》"不叙实事""专于题外吞吐夷犹",其矛头也对着王文的扫却事件和规模文章。王树枏与唐文治均属桐城派后劲,而他们对桐城文所带有的这种王安石文章风格的批判,正体现了文派内部对文章作法产生了反思。文派内部从曾国藩、张裕钊、吴汝纶到王树枏、唐文治,发生了明显的断裂。

　　桐城派作为清代最具影响力的文章流派,既从者云集,又屡遭毁谤,但大部分对桐城的攻击并不能引发桐城派内部的反思。众所周知,桐城派在民国初年备受时人的攻击,但当时攻击桐城派的人都带着一种"革命气味"。章太炎弟子钱玄同就表示:"此等文章,除了谩骂,更有何术? 鄙人虽不文,亦何至竟瞎了眼睛,认他为一种与我异派之文章,而用相对的论调,仅曰'不赞成'而已哉?"[③]完全不愿意以平等的姿态来与桐城派对话。同时的胡适、陈

---

① 田同之《西圃文说》曰:"王之结构剪裁,极多镵洗苦心处,矜而严,洁而则。"吴德旋《初月楼古文绪论》曰:"其削尽肤庸,一气转折处,最当玩。"刘熙载《艺概》曰:"介甫之文长于扫,扫故高。"

② 陈衍《石遗室论文》:"荆公除《万言书》外,各杂文皆学韩,且专学其逆折拗劲处。桐城人之自命学韩,专学此类。"逆折拗劲的风格便是需要人为去剪裁安排的,也即王树枏所说的"规模"。

③ 钱玄同《对"南丰基督教徒悔"来信的答复》,《新青年》1918 年 6 月第 4 卷第 6 号。

独秀急于倡导新文学,对于桐城派也是以谩骂为主。桐城派虽然在论战中败下阵来,但这只能反映一种新的风气压倒了旧的传统。就桐城派本身来说,对于此类谩骂是不能心服的。之后周作人对桐城派亦有批评,他从根本上就否定唐宋八大家的古文,认为是八股文的长亲,同时对于宋明理学,以及桐城文的"载道"亦大不以为然。[①] 他的批判虽然触及了桐城派的根基,但是桐城派也未必会感受到压力,唐宋八大家的典范意义与宋明理学的影响也并非周作人几篇文章所能撼动。周氏自己的文学趣味是偏重言情一路的,自然对专注"载道"之文心有不惬。但自古提倡"载道"之文的人也并不认为和"言情"有冲突,只是他们所言之情乃受德性约束之情,并非周作人所向往的任一己私情罢了。钱大昕曾批评方苞"谓功德之崇,不若情辞之动人心目",[②]可见桐城派也并非不重言情。真正让桐城派内部产生反思并不得不应对的,正是唐文治在王安石《许平墓志》写法上看出的问题,也即王树枏所提出的"记事"与"作文"如何取舍的问题。

一般来说强调"记事"则偏重了内容,事件是历史书写的素材,很难想象没有事件的历史书写。然而事件与事件之间并不是自然联系的,它们之间存在空隙,它们的关系也是暧昧不明的,需要学者去"阐释",借助推断和推测来填补信息中的空白。章学诚尝言:"古文必推叙事,叙事实出史学,其源本于《春秋》'比事属辞'。"[③]他

---

① 关于周作人对桐城派的批判,舒芜有系统研究。参见《中国新文学史的"溯源"——周作人对唐宋八大家和桐城派的批判》一文,收于徐从辉,杨扬主编《周作人研究资料》上,天津人民出版社 2014 年版,第 44—57 页。

② 《与友人书》,钱大昕著,吕友仁校点《潜研堂集》,上海古籍出版社 2009 年版,第 607 页。

③ 《上朱大司马论文》,章学诚著,仓修良编《文史通义新编》,上海古籍出版社 1993 年版,第 637 页。

谈到了叙事文的源头《春秋》，"事"与"辞"终究需要"比"和"属"才能被赋予意义。所以即便是强调"记事"，也不可能完全去除掉人为的"作文"因素。另一方面，强调"作文"则是强调人为地根据自己的史观去熔裁史料的重要性。"作"表面上是一种形式上的布局，其实体现了文人传递自己的思想与情感的努力，故而形式本身也是内容。总的来说，在一个完整的历史书写中"记事"与"作文"总是并存的，但具体的实践中不同人对于二者的偏爱有所不同。

　　就以《许平墓志》所代表的碑志文为例，碑志文到底该如何去写？关于这个问题的讨论贯穿了桐城派的历史。精通考据的学者大都认为碑志有定体，须将人物生平、政事、文章考订准确而著于碑，而叙述感慨、别生议论乃宋人之变体，不足学。① 他们为了论据的翔实也并不特别在意文笔的简洁。章学诚尝论此风气曰："近来学者喜求征实，每见残碑断石，余文剩字，不关于正义者，往往藉以考古制度，补史缺遗，斯固善矣。因是行文贪多务得，明知赘余非要，却为有益后世，推求不惮辞费。"②此类风格可谓是纯粹为记事而作碑传，而记事的目的又是为了有益后世考订，所以行文但求全面和准确，作者个人意志的注入必须减少到最小，尽量以一种客观的态度去写作。可以说，这派风格属于在"记事"一路上走得非常极端的。但这种态度非常符合近代西方史学中"科学式史学"的发展主轴，也因此乾嘉考据学在后来一直享有方法科学的美誉。③ 与之相对立的，则是桐城派的"作文"风格。桐城文力主依据义法有意为之，作者在文章的布局取舍中倾注了自己的情感，赋予了所需

---

① 钱大昕、阮元、钱泳等皆主此说，王葆心《古文辞通义》对诸人意见做了汇集。参见王水照编《历代文话》，第 8 册，第 7944—7946 页。
② 章学诚著，叶瑛校注《文史通义校注》，中华书局 1985 年版，第 507—508 页。
③ 梁启超、胡适皆有此评价。

要传达之"道",故形式本身也是重要的内容。叙述感慨与别生议论较之纯粹客观的记事更能凸显一种有意为文的倾向。这种风格在一定程度上类似西方近代史学中注重叙事的一派。这里说的叙事重点在"叙",更接近桐城派的"作"文,而并非考据学风格的客观"记事",依据海登·怀特的观点,"叙事化的话语适合道德教化判断的目的",①但也因为过分强调文章的雅洁、过分注重主观地熔裁史料,故桐城派对于事件的选取上偏于苛刻。吴汝纶所说的"与其伤洁,毋宁失真,凡琐屑不足道之事,不记何伤",②便是实例。

　　虽然以现代的眼光看,考据学派与桐城派都有所偏失,但在清代考据学占据学术主流话语时,桐城派便一直处于劣势,无论是方苞、姚鼐,还是后期的唐文治,都强调记事的重要性。其实从我国的史传传统来看,桐城派的劣势并不是理所当然的。《左传》以来的儒家史学传统就是论说与叙事并重的,③古人所在意的叙事并非尽可能客观地、排除人的因素地记录事件,而恰恰需要人的精神注入去成一家之言。中晚唐以来流行的小人物传,也主要有两种类型:一种是写难以具体征考身份,甚至不辨虚实的人物,其书写重点,不在人物生平、性格,乃是借记言叙事,作为议论之媒介;另一种是在衰世史学隳废的情况下,作者以亲身见闻为本,用私家著述的方式,为历史纠谬补缺。④ 桐城派的风格接近前者,而考据学派的风格接近后者,书写目的不同,本也并无优劣之分。至于文章注

①《叙事性在再现实在中的价值》,[美]海登·怀特著,董立河译《形式的内容:叙事话语与历史再现》,文津出版社2005年版,第31页。
②《答严几道书》,吴汝纶著,徐寿凯、施培毅校点《吴汝纶尺牍》,黄山书社1990年版,第161页。
③ 参见徐兴无《论说与叙事——从〈左传〉看儒家史学传统的形成》,氏著《经纬成文:汉代经学的思想与制度》,凤凰出版社2015年版,第3—36页。
④ 李贞慧《历史叙事与宋代散文研究》,中国社会科学出版社2015年版,第23页。

重雅洁,本也是传统史学书写一贯坚持的主张。不论桐城派是否将简洁做得极端了,其主张是无可厚非的。反而是清代考据学那种为了考订方便而罗列事件,将人为因素从史学书写中慢慢排除的做法,与传统史学有隔膜,是较晚出现的风气。但就在这种较晚产生的风气压迫下,桐城派只能杜口吞声,这让我们感受到,在有些特定历史环境下,时势的威力是大过传统的影响的。当然,桐城派是无法抛弃"作文"的,一旦丢掉了"作"也便丢掉了他们的"道"与"义法",桐城派作为一个文派的基础就都丧失了。所以唐文治最终抛弃了《许平墓志》并不代表桐城文开始转向考据文,但确确实实反映了晚清以来学王文风格遭遇了挫折。

如果我们今天重新思考"作文"与"记事"的优劣,不禁要产生怀疑,一种看似罗列了许多事件的"客观"记录,真的就比带有主观取舍而叙述出来的历史更加真实,更能摄取碑传主的精神面貌吗?或许全面而缺乏取舍的罗列事件反而会让我们在事件中迷失,而有意提取重要事件,加入议论的写作方式反而能让人物在我们眼中丰富起来。从十九世纪下半叶到二十世纪初,近代西方史学的发展呈现出"科学式史学"压倒"叙事史学"的趋势,但二十世纪中期以来,也渐渐产生了一种重新寻回叙事的趋势。而桐城派终究并没有赶得上史学的文学转向。朱东润曾在 1949 年后用唐调吟诵了一些古文,并有录像流传,其中就包含王安石的《许平墓志》,①似乎说明唐文治在南洋公学或无锡国专时仍然教授过此文的吟诵方法,这或许就是此文在曾门流传中的最后痕迹。

---

① 傅盛裕《吟诵何为?——以无锡国专为主线》,尹冬梅、王宏舟主编《报道大学》,复旦大学出版社 2009 年版,第 312 页。

第五章

另类的评点：严复的唐宋八家
文解读趣味

本书的第三、四章都花了较大的篇幅讨论了晚清桐城派如何学习韩愈、王安石的古文。在本章中，笔者还想探讨一个另类的唐宋八大家解读思路。这个思路来源于严复（1854—1921），他在阅读姚鼐的《古文辞类纂》时留下了大量的评点，很多评论都是针对唐宋八大家古文而发的。而他的评点旨趣又与当时居于主流的桐城派有很大的不同。也正因为他的思路较为与众不同，所以在他的时代并不能形成一定的风气。笔者在此处予以揭示，可以作为一个参考，这种读法在今天或许对我们阅读唐宋八大家仍有启示。

第一节　严复的古文评点特色

《古文辞类纂》是姚鼐为指示古文门径而选编的一部范文读本，选文七百余篇，范围上自《楚辞》《战国策》，中以唐宋八家为主，下迄桐城派的方苞、刘大櫆。此书一出即风行四海，在清中叶以来的古文圈中影响巨大，吴孟复曾言：

　　闻之前辈：此二三百年间，人之读书而成学者，无论后来所就，或汉学或宋学，或考据或词章，或旧学或新知，而要其始未有不读《古文辞类纂》者也。李拔可师（宣龚）言：商务印书馆之编《四部丛刊》也，严几道力主收入此书，谓不读此书即无以通为文之法……此书行世以来，通人皆重之，张之洞《书目答问》既列为必读之书，胡适、朱自清亦无间然，此非桐城一家之私言，实天下学者之公论也。①

　　《古文辞类纂》虽非桐城派一家之秘笈，但我们仍不能忽视其中的桐城派文章旨趣，阅读该书本身似乎就暗示了读者与桐城派古文的某种关联，哪怕他们对桐城选文趣味只是在一定程度上予以认同。而评点的行为又超越了单纯的阅读，在当时甚至会被认为是归宗桐城派的表达。② 以笔者之谫陋，在晚清以来确实也未曾见桐城派之外有倾心力为此者。那么，严复极力宣传此书并亲自评点，是否在表明自己也身处桐城派古文传衍的轨辙中呢？

　　在回答这个问题之前，有必要先了解桐城派的评点特色。徐雁平曾指出："桐城世家的内向性联姻，有意无意推助'批点本书籍交流网络的形成'，并进一步强化交流的'私密性'和'地域性'。"他进一步指出桐城派内部成员之间会经常交流所阅读和评点的书

---

① 姚鼐著，吴孟复、蒋立甫主编《古文辞类纂评注》，安徽教育出版社 2004 年版，上册，第4 页。

② 民国中，钱基博曾就范伯子是否属于桐城派与范门弟子冯超有过激烈争论。当时曹文麟在信中对冯超说："濂亭先生手批肯堂先生文，及肯堂先生手批《古文辞类纂》，若早付刊，恒人或罕为相度之言。"见钱基博著，傅宏星主编、校订《潜庐诗文存稿》，华中师范大学出版社 2016 年版，第 384 页。可见评点《古文辞类纂》在当时人心中，可以成为证明一个人是否属于桐城派的证据。

籍,并将先辈及友朋的批点内容过录下来以供揣摩。① 这种行为在桐城派中后期尤为普遍,以《古文辞类纂》为例,至姚莹之子姚濬昌时,已经过录了方、刘、姚三先生的评点。② 后来,贺涛除桐城三祖外,还在自己的版本上过录了张惠言、张裕钊、吴汝纶的评点。③ 再后来,吴闿生辑有《古文辞类纂诸家评识》,④徐树铮辑有《诸家评点古文辞类纂》,⑤他们所汇聚的批点就更为丰富。 由于过录风气的流行,桐城派成员都非常熟悉师友的文章学观点,他们在自己批点时常会就已有评点而再下议论,这让批点之间产生了对话,桐城派成员也是通过这种文本的对话加强了派系意识。 我们甚至可以认为,过录诸家批点本身也是后期桐城派的重要批点策略。将不同成员的批点罗列在一起形成互文,一能"利用'众声',表达文章的多重特色",二能"在表达共识时,暗涵批点诸家体味之细微差别"。⑥

　　下面再来看严复,他并不身处桐城派带有"私密性"和"地域性"的"批点本书籍交流网络"中,在客观上,他无由得观大量桐城先辈的批点手泽,所以他没有过录其他批语作为参照,他自己的评论与桐城派前辈对话的意味就非常淡薄。⑦ 而在主观上,他也并未想要让自己跻身于桐城派的话语脉络中。 我们发现,严复在评点

---

① 参见徐雁平《批点本的内部流通与桐城派的发展》,《文学遗产》2012 年第 1 期。
② 参见姚永概《慎宜轩日记》,黄山书社 2010 年版,上册,第 346 页。
③ 参见贺葆真著,徐雁平整理《贺葆真日记》,凤凰出版社 2014 年版,第 41 页。
④ 此书最早有京师国群铸一社 1914 年铅印本。
⑤ 此书最早有都门印书局 1916 年铅印本。
⑥ 这是徐雁平文中对马其昶校注韩文所采用的策略所做的五点归纳的前两点,笔者认为此处同样适用。
⑦ 评点中还是有个别针对刘大櫆、姚鼐的点评,但是和桐城派成员相比,这类对话在数量上就微不足道了。

中多次让自己处于"文家"的对立面,如在评苏洵《权书·孙武》结句时说:"忽入'勿视其众',然则孙武之病在重视三军之众而惑者耶?否则此段何著?而文家反以为秘妙如此。"①又如总评韩愈《送杨少尹序》云:"文家以此为最上乘,竭力尽气追之,此所以成无出息文人。"②这里所谓的"文家"虽然不是特指桐城派,但是桐城派毕竟是清代影响最大的古文流派,且严复所反对的恰恰是桐城派所追效的,所以严复的评点立场是与以桐城派为主的"文家"有明显不同的。

　　除了立场不同外,关注的问题也有很大区别。桐城派以及过去的古文家衡文多重视文章的"全篇结构""逐段精采""意度波澜"和"精神气魄",③他们即便对选本的选文略有微词,也是从立意的醇厚、文字的简洁等角度加以修正,目的还是为了使文章更接近他们心中美与正的标准。然而任何的文字书写,最初的目的都是为了传递信息,读者能否有效地识读文本,很大程度上取决于表述的准确性。但表述是否准确似乎很少成为过去古文家评点前人作品的标准,因为选本所挑选的古文自然是前辈的经典之作,直言其表达不明晰甚至含有语病,对其经典地位的冲击远比对其艺术风格提出商榷来得大,评点者自己也要承担巨大的风险:这些经典作品千百年来无人言不解,你突然说读不通,是谁之过欤?恐怕只会暴露自己的无知吧?但是严复偏偏要做这样的"无知"之人,他在点评中标记了许多自己不解的地方。如批苏轼《上皇帝书》"夫国之

---

① 严复著、汪征鲁、方宝川、马勇主编《严复全集》,福建教育出版社2014年版,第9卷,第326页。
② 《严复全集》,第9卷,第520页。
③ "全篇结构"诸语本为章学诚在《文理》中对归有光评点《史记》的角度进行的描述,其实桐城派古文家对文章的点评角度也基本不出此范围。

短长，如人之寿夭。人之寿夭在元气"句曰："'元气'二字，到底是何物事？"①批柳宗元《序饮》"有以促数糺逷而为密者"句曰："'促数'尚可解，'糺逷'则不知何谓矣。"②批苏轼《策略·一》"国家无大兵革，几百年矣。天下有治平之名，而无治平之实；有可忧之势，而无可忧之形"曰："'有治平之名，无治平之实'，此语吾解之。甚么叫做'有可忧之势，无可忧之形'？ 吾所不解。意者以已然为形，而将然为势欤？"③批柳宗元《零陵郡复乳穴记》"今令人而乃诚，吾告故也"曰："'令人而乃诚'句不可解。"④笔者在此无意解答严复的疑问，仅"元气"一词的含义恐怕就非三言两语所能说清，而中国的古人偏偏喜欢使用这样看似凝练但所指含糊的语汇，他们在使用时几乎不对其进行意义上的限定，读者也往往就己意进行揣度和沿用。于是同一个词语的内涵在历史长河中一直是变动不居的。传统的文人早已习惯在模糊中把握前人的文句，而严复则希望戳破这一迷雾，让文字的表达更加精确。严复的这一执着并不是在评点《古文辞类纂》时才产生的，开始评点的五年前，即光绪三十二年（1906），他在上海做政治学演讲时就提道："所恨中国文字，经词章家遭用败坏，多含混闪烁之词，此乃学问发达之大阻力。"可见，严复对文章使用含义不明确的词句的痛恨是一以贯之的。这里"词章家"也基本等同于上文提到的"文家"，严复将自己与传统文家保持距离的立场也一直未变。当时他所提出的解决意见是："一面修整改良，一面敬谨使用，无他术也。"⑤我们在这里也大致能理解他

①《严复全集》，第 9 卷，第 447 页。

②《严复全集》，第 9 卷，第 582 页。

③《严复全集》，第 9 卷，第 491 页。

④《严复全集》，第 9 卷，第 580 页。

⑤ 严复《政治讲义》，《严复全集》，第 6 卷，第 11 页。

翻译西籍时"一名之立,旬月踟蹰"①的苦心。

除了字词的意思含混外,文章的逻辑错误同样影响表达思想的准确性,严复对选文逻辑错误的指摘同样到了近乎苛刻的地步。如苏洵《书论》开篇曰:"风俗之变,圣人为之也。"严复评云:"起两句是半边语。风俗之变,原因众矣,何独圣人。"②影响风俗变化的原因很多,圣人所起的作用只是其中之一,不能将必要不充分条件视作充要条件,原文的写法虽然入题迅疾,富有气势,但在逻辑上是不够妥当的。

又如苏洵在《明论》中提道:"天下尝有言曰:'叛父母,亵神明,则雷霆下击之。'雷霆故不能为天下尽击此等辈尔;而天下之所以兢兢然不敢犯者,有时而不测也。使雷霆日轰轰焉绕天下,以求夫叛父母、亵神明之人而击之,则其人未必尽;而雷霆之威无乃亵乎?"③苏洵此段是用雷霆并不能尽击天下叛父母、亵神明之人来比喻圣人、贤人的智虑也并不能触及世间的方方面面。但他认为这无损于圣人、贤人的智慧,圣人、贤人不用忙于了解世间所有的细节,他们应对世事是因势利导,以不变应万变的,这就像雷霆虽不能尽击,但只要有击打这种可能性存在,人们就胆战心惊不敢触犯世间的行为准则。反倒是如果雷霆每天忙于寻找和击打每一个触犯准则的人,会给人产生一种它能够尽击的感觉,一旦它没能做到,只要有一人漏网,就会有损它的威严。这就暗示了一个人如果用心太杂,在世间的方方面面都精于计算,反而会有损大智慧。我们乍读之下,会觉得这一比喻似乎精妙贴切,但严复仍能抓住漏洞

---

① 严复《〈天演论〉译例言》,《严复全集》,第 1 卷,第 79 页。

② 《严复全集》,第 9 卷,第 317 页。

③ 《严复全集》,第 9 卷,第 319 页。

并表达其"不解"："叛父母、亵神明，固不尽为雷霆所击。所不解者，雷霆所击，且不必叛父母、亵神明者耳。"①严氏指出雷霆所击并非都是叛父母、亵神明之人，这就消解了叛父母、亵神明与遭雷击的必然联系。那么我们可以推想违背准则之人就会意识到雷霆击人具有偶然性，于是畏惧之心理便容易释然，苏洵的立论也就不那么稳妥了。而过去的文家常常不去审视前人立论的大前提是否成立，这就很容易被前人的思路所左右。

再看苏轼的《始皇论》，文曰："然圣人恶其无别，而忧其无以生也，是以作为器用、耒耜、弓矢、舟车、网罟之类，莫不备至，使民乐生便利，役御万物而适其情，而民始有以极其口腹耳目之欲。"严评云："'极'字下得未当。"②《始皇论》曰："器利用便而巧诈生，求得欲从而心志广，圣人又忧其桀猾变诈而难治也，是故制礼以反其初。礼者，所以反本复始也。"严评云："'制礼'恐只是限制，何以云'反初'？就如所言，亦说得含混。礼必有节目，有节目者必非'反本复初'。"③《始皇论》曰："至秦有天下……一切出于便利，而不耻于无礼，决坏圣人之藩墙，而以利器明示天下。故自秦以来，天下惟知所以救生避死之具，而以礼者为无用赘疣之物。"严评云："秦烦于法，自大者言，则亦自有其礼，特不用先王之礼耳。升降揖让，固彼所不重也。"④严复甚至认为"此篇实不必选，目下第以二圈尤非"，其理由就是"此篇立论最不合名学而有纠缠之处"。⑤像这类对文章逻辑的纠察在严复的点评中俯拾皆是，可看

---

① 《严复全集》，第 9 卷，第 319 页。
② 《严复全集》，第 9 卷，第 345 页。
③ 《严复全集》，第 9 卷，第 345 页。
④ 《严复全集》，第 9 卷，第 346 页。
⑤ 《严复全集》，第 9 卷，第 345—346 页。

作严评最明显的特点。①

行文至此，我们或许会认为严复过于在意文章用词的准确性和行文的逻辑性，导致他缺少了发现美的眼睛，我们理解的品读和评点古文似乎还是应该多去涵泳前人文句中的意态波澜。这种思路其实还是沿着历来文家的眼光去看待古文，这就很难认识到传统的古文写作在表述上的不准确。如果我们今日尚有这种看法，那严复的点评在当日更会显得不伦不类，我们也确实在他同时代的古文评点中未能找到类似的声音。直到严复去世半个多世纪后，徐梵澄在《澄庐文议》中才又提到了古文中的这一弊病：

> 有一点极易为学人所忽略的：古文中有一种义正词严的语调，极易撼动人。作者随着那陈套写下去，落入武断而不自知。文法森森，掩蔽了理论之支绌。若加以逻辑学之分析，往往可见其论难立，或属非是，或最寻常属"半"是而极少"全"是。②

徐梵澄与严复一样都对西方的逻辑学有所研究，③恐怕正是借助"异域之眼"，他们才能与历来的"文家"看到不一样的风景。我们

---

① 严评还有一个与他人不同的特色是喜引中西方时事与古事对照，不过这个特色与文学本身关系不大，故不作评述。

② 徐梵澄《澄庐文议》，收于氏著，孙波编《徐梵澄文集》，第4卷，第324页。

③ 徐梵澄长期致力于研究印度哲学，故于逻辑学用力亦颇深。严复则翻译了《穆勒名学》，该书对其思想产生了重要的影响。本杰明·史华兹曾言："严复的译著《穆勒名学》(Logic)是严复综合思想体系的基本原理。"见［美］本杰明·史华兹著，叶凤美译《寻求富强：严复与西方》，江苏人民出版社1990年版，第183页。因此严复在探讨古文时，也时时会从逻辑学角度去审视文章的脉络是否清晰。

不敢说从严复到徐梵澄这几十年完全没有人认识到这个问题，但以笔者阅读所及，尚未发现其他例子，相信这个问题确实如徐氏所言，是"极易为学人所忽略的"。

第二节　严复的唐宋八家文读法
及其与桐城派之差异

上文在分析严复评点特色时，突出了他在评点的立场和关注的问题上与以桐城派为代表的传统文家之不同。那么，严复是否全然不重视古文的文学性，而仅关注文章用词的准确和逻辑的严谨呢？他将自己与传统文家割裂后，又置自身于何处呢？

其实，严复同样重视古文的文学性。我们不能因为严复对选本中前辈的古文不够惺惺相惜就将他排除在古文圈外，也不能因为他纠结于文字表述的准确性就简单地认为他不重视文章的抒情性与表述的美感。以严复点评柳宗元的《辨列子》为例，文章开篇先用大段的文字考证列子所处的时代，指出前人叙述的错误，接着宕开一笔，评述了列子的精神气质，文曰："然其虚泊寥阔，居乱世远于利，祸不得逮于身，而其心不穷。《易》之'遁世无闷'者，其近是与！"严复就此宕开之笔评曰："微此数语，便是考据家琐碎文字，不足称文辞。"[①]可见他不认同文学性缺失的纯考据文可称文辞，或许在他看来，考据家的文章虽然严谨但过于死板，文章终究还是需要一些唱叹，需要带有作者的情感。又如他评欧阳修的《石曼卿墓

---

① 《严复全集》，第 9 卷，第 365 页。

表》云："结段加一咏叹，无限低徊，而文情与之俱永。"①同样体现了他对文章抒情性的赞赏。②

除了对文情的赞赏，严复也重视文境波澜的营造，这在他评点李斯的《谏逐客令》时表述得最为明白：

> 照事言意，即去"今陛下"至"制诸侯之术也"一段约二三百字，文亦完全，但失此喻，意必精彩大减，不成古今名作。即此可悟文秘。
>
> 此其佳，纯在色泽上，又说得精彩，则气为之。但见风起泉涌，而语意重复，举似拉杂，即亦不觉。③

假使严复只在意文章表述的完整与清晰，那么他并不会认为去掉这二三百字有什么问题，但他却因为在意文章的精彩而不愿去除，并且认为"即此可悟文秘"，可见他很在意文章的表述之美，并愿意去揣摩文章之所以带有文学性的缘由。

我们试着细细玩味严复使用的评点语言，如"不足称文辞""即此可悟文秘"，能感受到他对什么可以称文辞、什么是好文章是胸有成竹的，他显然没有把自己排除出文家的行列。我们在上一节提到严复的评点立场是将自己排除在"文家"之外的，那么笔者在此又将自己纳入其中，是否自相矛盾？当然不是，他评点中明确用"文家"字眼描述的只是明清以来包括桐城派

---

① 《严复全集》，第 9 卷，第 559 页。
② 如严复评李翱《来南录》曰："如此文，吾真不识其所以为佳。适用耶？悦情耶？可谓两无取者矣。"见《严复全集》，第 9 卷，第 584 页。这似乎暗示了严复心目中，文章最重要的两大目的就是有用和抒情。
③ 《严复全集》，第 9 卷，第 382 页。

在内的传统文家。从他自己的角度来说，他并没有站在藐视古文的考据学家①或者骈文家的立场上，他还是就古文而论古文的。可是这仍然会带来疑问，如果说严复仅仅关注选文词句使用的准确性和行文逻辑的严谨性，那么他确实是与众不同的。但是此节提到他同样重视文章的抒情性和描写上的行文波澜，似乎和桐城派没什么区别，这是否又削弱了他的独特性呢？

　　答案仍然是否定的。首先，严评中虽然也有关于文境波澜的内容，但比重并不算大，对表达准确的重视仍然是严评最主要的特点；其次，严复关于文境波澜的讨论在细致程度上没法和桐城派相提并论，而他对文字表述清晰的执着程度则是桐城派所不具备的；最后，虽然二者都重视文章的抒情性以及行文的波澜起伏，但是他们所欣赏的内容是不同的，他们对好文章有不同的认识，这方面差异的产生，也很大程度上是由于他对文字表达的逻辑性和准确性的执着。

　　下面来具体分析这种差异。先来看桐城派与严复对古文中使用虚字、助词的看法。古文中使用虚词的意义，钱基博曾有过论述：

> 神气又恃诸虚词，虚词谓语助及咏叹字。若用虚词，则神气易出；不用虚词，则神气潜隐。善用虚词，则神气毕现；不善用虚词，神未现而气反累。然音节涵气之功大，传神之功小；虚词传神之功大，而涵气之功小。②

笔者的理解是，使用实词如果平仄运用得当，则文章的音节铿锵，

---

① 乾嘉考据学家也并非完全藐视古文，如以钱大昕、王昶为代表的吴派学者和部分扬州学派学者都非常擅长古文。
② 钱基博《桐城文派论》，钱基博著，傅宏星主编、校订《后东塾读书杂志》，华中师范大学出版社 2014 年版，第 294—295 页。

有助于文气的凝聚。而虚词使用得当,则会使行文语气舒缓,一唱三叹,转折的摇曳多姿也能让文章更富于神采。好的文章如能虚实结合则既有音节之美,又有神采之美。但能够将二者很好地结合需要高超的文章技巧,历来的文人或文派于二者鲜能兼备。桐城派文章也是偏重神气,多以善用虚词,注重行文的唱叹而著称,虽富于情韵,亦时有文弱之讥。传衍至末流,则善用虚词变成了滥用虚词。李详尝言:"后生小子,茫无所主,仅知姬传为昔大师,又皆人人所指明,遂依以自固,句摹字剽,于其承接转换,'也''邪''与''矣''哉''焉'诸助词,如填匡格,不敢稍溢一语,谓之谨守桐城家法。"①算是戳到了桐城派的痛处。郭象升亦曾就张裕钊《诰授通奉大夫江苏布政使倪公墓碑》展开议论曰:"治八家古文者有一通病曰:滥用虚字。偶拈此文,删掇数十字以示学者,老于文事者以为妄耶,否耶?"②可见自曾国藩以后,湘乡派虽尝试用雄奇的文风来矫正桐城文弱之弊,但滥用虚词的现象仍然存在。

　　严复对虚词的态度与桐城派不同,他不喜欢在句与句之间用虚词来转折,而是欣赏"硬顶""直接"的方式。如刘向在《极谏外家封事》中陈言:"事势不两大,王氏与刘氏亦且不并立,如下有泰山之安,则上有累卵之危。陛下为人子孙,守持宗庙,而令国祚移于外亲,降为皂隶,纵不为身,奈宗庙何! 妇人内夫家,外父母家,此亦非皇太后之福也。"而严复评曰:"一折用硬顶、紧接,最觇能事,非文境极熟者不能。譬如庸手当此,便用虚字转,云'且即从皇太后而言之'云云,则气势音节去此天渊矣。"③严复在点评韩愈的名

---

① 李详《论桐城派》,李详著,李稚甫编校《李审言文集》,江苏古籍出版社 1989 年版,下册,第 888 页。

② 山西省图书馆编《郭象升藏书题跋》,山西古籍出版社 2007 年版,第 405 页。

③ 《严复全集》,第 9 卷,第 416 页。

作《原道》和《平淮西碑》时，同样注意到的是"直接"的妙处，总评前者云："此篇文最可玩者莫如转接衔递处。入后几处直接，不用关捩虚字，故笔笔不测，而意境闳奥。"①评后者亦点出："'其无用乐'下用直接。"②

如果光凭两三条评语还不足以说明严复对舍弃虚词的"直接"的热爱，我们还可以观察他对所译《天演论》进行的修改。仅以《卮言一》的第二段为例，下引分别是手稿本(1896)和慎始基斋本(1897)：③

今者英之南野，黄芩之种为多，此自未有记载以前，革衣石斧之民，所采撷践踏者，兹之所见，其苗裔耳。计当邃古之前，坤枢未转，英吉利乃属冰天雪窖之虚，此物能寒，法当较今尤茂。噫！此区区一小草耳，若迹其祖始，远及洪荒，则史传所称三古以还年代，犹瀼渴之水以方大江，岂直小支而已耶？故理有绝无可疑者，则天道变化，不主故常是已。④

英之南野，黄芩之种为多，此自未有记载以前，革衣石斧之民，所采撷践踏者，兹之所见，其苗裔耳。邃古之前，坤枢未转，英伦诸岛乃属冰天雪海之区，此物能寒，法当较今尤茂。此区区一小草耳，若迹其祖始，远及洪荒，则三古以还年代方之，犹瀼渴之水，比诸大江，不啻小支而已。故事有绝无可疑

---

① 《严复全集》，第 9 卷，第 295 页。

② 《严复全集》，第 9 卷，第 530 页。

③ 慎始基斋本经严复亲自校定于天津，基本定型，此后各地翻印，基本依据此本。有关严译《天演论》的不同版本及其特点，参见孙应祥《〈天演论〉版本考异》，黄瑞霖主编，福建省严复学术研究会、北京大学福建校友会编《中国近代启蒙思想家——严复诞辰 150 周年纪念论文集》，方志出版社 2003 年版，第 320—332 页。

④ 《严复全集》，第 1 卷，第 9—10 页。

者,则天道变化,不主故常是已。[1]

很容易看出,除了个别表述换了词语外,慎始基斋本主要删去了"今者""计当"这样的助词和"噫""耶"这样指示语气的虚字。该修改也在一定程度上反映了严复对使用虚词的意见。

鲁迅曾评严复的翻译曰:"最好懂的自然是《天演论》,桐城气息十足,连字的平仄也都留心,摇头晃脑的读起来,真是音调铿锵,使人不自觉其头晕。这一点竟感动了桐城派老头子吴汝纶,不禁说是'足与周秦诸子相上下'了。"[2]如上文分析,严译在虚词的用法上就与桐城派异趣,因而文句的组织比典型的桐城文[3]要紧凑、凝练得多。鲁迅只因《天演论》重视平仄搭配,读起来音调铿锵,就认为是桐城气息十足,这真是皮相之言了。《天演论》感动吴汝纶不假,但能令吴汝纶倾心的文章未必皆是桐城文,他认为"足与周秦诸子相上下"恰恰说明严文与桐城文有区别,典型的桐城文其实并不与周秦诸子之文相似。

与对虚字用法的态度相比,严复与桐城派对具体文章写作风格的异趣更为明显。评点分歧尤其体现在对待韩愈序体文的态度上。下面选三篇重要的序,将严评和桐城诸家点评罗列于下,以供比较。

---

① 《严复全集》,第 1 卷,第 82—83 页。

② 鲁迅《二心集·关于翻译的通信》,《鲁迅全集》,人民文学出版社 2005 年版,第 4 卷,第 390 页。

③ 钱基博在《复陈灏一先生论桐城文书》中就称:"绵邈而往复,桐城意境之所有也;至控搏而盘旋则非桐城意境之所有也。"见《潜庐诗文存稿》,第 389 页。他指出,最典型的桐城文是要回环往复,语气舒缓的,因此虚字的使用就必不可少。虽然桐城后期也有成员强调要学习王安石瘦劲坳峭的文风,但这终究不能称为典型的桐城文,只能看作桐城文的改良或变体。

1. 韩愈《送董邵南序》

严复评："此等文以后之俗手摹习者多，遂使人望而生厌。后生家必不可再蹈窠臼。"①

刘大櫆评："旨微情妙，寄之笔墨之外。昌黎平生作文，不欲托《史记》篱下，独此为近。"

姚范评："冠绝古今，然较之史公，自有崖埑。"

曾国藩评："沉郁往复，去肤存液。"

张裕钊评："收处寄兴无端，如此乃谓之妙远不测。"②

唐文治评："此讽董生之弗往燕赵也，然不明言其故，而于末句结出曰：'明天子在上，可以出而仕矣。'意味遂悠然不尽。"③"文章之妙，贵言在此而意在彼，不说明所以然，而人自默喻其故。"④

2. 韩愈《送王秀才含序》

严复评："结穴亦不可效。"⑤

刘大櫆评："含蓄深婉，颇近子长，退之文以雄奇胜人，独《董邵南》及此篇，深微屈曲，读之觉高情远韵，可望不可及。"⑥

林纾评："'醉乡之后以直废'，不知何人？含即其子孙。既重绩之文词，又嘉为良臣之嗣胤，势在不能不为张之。然含亦落漠者，公既不自见信于世，自然莫振其人。说到此，欲转入醉乡，万万

---

① 《严复全集》，第 9 卷，第 518 页。
② 此处刘大櫆、姚范、曾国藩、张裕钊的点评，参见《古文辞类纂评注》，中册，第 1022 页。
③ 唐文治《文学讲义》，王水照编《历代文话》，第 9 册，第 8382 页。
④ 《文学讲义》《历代文话》，第 9 册，第 8381 页。
⑤ 《严复全集》，第 9 卷，第 519 页。
⑥ 《古文辞类纂评注》，中册，第 1025 页。

吃力,却妙在'姑与饮酒'四字,还他正面。用一'姑'字,是偶然意,不肯自居与醉乡同调也。欧阳修《送杨寘序》即用此法为结句。"①

3. 韩愈《送杨少尹序》

严复评:"只取一古事比方,无他缪巧。文家以此为最上乘,竭力尽气追之,次所以成无出息文人。"②

刘大櫆评:"驰骤跌荡,生动飞扬,曲尽行文之妙。"

曾国藩评:"唱叹抑扬,与《送王秀才序》略相类,欧公多似此种。"③

林纾评:"此篇纯用虚写之笔,却说得淋漓尽致。……入手拈出疏氏二子,人方以为此等引喻,何人都可做到,乃不知其下即将此二子为虚晃之笔。……总不肯着一实笔,精神完满已极。"④

以上三篇序是桐城派所众口称道的。《送董邵南序》开头称许燕赵古来慷慨,似乎对董生赴河北表示赞许,觉得必获重用,但隔了几句后又表达出自己的疑惑,认为今日风俗或许不同于古时了,也许人心变了不再慷慨了。我们读到这里才意识到前面的"古称多感慨悲歌之士"的"古"字其实大有深意,是与之后呼应的。再往后读,直到文章最后说出"明天子在上,可以出而仕矣",我们才最终明白了韩愈的立场。《送王秀才含序》同样如此,结尾用"姑与饮酒"暗暗和开头的《醉乡记》呼应起来,同样十分巧妙。《送杨少尹序》先通过追忆古时候疏广、疏受二人致仕时,朝廷官员送别的规

---

① 林纾著,慕容真点校《林纾选评古文辞类纂》,浙江古籍出版社 1986 年版,第 191—192 页。
② 《严复全集》,第 9 卷,第 520 页。
③ 《古文辞类纂评注》,中册,第 1038 页。
④ 《林纾选评古文辞类纂》,第 197—198 页。

模盛况空前，来设想与他们在德行、事业接近的杨巨源致仕是否也受到了这样的礼遇，因为韩愈因病没有到场所以并不知道送别的场景，所以这一比附是用古之实有之事比今之可有之事。接着又通过朝中丞相以及京城诗人对杨巨源的敬重，来设想古时候的疏氏二子是否也受到了这样的尊敬，这又是用今之实有之事比古之可有之事。两重比附都暂时不能确定，都落在"虚"处。

　　然而严复对这类"虚"写为主的序文并不喜爱。一方面如他在评论中所说的是"俗手摹习者多"，他希望文人今后的创作能不落窠臼。另一方面严复虽未明说，笔者认为仍和他注重文章表达准确的执念有关。这在严复的其他评点中也能找到佐证，如刘大櫆认为柳宗元的《驳复雠议》"虽精悍，然失之过密，神气拘滞，少生动飞扬之妙"，[①]而严复觉得"较退之模棱为胜"。[②]刘大櫆称说苏洵的《权书·孙武》"结处撇开孙武，令生一番议论，与上文若相联若不相联，烟波万顷"。[③]而严复则认为末句与上文存在逻辑断裂，反问"此段何著"。[④]上引三篇序文所用的"草蛇灰线、伏脉千里"的表达方式虽然有助于让文章摇曳多姿，但就像桐城派所称道的"若相连若不相连""寄兴无端""妙远不测"那样，也暗示了一种不确定性，而在严复心中文章的清晰准确比摇曳多姿重要得多，因此他不会喜欢埋得过于隐晦的伏笔，他可能更欣赏那种意思句句落实，意脉步步紧接的文章。

　　当然，韩愈另有一种序文是严复所推崇的，他评《送郑尚书序》便说"此首真合作矣"，[⑤]这在诸多严评中应该算是很高的评价了。

---

① 《古文辞类纂评注》，上册，第 579 页。
② 《严复全集》，第 9 卷，第 432 页。
③ 《古文辞类纂评注》，上册，第 121 页。
④ 《严复全集》，第 9 卷，第 326 页。
⑤ 《严复全集》，第 9 卷，第 522 页。

而桐城派对此文态度却有些犹豫,张裕钊尝曰:"学古文者似勿从此种入,恐学韩而失之重滞。"①不过桐城派并非全然贬低此文,吴闿生认为:"此等文实不易学,故濂亭评语云然。"但他也提到"濂亭文则专学此种"。②不管张裕钊文章是否专学此,但他仍然认为从初学的角度看,学此类文可能失大于得。后来贺涛也说:"'其南州皆岸大海'一段尤奇,后人虽有学者,其冲口而出,其无一闲语,后人不能逮也,其收笔皆用劲句。"③同样是认为此类文不易学。《送王含序》和《送郑尚书序》在嘉道时的曾钊(1793—1854)那里已被看作是两种类型韩文的代表,他在《与马止斋书(乙亥)》中说:

> 窃谓文字当从难入,难故有力,力所以负其气。韩公自言其初为文,陈言务去,戛戛难之,今观《谢上表》《平淮西碑》《曹成王碑》《送郑尚书序》《石鼎联句序》《与孟尚书书》等篇,笔笔见气,句句见力,所谓从难字过来者。若其他文从字顺之文,意皆应酬所作,顾其气醇意厚,闳肆不失为大家,至宋代欧公只学得《送王含序》《马少监墓志》诸篇,而望溪学欧所学,又杂以欧之气法,故奇崛终未得耳。④

他明确指出,方苞学欧所学,走的也是《送王含序》这类文从字顺之文,我们再联系上文所引的桐城派评点,就知道桐城派在方苞之后延续了这一路线。严复所反对的就是他们众口一词的称誉和代代

① 《古文辞类纂评注》,中册,第 1047 页。
② 徐世昌编订,吴闿生评点《古文典范》,中国书店 2010 年版,第 126 页。
③ 《贺葆真日记》,第 62 页。
④ 曾钊《面城楼集钞》卷四《与马止斋书》,《清代诗文集汇编》,上海古籍出版社 2010 年版,第 687 册,第 725 页。

不已"竭力尽气"的追摹。

至此,基本能总结出严复在文章旨趣上与桐城派的差异:严复不喜欢使用虚字转折,喜欢"直接",这会让词与词、句与句连接更紧凑,而不喜欢伏脉、虚写又让文章的意脉更加紧凑。这两方面都会使得文章的叙述简单而不缠绕,文章的表意更为明确,文章的密度也就更大;桐城派是另一种风格的代言人,他们强调文章要疏不要密,[①]喜欢使用虚词来舒缓语气,善于利用前后照应、似相连似不相连的方式来让文章摇曳多姿。

有关严复、林纾是否属于桐城派,自民国以来就形成两派意见。总体来说,认为严复属于桐城派的居多,而对林纾与桐城派的关系则稍有异议。[②]但通过上引评点来看,林纾在古文观念上是紧跟桐城的,而严复则代表了另一种风格。潘务正通过分析严复与吴汝纶交往的过程中在书信的称谓上称友而不称弟子,以及严复受吴汝纶影响的究竟是翻译文还是古文,来证明严复并非桐城后学,[③]其思路颇有启发性,其判断也是准确的。但仅仅从外在资料说明是不够的,只有通过严复的古文创作和批评实践,才能更切实地对此问题得出令人信服的结论。笔者通过以上两节的分析,可以说更加内在地、细致地揭示了严复在点评的立场、关注的问题和

① 刘大櫆曰:"文贵疏……凡文力大则疏,气疏则纵,密则拘;神疏则逸,密则劳;疏则生,密则死。"见刘大櫆《论文偶记》,《历代文话》,第4册,第4112页。

② 如胡适《五十年来中国之文学》曰:"严复、林纾是桐城派的嫡传。"钱基博《现代中国文学史》曰:"(严复)自以生平师事服膺者,厥惟桐城吴汝纶……"陈子展、姜书阁等也都认为严复为桐城派嫡传。而关于林纾是否属于桐城派,钱基博则有异议,其《现代中国文学史》认为:"或者以桐城家目纾,斯亦皮相之谈矣。"潘务正对此已有论述,参见潘务正《严复与桐城派——以刘声木〈桐城文章渊源考〉不收严复为中心的考察》,《淮南师范学院学报》2007年第3期。

③ 参见《严复与桐城派——以刘声木〈桐城文章渊源考〉不收严复为中心的考察》。

具体文风的喜好上都与桐城派异趣。

行文至此,有学者可能会提出疑问:桐城派是一个比较复杂的概念,不仅其内部的支派间古文观念有区别,每一个具体的文人的古文主张也会有细微差别,那么本章所说的严复与桐城派古文观念上的异趣,所用来比较的桐城派文风到底如何限定呢?

其实,任何一种文学流派在发展过程中都会产生一定的变化,但这一流派在传承过程中也总会有一直不变的东西,包括一些特殊的文章写作风格、特殊的文章评价标准,乃至特别细化的用词用字的技巧。这类东西是我们识别一个人是否可以归属到一个流派的重要标准。以湘乡派和传统的桐城派为例,二者固然有所区别,但是他们之间的延续性也非常明显。曾国藩及其后学重视古文的声音,其因声求气的衡文法就来自刘大櫆。并且从刘大櫆开始,桐城派就强调以"阳刚""阴柔"之美作为古文的审美特性,这种文学观念也深深影响了曾国藩。曾氏所主张用偏于阳刚而雄奇的文风救治传统桐城文的孱弱之弊,这对传统桐城文是一种修正,但也仍然可以看作是顺着桐城文的发展脉络而讲下去的。严复则不同,他受到西方逻辑学的影响,评文的立场、观念乃至具体的审美旨趣都与传统的文家有很大的区别,我认为他的文学旨趣在近代算是独树一帜的,他是想用科学而严谨的方法来纠正传统古文表达意义的不准确、不清晰。所以他不仅仅是与桐城派不同,而且与自唐宋以来的古文传衍传统都有区别。

因此在笔者看来,无论从广义还是狭义、传统还是新变的角度理解桐城派,其古文旨趣都与严复有差别。这种差别不是在一个平面上的差别,其背后的价值观具有很大的不同,笔者希望把严复这种独特的观念阐发出来,也让世人看到晚清还存在另一种解读古文,解读唐宋八大家的方式。

第六章

韩愈"唯陈言之务去"话题的
清代解读

六月二十六日，愈白。李生足下：生之书辞甚高，而其问何下而恭也。能如是，谁不欲告生以其道？道德之归也有日矣，况其外之文乎？抑愈所谓望孔子之门墙而不入于其宫者，焉足以知是且非邪？虽然，不可不为生言之。

生所谓"立言"者，是也；生所为者与所期者，甚似而几矣。抑不知生之志：蕲胜于人而取于人邪？将蕲至于古之立言者邪？蕲胜于人而取于人，则固胜于人而可取于人矣！将蕲至于古之立言者，则无望其速成，无诱于势利，养其根而俟其实，加其膏而希其光。根之茂者其实遂，膏之沃者其光晔。仁义之人，其言蔼如也。

抑又有难者。愈之所为，不自知其至犹未也；虽然，学之二十余年矣。始者，非三代两汉之书不敢观，非圣人之志不敢存。处若忘，行若遗，俨乎其若思，茫乎其若迷。当其取于心而注于手也，**惟陈言之务去，戛戛乎其难哉！** 其观于人，不知其非笑之为非笑也。如是者亦有年，犹不改。然后识古书之正伪，与虽正而不至焉者，昭昭然白黑分矣，而务去之，乃徐有得也。当其取于心而注于手也，汩汩然来矣。其观于人也，笑之则以为喜，誉之则以为忧，以其犹有人之说者存也。如是者亦有年，然后浩乎其沛然矣。吾又惧其杂也，迎而距之，平心而察之，其皆醇也，然后肆焉。虽然，不可以不养也，行之乎仁义之途，游之乎诗书之源，无迷其途，无绝其源，终吾身而已矣。

气，水也；言，浮物也。水大而物之浮者大小毕浮。气之与言犹是也，气盛则言之短长与声之高下者皆宜。虽如是，其敢自谓几于成乎？虽几于成，其用于人也奚取焉？虽然，待用于人者，其肖于器邪？用与舍属诸人。君子则不然。处心有道，行己有方，用则施诸人，舍则传诸其徒，垂诸文而为后世法。如是者，其亦足乐乎？其无足乐也？

有志乎古者希矣，志乎古必遗乎今。吾诚乐而悲之。亟称其人，所以劝之，非敢褒其可褒而贬其可贬也。问于愈者多矣，念生之言不志乎利，聊相为言之。愈白。

——韩愈《答李翊书》①

近人章士钊尝言："韩退之'唯陈言之务去'一语，从来文人不求甚解，而附和之，以为退之文起八代之衰，其真谛在是。其实何谓'陈言'，退之真能去之与否，未遑问也。"②

章氏此言已点明"陈言务去"在昌黎文论中之地位，然而后世的文人果真未遑问"何谓陈言"？近世典籍俱在，文献可征，文人论

---

① 韩愈著，马其昶校注，马茂元整理《韩昌黎文集校注》，上海古籍出版社 2014 年版，第 188—191 页。
② 章士钊《柳文指要》，中华书局 1971 年版，第 1784 页。

文以"陈言"为话题，随声附和，不做解释者，固多有之。然而在此话题上欲不袭陈言，别开生面加以阐发者，亦多有之，岂可视而不见，以偏概全？

细究"陈言"一词，乃以"陈"修饰"言"，所表示的是陈旧的言辞，所指向的是过去的、已有的词汇，可谓涵义甚明。韩愈自己也主要是从前代词汇的角度来定义"陈言"的。其《答李翊书》中先是叙述自己从学时"非三代两汉之书不敢观"，当浸淫其中久了，则在创作时必然会受到过去的影响，要去除"陈言"既势在必行，又非常困难。他在《南阳樊绍述墓志铭》又说："必出于己，不袭蹈前人一言一句，又何其难也。"此处便是将这种困难具体地限定在词句上。后世"不求甚解"者，多半以此意甚显豁，而不复措意涵泳。如果从另一个角度考虑，陈言既然仅仅表示陈旧的言辞，只需不用旧词就是去陈言，那么好文章的获得似乎过于简易。如此而言，"唯陈言之务去"真能当得起"文起八代之衰"的"真谛"吗？显然，好学覃思之士必然要重新考量"陈言"以求甚解。但"陈言"其词汇本身的内涵确实不像诸如"风景"、①"自然"②等词汇广阔，可以就词汇本身衍生出众多合理解释。对于"陈言"概念更深入地阐发，势必要与其词汇外延产生一种对抗，但也正是因为词汇本身的内涵有限，对抗的结果能更清楚地表现阐释者自己的意图以及时代的风气变化，这是本章要考察的一个重点。

---

① 可参考小川环树的研究。见氏著，谭汝谦译《论中国诗》第一章"风景的意义"，贵州人民出版社 2009 年版，第 3—32 页。

② 小尾郊一、洛夫乔伊(Arthur Oncken Lovejoy)分别就东西方的"自然"观做过研究。参考［日］小尾郊一著，邵毅平译《中国文学中所表现的自然与自然观：以魏晋南北朝文学为中心》，上海古籍出版社 2014 年版；［美］洛夫乔伊《作为美学规范的"自然"》，收于氏著，吴相译《观念史论文集》，商务印书馆 2018 年版，第 82—91 页。

　　章氏此言还有一个值得注意的地方,他认为"韩退之'唯陈言之务去'一语,从来文人不求甚解,而附和之",虽然他没有明言"从来"是从什么时候开始,但很容易给人一种印象,即"唯陈言之务去"作为韩愈文论的重要观念是一直被后人尊奉的。事实真的如此吗? 这也是本章需要去考察的。此外,吴文治在解释"陈言"概念时倾向于求得一个终极答案,并以此为标准去衡量其他解释。他在分析了许多前人的观点后,认为"陈言"概念必须包含语言形式和思想内容两个方面。[①] 这一观点看似全面,却否定了一种概念在历史中的流动。总之,无论是章士钊认为的接受意义上的一致,还是吴文治主张的解释上的唯一,事实上都削弱了这一话题的复杂性,而本章的目的就是要充分展示这一复杂。

第一节　清代以前的"陈言"话题

　　韩愈在其当世即有文名,然而世人品位往往与之为异,[②]除了平生至交与二三受业弟子外,鲜有人模仿其文章,留心其文论。晚唐迄于五代,王纲解纽,战乱频仍,斯文凋敝之余,僧人之中却有习读韩集者,此可视为风气转变之先声。[③] 而韩文真正大行于世,还有赖北宋欧阳修等人的提倡,其结果便是天圣八年(1030)之后"天下学者亦渐趋于古,而韩文遂行于世",[④]"学者非韩不学也,

---

① 吴文治《略论韩愈的古文理论》,见氏著《吴文治文存》,凤凰出版社 2013 年版,第7 页。
② 韩愈《与冯宿论文书》尝言:"仆为文久,每自测意中以为好,则人必为恶矣。小称意,人亦小怪之;大称意,即人必大怪之也。时时应事作俗下文字,下笔令人惭。及示人,则人以为好矣。小惭者亦蒙谓之小好,大惭者即必以为大好矣,不知古文,真何用于?"
③ 钱穆《中国学术思想史论丛(五)》,生活·读书·新知三联书店 2009 年版,第 38 页。
④ 欧阳修著,洪本健校笺《欧阳修诗文集校笺》,上海古籍出版社 2009 年版,第 1297 页。

可谓盛矣"。① 钱锺书曾就韩愈自北宋以来的地位有一个比较精当的评价："韩昌黎之在北宋,可谓千秋万岁,名不寂寞,欧阳永叔尊之为文宗,石徂徕列之于道统。""自是厥后,迄于有明,虽偶有异议",然"未尝概夺而不与也"。② 高津孝亦曰："在宋代的古文评价的历史上,唐代的韩愈无论是作为先觉者,还是从儒教的道统的观点上,都受到绝对重视。"③与欧阳修同时代的僧人契嵩,其为文风格就模仿韩愈。另一个同时代的文人宋祁,为文沿袭樊宗师、李翱一路,喜生造词句。这些现象都反映了当时的学韩风气,此外,在宋祁这里已可看出"唯陈言之务去"观念的影响。

随着韩愈文章声望的提高,其文论亦渐受重视。"陈言务去"作为其文论中的重要概念亦频繁出现于后世文集、笔记中,但对于这一概念的早期评价并非都是正面的。在崇韩风气正盛的时代,王安石就对"务去陈言"表示了不认可：

> 纷纷易尽百年身,举世何人识道真。
>
> 力去陈言夸末俗,可怜无补费精神。(《韩子》)④

王安石十分怀疑通过"力去陈言"是否真的能达到"识道真"的目的。他在《上人书》中也说过："韩子尝语人文矣,曰云云,子厚亦曰云云。疑二子者,徒语人以其辞耳,作文之本意,不如是其已也。"⑤所谓作

---

① 欧阳修著,洪本健校笺《欧阳修诗文集校笺》,第 1297 页。

② 钱锺书《谈艺录》,生活·读书·新知三联书店 2008 年版,第 187—188 页。

③ 〔日〕高津孝著,潘世圣等译《科举与诗艺：宋代文学与士人社会》,上海古籍出版社 2013 年版,第 43 页。

④ 王安石撰,李壁笺注《王荆文公诗笺注》,中华书局 2010 年版,第 1313 页。

⑤ 王安石著,李之亮笺注《王荆公文集笺注》,巴蜀书社 2005 年版,第 1362 页。

文之本意即求道之真。而韩愈以"唯陈言之务去"教人，在王安石这里也仅仅是"语人以其辞"，是一些于事无补的形式技巧而已。

当然，王安石向来好非议古人，[①]他的议论并不能扭转当时的崇韩风气。[②] 但到了南宋之后，质疑的声音渐渐多了起来。洪迈通过考证"粉白黛绿"有更早的来源，认为韩愈自己并未做到去"陈言"。[③] 朱熹态度相对平和，认为："今人于韩文，知其力去陈言之为工，而不知其文从字顺为贵。"（《韩文考异序》）[④]他对今人只知"力去陈言"也微有不满，希望能用"文从字顺"来调和仅仅"力去陈言"带来的技巧之偏。再之后，评论的言辞更加直接。陆九渊门人杨简（1141—1226）说：

> 孔子谓"巧言鲜仁"，又谓"辞达而已矣"，而后世文士之为辞也异哉。琢切雕镂无所不用其巧，曰"语不惊人死不休"，又曰"惟陈言之务去"。夫言惟其当而已矣，谬用其心，陷溺至此，欲其近道，岂不大难？虽曰无斧凿痕，如大羹玄酒，乃巧之极功，心外起意，益深益苦，去道愈远，是安知孔子曰"天下何思何虑"？是安知文王"不识不知，顺帝之则"？如尧之文章，孔子之文章，由道心而达，始可以言文章。若文士之言，止可

---

① 参考钱大昕《十驾斋养新录》"曾王晚年异趣"条。钱大昕《十驾斋养新录》，上海书店1983年版，第397页。

② 王氏自己的诗亦有模仿韩愈处，邵博曾经指出。这里一方面体现了当日学韩风气的影响，另一方面也在一定程度上说明了王安石确实并非在文字形式上力求"陈言务去"。清人刘熙载认为"介甫之文得于昌黎，在'陈言务去'"，此处刘熙载所说的"陈言"并不等同于王安石自己理解的文辞角度的"陈言"。

③ 洪迈撰，孔凡礼点校《容斋随笔》，中华书局2005年版，第658页。

④ 朱熹著，郭齐、尹波点校《朱熹集》，四川教育出版社1996年版，第4002页。

谓之巧言,非文章。见训语。①

"不起意"乃是杨氏思想中的重要观念,杨氏在这里亦以此为出发点,认为"心外起意,益深益苦,去道愈远"。在文学上如果过于注重修辞求与前人异,思虑越深,则显得越发刻意。在有意为之下,文字就不是从自然无意的本心发出,就会沦为造作痕迹明显的"巧言"。韩愈的"唯陈言之务去"在他的理解下是在文字层面上故意与前人立异,显然属于"谬用其心",是需要批判的。

与杨简同时代的北方,金国文章家赵秉文(1159—1232)在《答李天英书》中对扬雄、韩愈沾沾以去古自喜,亦微露不满:

> 自书契以来,未有摒古人而独立者。若扬子云不师古人,然亦有拟相如四赋;韩退之"惟陈言之务去",若《进学解》,则《客难》之变也;《南山诗》,则《子虚》之余也。岂遽漫汗自师胸臆,至不成语然后为快哉?②

金国的王若虚(1174—1243)也从文章无法字字求异的角度发表了看法:

> 李翱《与载言书》论文云:"义虽深,理虽当,辞不工不成为文。陆机曰:'怵他人之我先。'退之曰:'惟陈言之务去。'假令述笑哂之状曰'莞尔',则《论语》言之矣;曰'哑哑',则《易》言之矣;曰'粲然',则谷梁子言之矣;曰'逌尔',则班固言之矣;

---

① 杨简《慈湖遗书》卷一五,民国四明丛书本。
② 赵秉文《闲闲老人滏水集》卷一九,畿辅丛书本。

> 曰'鞶然'，则左思言之矣；吾复言之，与前文何以异？"予谓文贵不袭陈言，亦其大体耳，何至字字求异？如翱之说，且天下安得许新语邪？甚矣！唐人之好奇而尚辞也。①

王若虚的批评矛头并非直指韩愈，而是李翱阐释下的"陈言"观念，但李翱毕竟亲承韩愈教诲，李氏的解释并不能认为和韩愈完全无关。王氏虽然对"文贵不袭陈言"并不完全否定，但他显然也并不觉得"惟陈言之务去"是不可非议的玉律。② 从结尾处也可以看出他对唐人"好奇而尚辞"感到深深不满。到了南宋后期，服膺朱子学的王柏（1197—1274）亦从"好奇"角度立言：

> 甚矣，人心之厌陈言而喜奇论也。
>
> 盖陈言，人之所玩熟，故易厌；奇论，人之所创闻，故易喜。殊不知陈言虽易厌而可常，奇论虽易喜而必不能久。③

此处"陈言"显然已获得了一个正面的形象，那么具有长久生命力的"陈言"还"务去"吗？

以上的看法都来自当时的知名人物，因其人学派有朱、陆之别，地域有南、北之分，其议论更带有一定意义上的普遍性，至少说明南宋以来，昌黎"唯陈言之务去"观念虽日益受到重视，但其正确与否仍需讨论，尚非不刊之论。杨简所说的"夫言惟其当而已矣"在后代亦有嗣响，如晚明归有光就以"不切"解释"陈言"，后来的戴名

---

① 王若虚《滹南遗老集》，中华书局 1985 年版，第 226 页。
② 赵秉文的观点也透露出他并没有将韩愈"唯陈言之务去"看得过于严肃。
③ 王柏《鲁斋集》卷一〇，民国续金华丛书本。

世、李绂等均主此说。"当"与"切"虽然同义,但从杨简到归有光却有一个根本性的不同:杨简是在否定了"惟陈言之务去"话题的前提下,提出了他的古文观念;而归有光等人则是在肯定了这一前提的基础上,通过对"陈言"的内涵进行阐释的方式,提出了各自的古文观念。洪迈、王若虚等人关于此话题的讨论,在清代亦能找到类似的声音,但我们能清楚地发现这些类似的背后存在着这样的不同前提。由此可见,韩愈文章声望的日益提高是一个总的趋势,而他具体的古文观念在后代的发展却存在着曲折,元明以来,"唯陈言之务去"或许出于世人习以为常的惯性,很少有人去质疑其正确性,但理论的发展并没有停滞,讨论的重心转移到对"陈言"的阐释上。时代和时代的观念差异,最根本的还是来自所讨论话题的大前提的差别,而并非简单地看话题内容是否相似,这是值得注意的地方。

另一个需要注意的是宋代以来对于"陈言"的阐释基本还是从其本意出发的,即偏重从字句角度来解释,还是以杨简为例,他以"惟其当"来理解文章写作之道,已经跳出了对于心外的字句的执着,但将"唯陈言之务去"话题和"琢切雕镂"相联系,仍然从文人为"辞"角度出发。元代乃至明中期,文人对于"陈言"的解释也大多没有脱离其字面含义。① 然而入清以后,"陈言"话题开始变得新意

---

① 元代至明中期有关"陈言"的言论虽不能说全无新意,但大多从字面意思进行理解,对"惟陈言之务去"的批评意见不如宋代犀利,对其所作的解释也没有清代精微。如元代陈绎曾在《文筌》中说:"夫议论,文辞末也,苟得其实,则变化在我,何必资于彼哉?资于彼是乃蹈袭而已。韩子'唯陈言之务去',此之谓也。"(王水照编《历代文话》,第1293 页)这里认为袭用陈言乃是蹈袭前人的议论;李东阳《会试录序》中批评了当时的文风,认为"设意造语,争奇斗博,惟陈言之务去,而正气或不充"(《怀麓堂集》卷六二),这里基本也是以立意设辞的新奇来等价于务去陈言的。杨慎也引述韩愈"陈言"之语来批评近世道学家为文喜抄节宋人语录的弊病(《历代文话》,第 1655 页),这也是针对文章的具体文辞入手的。

迭出。在清代的不同阶段,讨论此话题的角度亦随时而变,展现出了与前代不同的面貌。

第二节 清初王学语境下的"陈言"话题

入矢义高《真诗》一文曾敏锐地指出晚明以来的人喜欢以"真"字评价诗歌。在文末,入矢先生举出袁中道和叶燮的例子:袁中道在"法"与"意"中选择以意役法,而不以法役意;叶燮则提出"昔人可创之于前,我独不可创之于后?"的观点,在"师古"与"师心"中选择后者。[①] 他们的选择都是从内在的心出发,去除已有格套的束缚,所谓的"古"与"法"皆是这样的格套。入矢先生揭示出了晚明以来的这种文学现象,但并没有过多解释这种现象的产生原因。这种倾向的产生和晚明以来的王学风气有关。与程朱学派不同,王学最大的特点就是从"一心之遍润,一心之朗现"展开其理论,不承认外在的、他律的"法"或者"古",因此不如朱子那么注重历史的传统。[②]

清初的"陈言"话题亦受王学影响很深,文人主要从"意"的角度出发,脱离了从字词角度来解释"陈言"的传统方法。在考察清初"陈言"话题前,先比较下面两段话:

> 昌黎"陈言之务去",所谓"陈言"者,每一题必有庸人思路共集之处,缠绕笔端,剥去一层,方有至理可言。犹如玉在璞

---

① [日]入矢义高《真诗》,《吉川博士退休纪念中国文学论集》,筑摩书房 1968 年版,第681 页。
② 黄进兴《李绂与清代陆王学派》,江苏教育出版社 2010 年版,第 18 页。

中，凿开顽璞，方始见玉，不可认璞为玉也。不知者，求之字句之间，则必如《曹成王碑》，乃谓之去陈言，岂文从字顺者，为昌黎之所不能去乎？[①]

　　吾人本来真性，久被世情嗜欲封闭埋没，不得出头。譬如金之在矿，质性混杂，同于顽石，不从烈火中急烹猛炼，令其销融超脱，断未有出矿时也。……夫真金只在顽石中，然指顽石为真金，何啻千里？真性离欲，始发光明；真金离矿，始见精彩。[②]

前者认为文章的"至理"需要剥去缠绕在笔端的庸俗思路方能显现，后者认为吾人的"真性""久被世情嗜欲封闭埋没"，必须"从烈火中急烹猛炼，令其销融超脱"才见精彩。至理在处境上等同于真性，都处于被遮蔽状态。这两段话分别出自黄宗羲和晚明浙中王门的代表王畿。虽然一个是探讨文学中的"陈言"话题，另一个则是探讨哲学层面的人性论，但叙述的结构很接近，其中"玉在璞中"与"金之在矿"也是相似的比喻，这类比喻在晚明的王学语境中屡见不鲜。黄宗羲终究是与王学渊源极深之人，其论述"陈言"的模式亦带有较深的王学语录烙印。类似的"陈言"论述模式在同时代人那里相当普遍，如由弟子编辑的吕留良评文语《十二科小题观略凡例》中有一则云：

　　先生论文，以意思义论为主，不在机调，意论达则机调自生。凡一翻一正，一开一折，定有头一皮庸陋见识套数先到。

① 黄宗羲《论文管见》，收于王水照编《历代文话》，第 4 册，第 3200 页。
② 王畿著，吴震编校整理《王畿集》，凤凰出版社 2007 年版，第 448—449 页。

先生谓必须拨过此番,然后有真意思、好义论出。若人人心手必然,万喙一律者,断无可取。①

钱澄之《与黎博庵先生书》亦云:

> 韩子谓古于文必己出,而以务去陈言为难。今之为文者,非不知陈言宜去,而洛诵既熟,需役复久,才一属思,辐辏奔赴,虽欲自己出一语,而有所不能,陈言锢之也。②

二人也是从意的角度出发,认为真意易被庸俗见识所遮蔽,去"陈言"就是需要通过一定的工夫去深入一层,剥去遮蔽物,让真意得以显现。李邺嗣《杲堂诗文钞》卷三云:

> 迨东汉以降,至于唐中叶,文人陈陈相因,其衰甚矣。退之出而始身与斯文之重,然其所力任,惟曰"陈言之务去",而自以为难。盖积陈至千年,所当务去不仅在于言也,必先洗其心,瀡其府,疏其脉,刜其髓,始得取宿见宿闻之陈物去之至尽,而后可以更受天地之新,斯所以为极难也。且退之所谓独难者,非徒能不同于人也,即其自为古文词与有韵之文,出自一手而亦绝不同。盖文自东汉而后,作者俱用实,而退之独用虚;诗自初唐而后,作者俱善用正,而退之则更用奇。③

---

① 吕留良著,俞国林编《吕留良全集》,中华书局 2015 年版,第 475 页。
② 钱澄之著,彭君华校点《田间文集》,黄山书社 1998 年版,第 79 页。
③ 李邺嗣《杲堂诗文钞》卷三,康熙刻本。

显然,李氏亦不只从文字角度出发去理解陈言("所当务去不仅在于言也"),他所谓的"取宿闻之陈物去之至尽"正是黄宗羲等人所说的"剥去一层""拨过此番"。与前者在"意"上下工夫不同的是,他更提出了从"心"上下工夫:"洗其心,瀹其府,疏其脉,剔其髓。"这种方法在中国由来已久,庄子倡"疏瀹而心,澡雪而精神"于前,刘勰从文章角度应之于后。"洗心"二字更是陆九渊工夫论的重要概念,并为明代阳明学者所拳拳服膺者。阳明学派尤其是王畿这一路就以"先天之学"和"后天之学"区分"正心"和"诚意"。彭国翔将二者区别概括出五点,其中有两点比较重要:"第一,用力点不同。先天之学是'在先天心体上立根',后天之学是'在后天动意上立根'。第二,效果不同。先天之学始终将'意'纳入'心'的发动与控制之下,使得意识的产生,无不以良知心体为根据,排除了嗜欲杂念;后天之学则是在经验意识产生了之后,再以良知心体施以衡量判断,而此时的意识很可能已经脱离了本心的控制,不能保持自身的纯善无恶,需要时时加以对治。"[1]王畿尝言:"诚意者,真好真恶,毋自欺其良知而已。正心者,好恶无所作,复其良知之体而已。"在他的体系中,先天"正心"之学更为重要,而"好恶无所作"则是"正心"的内容。前引黄宗羲、钱澄之的言论主要体现了二人从"诚意"角度来阐释"唯陈言之务去",其实二人在"正心"角度亦有体悟,黄宗羲《山翁禅师文集序》云:

> 山翁之诗文,亦不免于堆垛妆点,然称情而出,当其意之所之,前无古人,后无来者,既不顾人之所是,人之所非,并不

---

[1] 彭国翔《良知学的展开:王龙溪与中晚明的阳明学》,生活·读书·新知三联书店2016年版,第95页。

顾己之所是所非，喜笑怒骂，皆文心之泛滥。①

　　所谓的"前无古人，后无来者"并非对山翁诗文的客观定位，而是山翁从心角度发出的一种态度：既不顾古人，也不顾来者，这样就泯灭了时间对自己的影响。接下来将别人对自己的是非臧否乃至自己的是非意识一概泯灭，如此就达到了"不起意"的状态，以无意为喜笑怒骂才算是真正的"文心之泛滥"。黄宗羲推崇山翁的地方也正是王学"正心"的目标："好恶无所作。"黄宗羲此处尚未结合"陈言"来谈，钱澄之则直接把这一王学模式运用在了"陈言"话题上，《毛会侯文序》云：

　　　　予少时读昌黎《答李翊书》，自谓其"取于心而应于手也，惟陈言之务去，戛戛乎其难哉"，是说也，予尝怪之：以昌黎原本道德，语焉而详，择焉而精，其言皆根于中而溢于外，宜无复有所谓陈者而务欲去之也已。渐学为文，老而后知"陈言"者非宿昔之语、缘饰之词，而吾所自有之言也：凡吾之沾沾自喜，毅然自以为是者，皆陈言也。吾所自信者，法也。抑扬转合之间，法有决不可少，已而知其无不可少也。吾所自喜者，其词也。匠心以出，创获前人之未有，盖有甚不能舍之词，已而知其必在所舍也。则亦惟本诸理，依乎气而已矣。理明而气自足，故养气莫如穷理，穷理莫如读书，孟子集义之学亦犹是也。于是而有文焉，无所疑于中，无所牵于外，行乎不得不行，止乎不得不止，所谓言之长短、音之高下皆宜，岂不然乎？昌黎曰："惟古于文必己出，文从字顺乃其职。"非从乎文也，而文从焉；

---

① 黄宗羲著，沈善洪主编《黄宗羲全集 南雷诗文集》，浙江古籍出版社 2005 年版，第 58 页。

非顺乎字也,而字顺焉。斯谓自己出之文,而后为陈言之尽去也。①

王学主张"好恶无所作",认为只有在不知其为善为恶的状态下,才能自然无滞地显露出"至善",否则就是知善而行善,流于刻意,甚至虚伪的"行仁义"之途。钱澄之论文亦受此观念影响。他在《陈昌箕文集序》中尝曰:"论文者如善相人之法,阴于人不经意时得其天真,如王逸少坦腹卧床上,不知有郗家择婿事,正此乃佳;一涉矜持,即为世俗儿郎耳,何足异哉?"②这真是一种"不起意"的态度。钱氏把"吾之沾沾自喜,毅然自以为是者"也当作"陈言"正是本着这样的思路,一旦对"自有之言"沾沾自喜,就会陷入对于自以为是和自我欣赏中,于是本心的流行发用便陷入停滞,心便被文牵着走了(从乎文)。他这一观点在对钱谦益文章的批评中亦有表露:

> 韩退之为文,惟陈言之务去,盖戛戛乎其难之。若虞山,于陈言固有不能舍,然者非沿袭之陈言,而虞山自有之陈言也:蕴之既久,役之甚便,其来也有不知其然而然者。惟不知其然而然,所由与昌黎戛戛之务去者异矣。(《书〈有学集〉后》)③

在此钱澄之又一次提到"自有之陈言"。一般认为"自有"是自己所占有的,面对的是当下;而"陈"所代表的是可以被沿袭的某个

---

① 钱澄之著,彭君华校点《田间文集》,黄山书社1998年版,第251页。
② 钱澄之著,彭君华校点《田间文集》,第242页。
③ 钱澄之著,彭君华校点《田间文集》,第398—399页。

属于过去的东西，这个东西一般是自外于我的。这两个看似反差较大的词汇却被组合在了一起，于是这句话内部似乎蕴含着一种矛盾，该如何去理解这种矛盾呢？钱澄之在探讨"虞山自有之陈言"时言其"蕴之既久"，说明这个"言"乃是从本心出发的，这和过去理解的"陈言"来源并不相同，可谓"所由与昌黎戛戛之务去者异矣"。既然"陈言"是从心体的角度说起的，这样就并不与"自有"相矛盾。王学概念中心体是於穆不已的，因此在本质上"即存即活动"，也就不可能是现成的。心体的流动一往无前，一旦某个当下被截断固定了，成为了某个不再变动的"现成"之相，其实就已经沦为陈迹，如蛇蜕下的皮，已经脱离了心体本身。这个"现成"之相被文字所表达，并成为经验的一部分，一旦它成为经验就可以反复使用，这就是所谓的"自有之陈言"。为了不让文字变成陈言就需要不断本之内心的当下感受，去书写内心。"陈言"的概念永远无法固定，心体是它的坐标，它只面对心体而存在。在钱澄之那里，没有具体的作为对象的现成陈言，要探讨陈言必须探讨本心。

钱澄之这种所由之"异"的"陈言"观也体现了清初"陈言"话题的一个明显的出发点的变化。可以说，清代之前文人从文字角度阐释"陈言"是将其看作一个已经固定不变的客观认识对象来探讨的。而清初文人则将"陈言"话题看作一个存在论的而非认识论的话题，"言"本身也是自我心体活动的一个投射：人们是在心体的运动过程中探讨"言"到底在什么意义上算是过去了的。这一转变是清初"陈言"话题区别于之前时代的最大特点。①

---

① 虽然不是所有清初文人讨论"陈言"时都能达到钱澄之、黄宗羲这样的理论高度，也不是所有人的文论中都能完整反映王学的"正心"和"诚意"的工夫论。但清初文人比起过去确实喜从主观的心体出发，而不仅仅将"陈言"看作固定的对象。

第三节　不变与变：清中期到晚期的
"陈言"话题

到了清中期,文论中的王学因素开始渐渐淡化。这一方面由于考据学风开始成为学术主流,从"心"的角度去进行形而上的思考不再成为士人生活的重要部分。另一方面则是由于科举的影响。雍正十年(1732)七月二十八日,雍正帝颁布了一道上谕:

> 制科以《四书》文取士,所以觇士子实学,且和其声以鸣国家之盛也。语云"言为心声",文章之道与政治通,所关钜矣。韩愈论文云:"惟陈言之务去。"柳宗元云:"文者所以明道,不徒务采色,夸声音而以为能也。"况《四书》文号为经义,原以阐明圣贤之义蕴,而体裁格律,先正具在,典型可稽。虽风尚日新,华实并茂,而理法辞气指归则一。近科以来,文风亦觉丕变。但士子逞其才气词华,不免有冗长浮靡之习。是以特颁此旨,晓谕考官,所拔之文务令雅正清真,理法兼备,虽尺幅不拘一律,而支蔓浮夸之言所当屏去。秋闱期近,该部可行文传谕知之。①

在上谕中雍正帝将韩愈"陈言务去"与柳宗元"文以明道"并举,来劝谕士人为文勿逞才气词华,以戒除冗长浮靡之习。之后的乾隆朝,"唯陈言之务去"在科举场合亦多次被帝王提出来作为文章正鹄。两朝天子都从官方角度给予"陈言"话题一个很高的位

---

① 胤禛《雍正上谕内阁》卷一二二,文渊阁四库全书。

置。正如康熙提倡的"清真雅正"常常出现在时人的文论中,雍乾
以来的文人对于"陈言"话题的讨论亦非常热烈,且辨析细密,这应
该也多少受到君王提倡的影响。清中期以来就"陈言"话题发表看
法的刘大櫆、方东树、包世臣、梅曾亮等人与科举关系,远比清初拒
绝与政权合作的黄宗羲、钱澄之、吕留良等遗民来得密切,且他们
中许多人谈论文章是为了具体指导学生作文,所以在他们的文论
中,时文对古文的影响很明显。在这一时期,"陈言"话题的阐释便
又回到了传统意义上的字词角度。

雍正帝曰:"虽风尚日新,华实并茂,而理法辞气指归则一。"其
中透露出一个信息:风尚是不断变化的,但是理法辞气的根本是不
变的。这里有理学家强调的"理一分殊"的意味。雍正帝在上文并
没有说清楚"陈言"到底是什么,但是就他所要去的"枝蔓浮夸之
言"来看,他的"陈言"是以"理"为参照的。这虽然也多少涉及一点
朴素的哲学思考,但和清初从"心"角度界定"陈言"出发点完全不
同。"理一分殊"的观念在清中期"陈言"话题的阐释中非常普遍,
刘大櫆《论文偶记》曰:

> 大约文字是日新之物,若陈陈相因,安得不目为臭腐?原
> 本古人意义,到行文时却须重加铸造,一样言语,不可便直用
> 古人,此谓去陈言。未尝不换字,却不是换字法。人谓"经对
> 经,子对子"者,诗、赋、偶俪、八比之时文耳;若散体古文,则六
> 经皆陈言也。①

刘氏认为文字所要表达的理要以古人为准的,这里已暗含了

---

① 刘大櫆《论文偶记》,人民文学出版社1959年版,第11页。

古今之理不变的意思，但文字是随时代而变的，要去"陈言"就是要区别古人的文字，不仅仅在字词需要换用和古人不同的，在字词搭配等结构角度也需要重新考量。乾嘉考据学者的代表钱大昕《半树斋文稿序》也表达了对韩愈古文理论的看法：

> 别于科举之文而谓之古文，盖昉于韩退之，而宋以来因之。夫文岂有古今之殊哉？科举之文志在利禄，徇世俗所好而为之，而性情不属焉。非不点窜《尧典》，涂改《周诗》，如剪彩之花，五色具备，索然无生意，词虽古犹今也。唯读书谈道之士，以经史为菹畜，以义理为灌溉，胸次洒然，天机浩然，有不能已于言者，而后假于笔以传，多或千言，少或寸幅，其言不越日用之恒，其理不违圣贤之旨，词虽今犹古也。文之古，不古于袭古人之面目，而古于得古人之性情。性情之不古若，微独貌为秦汉者非古文，即貌为欧曾亦非古文也。退之云"唯古于词必己出"，即果由己出矣。而轻佻佚遏，自诡于名教之外，阳五古贤人，今岂有传其片语者乎？①

钱氏认为"文之古，不古于袭古人之面目，而古于得古人之性情"，这里是就性情的普遍性而言，他不赞同以自我私情为文，那样虽由己出也容易轻佻。在他看来，即使韩愈提倡的"词必己出"也需要以古人之性情为准的。在理或者性情这类概念上以古人为标准，就是为了强调古今之一贯性。"言不越日用之恒""理不违圣贤之旨"，其实也是在说理之不变而且有限。时代稍后的方东树在《昭昧詹言》中言：

---

① 钱大昕著，吕友仁校点《潜研堂集》，第443页。

　　韩公去陈言之法，真是百世师。但其义精微，学者不易知。如云"公诗无一字无来历"，夫有来历，皆陈言也，而何谓务去之也？则全在于反用翻用，故著手成新，化朽腐为神奇也。非如小才浅学，剽剥饤饤，换用生僻之可厌，适见其内不足而求助于外，客兵又不服用，但觉龃龉不安而已。

　　原本前哲，却句句直书即目，所以非蹈袭陈言：此是三昧微言。苟能于言下契悟，比于禅家参证，一霎直透三关矣。

　　既解此意，则直取真境，而脱模拟之迹，故曰还他本等，不取猎近似之词。然而不别创造一等语句，必使己出，自成一家，则仍是陈言。以熟词晦其新意也。此山谷所以得自成一家，亦百世师也。[①]

　　"原本前哲，却句句直书即目"的前提就是古今之理同。方东树虽然也谈到了"选字"，但他与刘大櫆不同，他认为不必创造新的词语，像黄山谷那样用熟悉的词语蕴含新的意思，才是百世之师。熟词所蕴藏（晦）的新意，只是针对词的本来意思而言是新意，而整个文章所要表达的理，则仍不可谓是新理。方东树用"夺胎换骨"来解释去陈言，使得"唯陈言之务去"与"无一字无来历"直接的矛盾冲突变得不那么尖锐，比起刘大櫆立论要更稳妥。但无论是刘大櫆、钱大昕还是方东树，其言论中体现的"理一分殊"观念是一致的。他们都生活在承平的时代，对于世界形势的变化尚没有太强的感受，因此对于哲学的理解仍然囿于传统。同时代亦有一些嗅觉敏锐之人，梅曾亮就是其中的代表，在探讨"陈言"话题时已有关注"变"的倾向：

---

① 方东树著，汪绍楹校点《昭昧詹言》，人民文学出版社 1961 年版，第 220—221 页。

　　文章之事莫大于因时。立吾言于此,虽其事之至微,物之甚小,而一时朝野之风俗好尚皆可因吾言而见之。使为文于唐贞元、元和时,读者不知为贞元、元和人,不可也;为文于宋嘉祐、元祐时,读者不知为嘉祐、元祐人,不可也。韩子曰:"惟陈言之务去。"岂独其词之不可袭哉? 夫古今之理势,固有大同者矣。其为运会所移,人事所推演而变异日新者,不可穷极也。执古今之同而概其异,虽于词无所假者,其文亦已陈矣。(《与朱丹木书》)[①]

　　梅曾亮也承认古今理势有大同之处,而人事推移是日新月异的,这个观点看起来仍然在"理一分殊"的圈子里打转,但他反对"执古今之同而概其异",反对将古今理势的小异消弭在大同之中,因此也就更强调"理一分殊"基础上的"殊相"。生活在晚清的王葆心经历了"三千年未有之大变局",对于"变"的体会自然较梅曾亮更加深刻,其《古文辞通义》对于清代"陈言"话题颇具总结意义,他先批评了刘大櫆的意见:

　　折衷此说,加以辨析,以刘海峰《论文偶记》为最详,其言曰……以上各条,间有未得古人深处,如曰"不直用前人一言",曰"另作一番言语",曰"于经史子用一字或至两字",曰"重加鼓铸一样言语",皆未得其所以然。文必能达吾今日心目中之理之情之事,未有能与古人同,一字不须易之言语也。

---

① 梅曾亮著,彭国忠、胡晓明点校《柏枧山房诗文集》,上海古籍出版社 2012 年版,第37 页。

彼用古人陈言以自欺饰者，皆不能达之故也。①

王氏直接就否定了古今之理同，他在这个大前提就和刘大櫆不同，那么在他看来刘大櫆的一切铸造别样语言的努力都仍然是以古人陈言自欺饰，是不可能真正地去"陈言"的。接着又就上引梅曾亮语，推而言之：

> 则此后世界各种事物进步日增，则文字施于用之范围必日广博。主宰于内者，言文之混杂体日出以相聒，则简字之一种通俗文体将出；输出于外者，东西之混杂体日趋于胜势，则译文之一种增新文体又将出，有非前此文家所可域之者。②

王葆心所处的晚清，一方面很多有识之士都认识到口语和书面语的长期脱节对于启蒙民智带来的障碍，因而主张"言文一致"的呼声日益高涨，口语对于书面语的影响也与日俱增；另一方面，面对东西竞争和西学东渐的历史环境，西方文物的引入也必然带来了大量的翻译词汇，对本土的固有词汇也带来了不小的冲击。王葆心在讨论"陈言"话题时，将这一"新学"与"旧学"交融、"中学"与"西学"碰撞的时代话题涵盖了进去，大大超出了传统"陈言"话题的畛域。与王葆心同时代的梁启超创作了《新中国未来记》，其中"多载法律、章程、演说、论文等"，"根于学理，据于时局"，从内容上就与过去的小说大不相同。③ 平等阁主人狄葆贤盛赞其"无一句

---

① 王葆心《古文辞通义》，王水照编《历代文话》，第 8 册，第 7066—7068 页。
② 王葆心《古文辞通义》，王水照编《历代文话》，第 7144 页。
③ 梁启超《〈新中国未来记〉绪言》，见陈平原、夏晓虹编《二十世纪中国小说理论资料 第 1 卷 1897—1916》，北京大学出版社 1989 年版，第 37 页。

陈言,无一字强词",①恰恰也是意识到梁启超文章的"变"的精神。樊增祥亦有诗曰:"今日万世求新日,故纸陈言要扫空。"②透过去陈言,我们看到的亦是极力求变的时代之风势。从清中期到晚期,"理"的不变与变始终是"陈言"话题的讨论前提,上文的描述所展现的就是随着时间推移,稳固的、一贯不变的理被慢慢撬动了。

在考察清代"陈言"观念的流动时,笔者归纳出了两条脉络。第一是从晚明的归有光,清初的黄宗羲、钱澄之、吕留良,到清中期的刘大櫆、方东树,是从王学"心"的角度探讨"陈言"回归到传统的文字角度的探讨,是一种从内到外的思维转向,文人的思维渐渐收回到实处。第二是从清中期的刘大櫆、方东树、梅曾亮,到晚清的王葆心,大家又逐渐从文字技巧的探讨深入到文字背后的古今之理变与不变的问题,这又是一种从外到内的思维转向。一个时代的风气走向不可能仅仅是单线发展,这两条脉络亦只是众多脉络中相对清晰而被笔者拈出来的,它们的发展并非仪仗队的交接,仅仅从第一条脉络简单地转化成了第二条脉络。它们之间的关系更像是海上的波浪此起彼伏,王学背景下的那种从"心"角度探讨"陈言"观念在清中后期仍有嗣响,张秉直、刘熙载就是代表,只是第二种脉络随着时代的风势扬得更高而使得第一条脉络暂时成为潜流而已。

法国学者雅克·朗西埃在探讨话语"歧义"时说:"歧义并非错误认识,因此不需要知识的补遗;歧义亦非错误理解,因此并不要求词语净化。歧义的情况是,在争执说话内容的意义时,已经构成

---

① 平等阁主人《〈新中国未来记〉第三回总批》,见陈平原、夏晓虹编《二十世纪中国小说理论资料 第 1 卷 1897—1916》,北京大学出版社 1989 年版,第 39 页。
② 樊增祥著,涂晓马、陈宇俊校点《樊樊山诗集》,上海古籍出版社 2004 年版,第 1378 页。

了话语情境之理性本身。"一个话题,每个不同的人解释都会有所区别,这每个独特的解释只对当下的话语情境负责,朗西埃所说的"歧义",表现得更多的是同时代人在同一个情境中讨论同一个话题的不同之处。但同一个时代的人也共享着同一个时代的思想文化空气,在讨论一个相同话题时的大前提总是具有某种相似性,当时代空气发生变化,这个大前提也随之改变。

第七章

柳宗元"参之《太史公》以著其洁"的清代阐释

　　始吾幼且少，为文章，以辞为工。及长，乃知文者以明道，是固不苟为炳炳烺烺，务采色，夸声音而以为能也。凡吾所陈，皆自谓近道，而不知道之果近乎？远乎？吾子好道而可吾文，或者其于道不远矣。故吾每为文章，未尝敢以轻心掉之，惧其剽而不留也；未尝敢以怠心易之，惧其弛而不严也；未尝敢以昏气出之，惧其昧没而杂也；未尝敢以矜气作之，惧其偃蹇而骄也。抑之欲其奥，扬之欲其明，疏之欲其通，廉之欲其节；激而发之欲其清，固而存之欲其重，此吾所以羽翼夫道也。本之《书》以求其质，本之《诗》以求其恒，本之《礼》以求其宜，本之《春秋》以求其断，本之《易》以求其动：此吾所以取道之原也。参之《谷梁氏》以厉其气，参之《孟》《荀》以畅其支，参之《庄》《老》以肆其端，参之《国语》以博其趣，参之《离骚》以致其幽，**参之《太史公》以著其洁**：此吾所以旁推交通，而以为之文也。凡若此者，果是耶，非耶？有取乎，抑其无取乎？

　　　　　　　　　　——节选自柳宗元《答韦中立论师道书》①

---

① 柳宗元撰，尹占华、韩文奇校注《柳宗元集校注》，中华书局 2013 年版，第 7 册，第 2178 页。

　　《答韦中立论师道书》是柳宗元阐述文学理论的代表作。柳宗元在文中将平生为文得力于诸多经典处一一列出，后人欲深味柳氏为文之旨，①自然不能不三复其言。柳氏在信中言自己学习古文"旁推交通"，他所参考的古籍范围很广泛，但其中"参之《太史公》以著其洁"一句自清初以来尤为世人重视。是什么让它从诸多经验中脱颖而出，又为何在清初以来议论蜂起呢？

　　这可能带有三方面的原因。一是因为这句话涉及了柳宗元与《史记》的关系，而《史记》自流传之日起就充满了话题，无论在历史还是文学领域，对它的褒贬都从未停息。二是由于师法《史记》所得的"洁"在柳宗元自己的文论建构中较"参之《国语》以博其趣""参之《离骚》以致其幽"等经验更重要。章士钊在论柳氏《报袁君陈避师名说》时曾言："柳文自订之规律甚众，而洁字最为突出。其《答韦中立书》云：'参之《太史》以著其洁。'此仅泛言及洁而已，今复于'洁'上增一'峻'字，又于太史公外涉及《谷梁》，此可见子厚平生通经致用，自然成文，于峻抑峻洁所下功夫，殆不止良医三折肱之效。"②三是晚明以来文人作文喜剿袭堆砌陈言和杂用俚语、二氏之言，这样写出的文章不仅文辞繁冗，立意也颇不醇正。后人欲矫除此弊，必然得在"洁"字上用心，甚至将"洁"推为衡量古文好坏的最高标准。故清初的陈玉璂就说："自古文章之难，莫难于洁。"③黄廷表也认为："洁之一字，为千古文士金针。"④潘耒亦曾言："文至雅洁，品莫贵焉。"⑤再后来方苞更是以"雅洁"为标准，将前代古文创

---

①　南宋洪迈已将《答韦中立论师道书》中内容视作柳宗元为文之旨。见洪迈《容斋随笔》，上海古籍出版社 1978 年版，第 85—86 页。

②　章士钊《柳文指要》，中华书局 1971 年版，第 1076 页。

③　《魏冰叔文集序》，陈玉璂《学文堂文集》卷二，清光绪盛氏惠斋刻本。

④　转引自章士钊《柳文指要》，中华书局 1971 年版，第 2079 页。

⑤　潘耒《遂初堂集》文集卷八，清康熙刻本。

作进行了最大程度的否定,他感慨道:"南宋、元、明以来,古文义法不讲久矣,吴越间遗老尤放恣,或杂小说,或沿翰林旧体,无一雅洁者。"①因此,他要在古文圈中宣扬"义法",并以"雅洁"为作文目标。他的这一观念在后来桐城派古文实践中影响深远,使得无论支持或者反对桐城古文的文人都会重视并思考"洁"的含义。

第一节 从柳宗元角度考察"洁"

在分析清人对"参之《太史公》以著其洁"中"洁"字的阐释前,我们会希望了解它最原始的含义,但《答韦中立论师道书》中并未给出明确的答案。朱子在读此文时感慨:"但求文字言语声响之工,用了许多功夫,费了许多精力,甚可惜也!"②朱子似乎认为此文主旨不逾语言文字的教导,那么能否仅从语言文字入手去理解"洁"字?显然不能。柳宗元在文中简述了自己学文观念的一个转变:"始吾幼且少,为文章,以辞为工。及长,乃知文者以明道,是固不苟为炳炳烺烺,务采色,夸声音而以为能也。"③他意识到要改变过去过于重视辞采声韵之美的习惯,这是从文辞角度来说的,但柳宗元同时提到了"知文以明道",可见此篇主旨并未停留在语言层面。因此,从文字角度思考的"洁"只能作为此文中"洁"的含义的一个下限,但还可以在其中增加什么内容,增加多少,又是一个复杂的问题。

思考这类问题常会让我们面对一个在解释古代文论某个具体概念时很容易遇到的困境,即当我们考察一个具体概念时,如果在

---

① 《书方望溪先生传后》,沈廷芳《隐拙斋文钞》卷四,清刻本。

② 黎靖德编,王星贤校点《朱子语类》,中华书局1986年版,第2918页。

③ 柳宗元撰,尹占华、韩文奇校注《柳宗元集校注》,第7册,第2178页。

其所出自的文本中无法清晰地确定它的含义。那么，我们只能通过该作者的其他材料，去寻找该概念的其他用例或与该概念内容相近的表述，然后归纳出此概念的大致含义。但是一个作者即便使用同一个词语，当面对的对象或要解决的问题不同时，他所使用该词语的内涵也是会有不同的。此外，人的思想会改变，同一个词汇在一个人思想生命的不同时期内容也会有差别。所以通过这种"旁推交通"的方式很难让我们准确把握在一个具体的语境中作者使用某个词汇的含义。这就意味着，当我们无法从该概念所出自的文本中直接找到解释，我们很可能只能放弃准确理解该语境中此概念含义的尝试了。但"旁推交通"的方式并非毫无用处，我们可以通过这个方法去大致勾勒出某个人使用这个概念的内涵上限，这样我们理解具体语境中的这个概念就能做到虽不中亦不远。

章士钊为解释"洁"字就使用了这种"旁推交通"的方法，他除了指出"洁"字在《答韦中立论师道书》和《报袁君陈避师名说》中的用例外，还旁及其他柳文，找出了他所认为的有关"洁"概念的表述：

> 子厚《答吴武陵论〈非国语〉书》："夫为一书务富文彩，不顾事实，而益之以诬怪，张之以阔诞，以炳然诱后生，而终之以僻，是犹用文锦覆陷阱也，不明而出之，则颠者众矣。"夫"明而出之"者何？曰：视事实之所需，一字不加多，亦一字不加少，摒诬怪阔诞，而使读者不至误入陷阱，即洁之效也。至子厚《答杜温夫书》，勤勤于助字律令，是尤洁字初步用意，未足以统柳文之全也。①

---

① 章士钊《柳文指要》，第 1076 页。

　　单从文章角度来看,"洁"字可以表示的含义就十分丰富,它可以衍生出纯洁、简洁、峻洁等许多侧重不同的意思。当它指纯洁无所玷污时,就是对文章的立意醇正和内容的真实有要求,当它指一种简洁的风格时,除了要求字句的精练外,也暗示了材料选择的精当和布局的明晰。章士钊在引文中介绍了两种"洁"。前者基本包含了"洁"字的上述含义。要达到这样的"洁"需要兼顾文章内容和形式,归根结底则需要立意的"明"。《答韦中立论师道书》中的"洁"字含义基本上也不出此范围。后者仅仅停留在形式上,而且只是其中的使用助字一端,故章氏认为"是尤洁字初步用意,未足以统柳文之全也"章氏在此预设了一个前提:"洁"字可以统柳文之全。这个预设可靠吗? 其实并没有足够的证据支撑,柳宗元也没有明确说自己为文之法全赖一"洁"字,我们最多能说"洁"在柳氏古文理论中占据很重要的地位。但章氏的思路很耐人寻味,当我们无法在具体的文本中准确把握"洁"字时,"旁推交通"会让我们不断将柳宗元的其他相关言论收纳到这个概念之下,哪怕这个相关言论只是沾一点边。于是我们会形成一个印象,"洁"字可以越来越多地涵盖柳氏的古文理论,最终认为柳宗元的古文理论可以用此概念来一言以蔽之。这是一种非常典型的东方思维方式,日本学者中村元在《比较思想论》中提道:"东方人的思维方式是综合型的,西方人的思维方式是分析型的。汉语的单词给人以综合的印象,但这种综合应当说是处于分析之前的阶段的。在没有经过分析过程之前,把它称之为'综合'也许是不恰当的。"①章士钊以"洁"字统柳文之全就是一种东方式的、未经充分分析的综合,不能说其中完全没有分析的成分,但章氏更多的是通过直观的方式去

---

① ［日］中村元著,吴震译《比较思想论》,浙江人民出版社 1987 年版,第 173 页。

把握柳文整体的。这种直观的、以一言来概括的方式在中国古代
文学批评中十分常见，这里的"一言以蔽之"有时是具体的意象，比
如认为柳文如"幽岩怪壑，鸟叫猿啼"。[①] 有时则是相对抽象的字
词，比如认为柳文"峭"、[②]"骨"，[③]包括这里的以"洁"字统柳文。

　　章士钊对"洁"字的考察虽然已经过去半个世纪了，但今人研
究类似概念的思考角度和他不会有太大差别。如果我们今天重新
思考柳宗元文论中的"洁"字，仍得以柳文为中心，因为"洁"的含义
很丰富，司马迁文章的"洁"和柳宗元的"洁"不能完全等同，柳氏所
继承的"洁"究竟包括哪些部分最终还得依据他自己的文章而非
《史》，《史记》之"洁"只能作为参照。与今人不同的是，清人在讨论
"参之《太史》以著其洁"时，更喜欢以《史记》为中心来考察"洁"的
内涵，有时甚至会质疑柳氏以"洁"许《史记》。在他们心中，《史记》
的典范性与争议性都远超过柳文，所以清人更在意《史记》与"洁"
的关系。他们似乎认为"洁"字在柳宗元文论中的含义，不如其作
为柳宗元对《史记》的评价更值得关注。

第二节　《史记》与"洁"

　　清人虽然大多从《史记》角度去思考"洁"，但他们中的许多人
在思考问题时同样带有明显的东方特色，章士钊预设了"洁"可以
统柳文，他们则预设了柳宗元认为"洁"可以尽《史记》。其实，柳宗
元只是说要学习《史记》"洁"的特点，并未认为《史记》的方方面面

①　魏禧《日录论文》，王水照编《历代文话》，第 4 册，第 3613 页。
②　朱景昭《论文刍说》，王水照编《历代文话》，第 6 册，第 5752 页。
③　张谦宜《𪩘斋论文》，王水照编《历代文话》，第 4 册，第 3938 页。

都是"洁"的。而且"洁"本身含义丰富,《史记》不可能满足"洁"的所有特点。用一个含义丰富的"洁"去衡量认为可以用"洁"来涵盖(尽)的《史记》,一旦读者心中"洁"的某个含义无法从《史记》中落实,疑问便会产生,清人关于"参之《太史》以著其洁"的大多数话题就基于此。下面笔者就几个主要的话题来一一分析。

1. 文风

从文风角度去观察"洁",比较有代表的观念要数清初学者李世熊(1602—1686)在《答叶慧生》中所说的:

> 向以洁字奉益来教,似不慊然。兄盖以清寒紧峭为洁,与纵横浩浑异耳,遂谓洁不足以尽史公。《记》曰:"洁静精微,《易》教也。"静精微而冠以洁,可谓洁不足尽《易》邪? 前贤之赞先师曰:"江汉以濯之,秋阳以暴之,皓皓乎不可尚已。"此非洁乎? 亦可谓洁不足以尽先师乎? 然则本诸《太史》以求其洁者,正于纵横幻变中见其洁耳。柳子看洁是一样,是柳子见地。兄看洁是一样,是兄见地。古今人各有所见,不必其同,然不可不究其不同也。引伸其说,殆不可了,恨力倦笔涩,不能放手罄书耳,终望兄之卒教之也。①

从信中可知,叶慧生曾就"洁"字向李世熊请教,并认为"参之《太史》以著其洁"的"洁"是指"清寒紧峭"的状态。如果我们以柳宗元的文风来衡量,这种认识并无不可。清代的唐彪就认为柳文"劲悍沉寥",②张

---

① 李世熊《寒支集》二集卷五,清初檀河精舍刻本。
② 唐彪《读书作文谱》,王水照编《历代文话》,第 4 册,第 3544 页。

谦宜也认为"柳州筋骨,峭蒨严冷",①这些形容都与"清寒紧峭"相类似。但叶慧生紧接着就产生了疑问,如果"洁"是指"清寒紧峭"的风格,那么《史记》所具有的"纵横浩浑"的气质如何能用"洁"来涵盖呢?叶慧生的这个疑问源自两个错误思路。一是认为柳宗元的"洁"字可以尽《史记》,在这种思路下,《史记》的任何特色都应该能与"洁"挂上钩,否则就是柳宗元这句话出了问题。第二是他狭隘地认为"洁"只有一种内涵,就是"清寒紧峭"。以"清寒紧峭"的"洁"去衡量《史记》,自然会凿枘不投,于是他只能认为柳宗元说错了:"遂谓洁不足以尽史公。"

李世熊的回应指出了叶慧生的第二个问题,他认为"古今人各有所见",柳宗元的"洁"和叶慧生的"洁"是不同的,这就承认了"洁"字含义的丰富性。但李世熊在第一个问题上也陷在和叶慧生同样的思路中。他肯定了"洁"可以尽《史记》,甚至推而广之,认为"洁"可以尽《易》和孔子。李世熊的观点虽然较叶慧生更为通达,但我们也要警惕这个概念的外延被无限放大的可能。当一个概念的外延越来越扩大时,看似它的内容在增加,但这个词的特色和它词汇本身的限制力也在逐渐消失。如杭世骏在《马半查南斋集序》中从文之"洁"谈到诗之"洁":

> 魏武之沉雄,越石之清刚,洁也;潘、陆以藻丽参之而亦洁。靖节之冲澹,康乐之自然,洁也;颜、鲍以缛采参之而亦洁。辟之埃壒尘集,哇咬间作,遗世独立之仙振衣长啸,与天风海涛相应和,而群响皆寂。此岂与夫木客之清吟、幽独君之

---

① 张谦宜《岘斋论文》,王水照编《历代文话》,第 4 册,第 3939 页。

夜语、风蝉露纬之鸣趯、而以不食烟火为洁者比乎?[①]

李世熊还只是能从"纵横幻变"中看到"洁",到了杭世骏则"沉雄""清刚""藻丽""冲澹""自然""缛采",一切皆可以"洁"名之,于是这里的"洁"不但离柳宗元的本义愈来愈远,要对它下定义也越来越难了。

2. 语言文字

从文章写作角度来看,"洁"最容易让人们想到的就是最粗[②]层面的语言文字上的简洁。但衡之《史记》的文字,大多数人都认为不符合这个意义上的"洁",因此清人也不从这个角度去理解"洁"。

认为《史记》文字不简洁的观念很早就有,唐代学者刘知几在《史通·点烦》篇中将自己认为的古史传文之烦者,皆以笔点其烦上,而欲尽去之,[③]其中就包括大量《史记》中的文字。到了清代,浦起龙(1679—1762)在此篇加按语曰:

> 河东云:"参之《太史》以著其洁。"洁非瘦削之谓也。然当六朝涂泽之余,从未有此辣手刮世眼者,故是韩柳辈前驱也。[④]

浦起龙认为刘知几如此辣手删除烦文,也有反对六朝以来华丽浮靡的文风的意思,可视作韩柳古文运动的前驱。那么,他似乎在暗

---

① 杭世骏《道古堂文集》卷一〇,清光绪十四年汪曾唯增修本。
② 刘大櫆《论文偶记》:"神气者,文之最精处也;音节者,文之稍粗处也;字句者,文之最粗处也。"
③ 刘知几撰,浦起龙释《史通通释》,上海古籍出版社 1978 年版,第 433 页。
④ 刘知几撰,浦起龙释《史通通释》,第 434 页。

示文字上的简约也是韩柳古文的内容。但具体到"参之《太史》以著其洁"中的"洁"字,他并不用文字层面的"瘦削"去解释。

之后,恽敬(1757—1817)在《与舒白香》中曰:

> 如《史记》,千古以为疏阔,而柳子厚独以洁许之。今读伯夷、屈原等列传,重叠拉杂,及删其一字一句,则其意不全,可见古人所得矣。至所谓疏古,乃通身枝叶扶疏,气象浑雅,非不检之谓也。①

恽敬此处似乎举出了认为《史记》文字不洁的反例,他发现《史记》中的部分列传在文字处理上很精到,哪怕删除一字一句都会使内容的完整表达受损。但通读此段,笔者发现他要强调的其实是《史记》整体气象的"浑雅",而并没有否定"《史记》,千古以为疏阔"的判断,既然认为《史记》文字"通身枝叶扶疏",那就不可能在文字角度无法删除一字一句。笔者的这一判断在恽敬的《与章澧南》中得到证实:

> 鄙见太史公之洁,全在用意捭落千端万绪,至字句不妨有可议者。今海峰字句极洁,而意不免芜近,非真洁也。②

恽敬指出《史记》的字句仍然有可议处,所以《史记》之"洁"在强调意图的明确而非字句的简洁。他还批评了桐城派刘大櫆文章注重了文字之"洁"而忽略了意图之"洁"。

---

① 恽敬著,万陆、谢珊珊、林振岳标校,林振岳集评《恽敬集》,第 486 页。
② 恽敬著,万陆、谢珊珊、林振岳标校,林振岳集评《恽敬集》,第 499 页。

晚清学者恽毓鼎（1862—1917）与恽敬同出自常州恽氏，他曾在《澄斋日记》中曰：

> 柳子厚云："参之《太史》以著其洁。"洁非洁字缩句之谓，乃意无夹杂，墨无旁沈也。若以字句求之，则《史记》文字之可节者亦多，安得谓之洁耶？[①]

他也认为《史记》在文字上多有可缩减处，主张从意图角度去解释"洁"。恽毓鼎的这个观点和恽敬完全一致，很可能就来源于恽敬。

语言文字层面上的"洁"除了可以从简洁角度理解外，文辞风格是否统一，即是否纯而不杂也是一个方面，从这个角度看，《史记》也是不"洁"的。宋代的苏洵就对此展开了批评：

> 迁之辞淳健简直，足称一家。而乃裂取六经、传、记，杂于其间，以破碎汩乱其体。五帝、三代《纪》多《尚书》之文，齐、鲁、晋、楚、宋、卫、陈、郑、吴、越《世家》，多《左传》《国语》之文，《孔子世家》《仲尼弟子传》多《论语》之文。夫《尚书》《左传》《国语》《论语》之文非不善也，杂之则不善也。今夫绣绘锦縠，衣服之穷美者也，尺寸而割之，错而纫之以为服，则绨缯之不若。迁之书无乃类是乎！[②]

古文创作特别讲究文气贯通，如果将语言风格不一致的文字

---

① 恽毓鼎著，史晓风整理《恽毓鼎澄斋日记》，浙江古籍出版社 2004 年版，第 78 页。
② 《史论下》，苏洵著，曾枣庄、金成礼笺注《嘉祐集笺注》，上海古籍出版社 1993 年版，第 238 页。

杂糅在一篇文章中,势必会影响文气的通畅,明末文学家艾南英(1583—1646)就本着苏洵的意见,认为从文字语言风格不统一的角度看,"洁"字不能说是"尽"《史记》的,其《金正希稿序》曰:

> 或疑吾信柳子之过,而以一洁尽史迁,及观苏明允之论,以为"迁之词淳健简直",盖亦如柳子之所谓洁者,而独病其"裂取六经、传、记,杂于其间,以破碎汨乱其体",明允盖曰:"《尚书》《左传》《国语》《论语》之文非不善也,杂之则不善也。"由明允之论推之,则洁之为言史迁尚未之尽也。①

清代同样有人关注了这个话题,章学诚(1738—1801)《与石首王明府论志例》云:

> 柳子曰:"参之《太史》以著其洁。"未有不洁而可以言史文者。文如何而为洁? 选辞欲其纯而不杂也。古人读《易》如无《书》,不杂之谓也。同为经典,同为圣人之言,倘以龙血鬼车之象,而参粤若稽古之文;取熊蛇鱼旐之梦,而系春王正月之次;则圣人之业荒,而六经之文且不洁矣。②

他的议论虽然没提及苏洵,但也与之如出一辙。

3. 史实

"洁"字还包含清白、未受玷污之意。对于一部史书来说,史实

---

① 黄宗羲《明文海》卷三一二,清涵芬楼钞本。
② 章学诚著,仓修良编《文史通义新编》,上海古籍出版社 1993 年版,第 742 页。

的舜误自然是它的污点,有了污点便不能从这个含义上誉之以
"洁"。清初的陈祖范(1676—1754)在《汪订顽史外序》中说:

> 柳子厚云:"参之《太史》以著其洁。"解之者谓起五帝迄汉
> 太初,不过若干言。非也,洁非缩句减文之谓,谓其义脉清而
> 指归一也。……论者徒以其收赵氏多怪、屠岸贾、黄石公等
> 事,议其好奇而轻信,若好奇而轻信,岂复能为洁乎? 谅不
> 然矣![1]

　　陈祖范指出时人有因《史记》"收赵氏多怪、屠岸贾、黄石公等
事"而"议其好奇而轻信"的。这引发了他的反思:"若好奇而轻信,
岂复能为洁乎?"陈氏最后给出的结论是:"谅不然矣!"这个结论很
含糊,他想表达的是如果《史记》真是"好奇而轻信",那么怎么可能
会用"洁"来称誉? 所以《史记》一定不是"好奇而轻信"的,"谅不然
矣"否定的是"好奇而轻信";或者他要表达的是既然《史记》"好奇
而轻信",那么显然从史实角度看它不可能是"洁"的了,所以这里
的"洁"一定不是侧重于史实真伪角度的。从这段话开头陈祖范用
"义脉清而指归一"来定义"洁"看,他很可能表达的是后一个意思。
　　陈祖范提到的论者对《史记》史实的批评,还是倾向于对"赵氏
多怪"等违背自然常理的怪力乱神事件的否定,这类问题还是比较
显见的。到了清中期考据学风盛行的时代,涌现出如牛运震的《史
记评注》、王元启的《史记三书正讹》、王鸣盛的《史记商榷》、赵翼的
《史记札记》、钱大昕的《史记考异》、梁玉绳的《史记志疑》等著作,
对《史记》的考订更加细致和深入。杭世骏(1695—1773)也是当日

---

[1] 陈祖范《司业文集》卷二,清乾隆二十九年刻本。

知名的考据学者，曾著有《史记考证》，故于《史记》中史实角度的不"洁"深有体会，其《马半查南斋集序》曰：

> 柳子厚之论文也，曰："参之《太史》以著其洁。"夫文之不洁者莫太史若矣。左史记言，言为《尚书》。太史采虞、夏之文全载于策，而《周书》概从刊落，甚至以《文侯之命》为晋文公，洁者固如是乎？右史记事，事为《春秋》，太史掇拾《左氏》，而其不合于《左》至五十二事之多，鲁、卫、晋、楚之《世家》，参之年表，牴牾舛缪何虑数十百件？[①]

如此看来，《史记》在史实上的不"洁"已经很难翻案了。破了之后还得立，杭世骏接着给出了自己对"洁"的理解：

> 文之洁莫洁于子厚矣，而低首下心岸然品目之以洁，而后世莫敢议其非，所谓性情远而气骨遒者，惟太史足以当之而不愧也矣！[②]

这样的解释看上去通达无碍，但是又很抽象。考据学者论文每每喜谈性情，并以此攻击桐城派古文家，认为他们谈文章太注重章法、字句，落入下乘。如钱大昕在《半树斋文稿序》中曰："文之古，不古于袭古人之面目，而古于得古人之性情，性情之不古若，微独貌为秦汉者，非古文；即貌为欧、曾，亦非古文也。"[③]又如俞樾在《杨

---

① 杭世骏《道古堂全集》文集卷十，清光绪十四年汪曾唯修本。
② 杭世骏《道古堂全集》文集卷十，清光绪十四年汪曾唯修本。
③ 钱大昕著，吕友仁标校《潜研堂集》，上海古籍出版社 2009 年版，第 443 页。

性农同年移芝室集序》中批评古文家"矜言古文矩矱","貌为简老而无驰骋自得之乐"。① 但是"性情远而气骨遒"如果不落实到具体的文章写法上,终究会让人觉得杳渺而难以把握。

方东树(1772—1851)在《答友人书》中也提到了《史记》记事的不可尽信:

> 若宋儒固未尝有讥迁史不洁者。即有言语,亦不过谓所记事迹不必尽可信耳。②

但他对"洁"的理解较之杭世骏就相对易为人所把握了:

> 夫子厚所称太史之洁,乃指其行文笔力斩绝处,此最文家精深之诣,既非寻常之所领解。③

"行文笔力斩绝处"是指《史记》的文字在转折处很洒脱干脆,不拖泥带水。这一方面和《史记》喜欢使用长句叙述有关,句子长了文气更不容易断,因此整个句子才会显得很有力量。如牛运震评《吕不韦列传》"则子毋几得与长子及诸子旦暮在前者为太子矣"曰:"长句转折有力。"④吴见思评《春申君列传》"而李园女弟初幸春申君有身而入之王所生子遂立"曰:"二十二字作长句,反间劲恰好。"⑤陈衍亦云:"太史公每用长句法叙事,如《伍子胥传》云'伍子

---

① 俞樾《春在堂杂文》续三,清光绪刻本。
② 方东树《考槃集文录》卷六,清光绪二十年刻本。
③ 方东树《考槃集文录》卷六,清光绪二十年刻本。
④ 牛运震著,魏耕原、张亚玲整理点校《史记评注》,三秦出版社2011年版,第213页。
⑤ 程馀庆《历代名家评注史记集说》,三秦出版社2011年版,第4册,第963页。

胥初所与俱亡故楚太子建之子胜者在于吴'，二十字一句，挽转上文有力。"①晚清的郑孝胥也深知《史记》在此意义上的"洁"，他在回答张之洞关于"参之《太史》以著其洁"的疑问时说："子厚出于孟坚，班多骈，马多散，此所以取其洁欤。"②班固喜欢使用相对短一些的句子，而且他倾向于骈偶，常会有意识地使得句子与句子的结构变得相似。骈偶会使得文气变得回环而非纵逸，结构的整齐也会让句子间的转折不明显。总体来说，班固的文章看上去更为典雅，但文字的力量被减弱了，自然也就很难体现行文斩绝之"洁"了。

第三节 "洁"的延伸：从《史记》到《离骚》

在清代众多阐释"参之《太史》以著其洁"的观点中，还有一种很值得注意，这种阐释将《史记》之"洁"与《离骚》联系起来，如清初学者黄廷表曰："子长以洁许《离骚》，柳子厚又于《太史》致其洁，洁之一字，为千古文士金针。"③但事实上，司马迁所许的《离骚》之"洁"和柳宗元学习《史记》之"洁"是一回事吗？如果我们从柳宗元的本义出发，会发现"洁"字很难追溯到屈原。《答韦中立论师道书》中提到了"参之《离骚》以致其幽，参之《太史》以著其洁"，可见柳宗元学习《离骚》和《史记》之文的侧重点是有所不同的。

但我们之前提到，清人在阐述此话题时并不特别在意柳文的本义，他们更喜欢从《史记》角度去考察"洁"。那么，谈到《史记》与"洁"就很容易让人联想到司马迁对屈原的评价。司马迁在《屈原

---

① 陈衍《史汉文学研究法》，无锡民生印书馆 1934 年版，第 93 页。
② 郑孝胥著，劳祖德整理《郑孝胥日记》，第 446 页。
③ 转引自章士钊《柳文指要》，第 2079 页。

贾生列传》结尾处说："余读《离骚》《天问》《招魂》《哀郢》,悲其志。"①可见他对屈原之志非常在意,这是什么样的志? 他在传中说"其志洁",又说"其志洁,故其称物芳",②可以说这个"洁"既是修饰志的形容词,又是志的对象。司马迁和屈原二人身上有许多相似处,他们都才高气盛,又都在政治上遭遇挫折,最终都将悲愤寄托在文字中,因此司马迁在写屈原传记的时候,屈原既是他以意逆志的对象,同时也是他自己人格的投射。在这个层面上,司马迁和屈原的志是有所重合的,因此"洁"作为对"志"的评价和"志"的对象可以成为连接《史记》和《离骚》的桥梁。从"志"的角度理解"洁"可以举杭世骏和邓绎为代表。

杭世骏在《马半查南斋集序》中花费大量笔墨阐述他心中"参之《太史》以著其洁"的"洁"字如何理解,不过这部分还未涉及《史记》与《离骚》的关系,而当他接下来谈到这篇序的描写对象,他的好友马半查时,则说他"志洁行芳,秕糠一切,太史所谓皭然泥而不滓者也"。这就暗示了杭世骏在思考《史记》之"洁"时,始终有《屈原贾生列传》在心中盘桓。晚清湖南学者邓绎(1831—1900)在《藻川堂谭艺·三代篇》中将这一角度阐述得更加明晰:

> 司马迁之称《离骚》曰:"其志洁,故其称物芳。"柳宗元又曰:"参之《离骚》以致其幽,参之《太史》以著其洁。"以洁言文,规摹似稍狭矣。然史迁之所言者,志也。本《尚书》"诗言志"与子夏序《诗》"在心为志"之旨,深探骚人之隐而显发其秀。一言以蔽之而有余,惟深于诗,故深于史也。《离骚》之志与日

---

① 司马迁《史记》,中华书局 2014 年版,第 3034 页。

② 司马迁《史记》,第 3010 页。

月争光者,在乎洁。史迁言为丹青而不朽于千载者,亦在乎洁。孔子不得中行必与狂狷,以其洁也,在陈思归,择斐然成章之狂狷而裁之者,欲其洁也。史迁生周公、孔子之后为五千年之通史,志在续获麟之《春秋》,敢为所难而不疑者,盖自负其洁。《诗》云:"他人有心,予忖度之。"宗元以洁论迁,盖亦忖度其心而得之者,非偶然也。①

　　日月之明,江海之清,珠玉之莹,山岳之英,其不朽于天地,惟在乎洁。故史迁、柳宗元以洁论《骚》《史》。惟天下之至白为能洁,凡采不足以胜之。古人以"洁静精微"言《易》也有以。夫《易》者,《诗》《书》、九流、百家之所从出也,其原大矣,洁而能大,然后为至。前明以来之言洁者,盖差异于是也。②

"洁"既然和"志"联系了起来,它也就能继续推进到中国历史上最早的诗论:《尚书·尧典》中的"诗言志"那里。邓绎在此并未要明确解释"志"为何物,他仅仅联系《毛诗序》"在心为志"之说,将"志"的范围限定在人隐微心理活动,这里应该包括情感和意图,既有感性成分,也有理性因素。那么洁的志是一种什么样的心理?邓绎也没有正面定义,他举了孔子"不得中行必与狂狷"及"择斐然成章之狂狷而裁之"的例子,点出了孔子的用心处。又举了司马迁欲继承周公、孔子之志而续《春秋》的例子,指出了司马迁与周公、孔子的共同用心处。这些都表明他所说的志乃是圣人之用心,惟其为圣人之所用心,故其志洁。因此,我们从文章角度看,"洁"可以视

① 邓绎《藻川堂谭艺》,王水照编《历代文话》,第7册,第6180页。
② 邓绎《藻川堂谭艺》,王水照编《历代文话》,第7册,第6181—6182页。

为作者用心的最高标准,是立意最正、情感最纯的状态。上引第二段话是从作品评价角度来说的。邓绎提到《易》乃六经、百家之源头,它又被认为是"洁静精微"的,正因为它"洁",它才能达到最高境界。所以这里的"洁"也成为了评价作品的最高标准。

从这个角度去阐述"洁"确实如邓绎所言与过去有别,此处的"洁"已经距离柳宗元的本义很远了,它不再是对文章中某些方面的具体要求,而是一个总体的、最高的抽象要求,可谓将"洁"抬到了无以复加的高度,也让这个"洁"变得无法也无须去定义。

从本章的讨论中,我们能发现清人在探讨柳宗元"参之《太史公》以著其洁"这一话题时,与章士钊等近现代学者观念有一定的差异。章士钊倾向于从柳宗元本身入手,以他的文章为依据来探讨"洁"在柳氏心中最"准确"的含义。而清人则往往会以《史记》为中心,来探讨文章如何做到"洁",甚至以《史记》为标准来衡量柳文是否能"洁",或者从《史记》继续拓展出去,在中国文学史上拉出一个符合"洁"标准的典范目录。可以从《史记》上溯《离骚》,乃至六经。

总之,清人的探讨大大扩大了这一话题原本的意义范围,对我们今天重新思考文章之"洁"有着重要的意义。但我们也发现,无论是章士钊等人,还是清人,在探讨类似文论概念的时候,都带有一个固有的东方思维定势,那就是期待获取一个最终的、唯一的答案,并且往往会把一个人的某个观点,视为其终身服膺的规范。这往往就容易简化一个伟大作家,会忽视他的文学观念可能会变化,前后时期可能会产生矛盾。所以本章的探讨其实也希望能反思这一常见的思维定势,让我们今后的研究对类似问题保持警惕。

参 考 文 献

古　籍

史部

司马迁《史记》，北京：中华书局，2014年。

牛运震著，魏耕原、张亚玲整理点校《史记评注》，西安：三秦出版社，2011年。

程馀庆《历代名家评注史记集说》第4册，西安：三秦出版社，2011年。

胤禛《雍正上谕内阁》，文渊阁四库全书本。

王世贞选编《苏长公外纪》，明万历璩氏燕石斋刻本。

潘相《琉球入学见闻录》，清乾隆刻本。

恽毓鼎著，史晓风整理《恽毓鼎澄斋日记》，杭州：浙江古籍出版社，2004年。

郑孝胥著，劳祖德整理《郑孝胥日记》，北京：中华书局，1993年。

贺葆真著，徐雁平整理《贺葆真日记》，南京：凤凰出版社，2014年。

孙宝瑄《忘山庐日记》，上海：上海古籍出版社，1983年。

刘宝楠《汉石例》，上海：商务印书馆，1937年。

刘知几撰，浦起龙释《史通通释》，上海：上海古籍出版社，1978年。

章学诚著，叶瑛校注《文史通义校注》，北京：中华书局，1985年。

章学诚著，仓修良编《文史通义新编》，上海：上海古籍出版社，1993年。

王鸣盛撰，陈文和、王永平、张连生、孙显军校点《十七史商榷》，南京：凤凰出版社，2008年。

赵翼撰,曹光甫校点《廿二史劄记》,上海:上海古籍出版社,2011 年。

钱大昕撰,陈文和、张连生、曹明升校点《廿二史考异》,南京:凤凰出版社,2008 年。

子部

黎靖德编《朱子语类》,北京:中华书局,1986 年。

魏裔介《静怡斋约言录》,清龙江书院刻本。

焦循《里堂家训》,稿本。

方东树纂,漆永祥点校《汉学商兑》,南京:凤凰出版社,2016 年。

王明清《挥麈录》,上海:上海书店出版社,2001 年。

洪迈撰,孔凡礼点校《容斋随笔》,北京:中华书局,2005 年。

何良俊《四友斋丛说》,北京:中华书局,1959 年。

茅元仪《暇老斋杂记》,光绪李文田家抄本。

冯班撰,何焯评,李鹏点校《钝吟杂录》,北京:中华书局,2013 年。

尤侗《艮斋杂说》,清康熙刻西堂全集本。

王士禛撰,赵伯陶点校《古夫于亭杂录》,北京:中华书局,1988 年。

王应奎著,王彬、严英俊校点《柳南随笔 续笔》,北京:中华书局,1983 年。

惠栋《九曜斋笔记》,清光绪刘氏聚学轩刻本。

钱大昕《十驾斋养新录》,上海:上海书店,1983 年。

阮葵生《茶余客话》,上海:中华书局上海编辑所,1959 年。

钱泳著,张伟点校《履园丛话》,北京:中华书局,1979 年。

周中孚《郑堂札记》,清光绪赵之谦刻仰视千七百二十九鹤斋丛书本。

蒋彤辑《暨阳答问》,清光绪盛氏思惠斋刻本。

朱一新著,吕鸿儒、张长法点校《无邪堂答问》,北京:中华书局,2000 年。

平步青《霞外攟屑》,上海:上海古籍出版社,1982 年。

实叉难陀译《大方广佛华严经》,上海:上海古籍出版社,1991 年。

高振农译注《华严经译注》,北京:中华书局,2012 年。

集部

王维撰,赵殿成笺注《王右丞集笺注》,上海:上海古籍出版社,
　　1984 年。

韩愈著,马其昶校注,马茂元整理《韩昌黎文集校注》,上海:上海古籍
　　出版社,2014 年。

柳宗元《柳宗元集》,北京:中华书局,1979 年。

欧阳修著,洪本健校笺《欧阳修诗文集校笺》,上海:上海古籍出版社,
　　2009 年。

苏洵著,曾枣庄、金成礼笺注《嘉祐集笺注》,上海:上海古籍出版社,
　　1993 年。

苏轼著,孔凡礼点校《苏轼文集》,北京:中华书局,1986 年。

王安石著,李壁笺注,高克勤点校《王荆文公诗笺注》,上海:上海古籍
　　出版社,2010 年。

王安石著,李之亮笺注《王荆公文集笺注》,成都:巴蜀书社,2005 年。

曾巩撰,陈杏表、晁继周点校《曾巩集》,北京:中华书局,1984 年。

苏辙撰,陈宏天、高秀芳点校《苏辙集》,北京:中华书局,1990 年。

朱熹著,郭齐、尹波点校《朱熹集》,成都:四川教育出版社,1996 年。

杨简《慈湖遗书》,民国四明丛书本。

赵秉文《滏水集》,四部丛刊景明钞本。

王若虚《滹南遗老集》,北京:中华书局,1985 年。

王柏《鲁斋集》,民国续金华丛书本。

袁桷《清容居士集》,清道光二十年刻本。

王畿著,吴震编校整理《王畿集》,南京:凤凰出版社,2007 年。

袁中道著,钱伯城点校《珂雪斋集》,上海:上海古籍出版社,1989 年。

李贽《李贽文集》,北京:社会科学文献出版社,2000 年。

董应举《崇相集》,明崇祯刻本。

钱谦益著,钱曾笺注,钱仲联标校《牧斋初学集》,上海:上海古籍出版
　　社,2009 年。

钱谦益著,钱曾笺注,钱仲联标校《牧斋杂著》,上海:上海古籍出版社,
　　2007 年。

李世熊《寒支集》，清初檀河精舍刻本。

黄宗羲著，沈善洪、吴光编校《黄宗羲全集》，杭州：浙江古籍出版社，
　　2012年。

钱澄之著，彭君华校点《田间文集》，合肥：黄山书社，1998年。

李邺嗣《杲堂诗文钞》，康熙刻本。

吕留良著，俞国林编《吕留良全集》，北京：中华书局，2015年。

王士禛著，李毓芙、牟通、李茂肃整理《渔洋山人精华录集释》，上海：上
　　海古籍出版社，1999年。

陈玉璂《学文堂文集》，清光绪盛氏思惠斋刻本。

潘耒《遂初堂集》，文集卷八，清康熙刻本。

纳兰性德《通志堂集》，清康熙三十年徐乾学刻本。

方苞著，刘季高校点《方苞集》，上海：上海古籍出版社，2008年。

杭世骏《道古堂文集》，清光绪十四年汪曾唯增修本。

陈祖范《司业文集》，清乾隆二十九年刻本。

沈廷芳《隐拙斋文钞》，清刻本。

袁枚著，周本淳标校《小仓山房诗文集》，上海：上海古籍出版社，
　　1988年。

王鸣盛《西庄始存稿》，清乾隆三十年刻本。

汪缙《汪子文录》，清光绪刊本。

王昶《春融堂集》，清嘉庆王氏塾南书舍刻本。

钱大昕著，吕友仁标校《潜研堂集》，上海：上海古籍出版社，2009年。

朱筠《笥河文集》，清嘉庆刻本。

姚鼐著，刘季高标校《惜抱轩诗文集》，上海：上海古籍出版社，
　　1992年。

翁方纲《复初斋诗集》，清嘉庆刻本。

张埙《竹叶庵文集》，清乾隆五十一年刻本。

秦瀛《小岘山人集》，清嘉庆刻增修本。

法式善《存素堂文集》，清嘉庆程邦瑞刻本。

王芑孙《惕甫未定稿》，清嘉庆刻本。

阮元著，邓经元点校《揅经室集》，北京：中华书局，1993年。

恽敬著，万陆、谢珊珊、林振岳标校，林振岳集评《恽敬集》，上海：上海古籍出版社，2013年。

严可均著，孙宝点校《严可均集》，杭州：浙江古籍出版社，2013年。

焦循著，刘建臻点校《焦循诗文集》，扬州：广陵书社，2009年。

李道平《有获斋文集》，清安陆陈氏念园刻本。

方东树《考槃集文录》，清光绪二十年刻本。

梅曾亮著，彭国忠、胡晓明点校《柏枧山房诗文集》，上海：上海古籍出版社，2012年。

陈澧著，黄国声主编《陈澧集》，上海：上海古籍出版社，2008年。

曾国藩著，王澧华校点《曾国藩诗文集》，上海：上海古籍出版社，2005年。

俞樾《春在堂杂文》，清光绪刻本。

张裕钊《张裕钊诗文集》，上海：上海古籍出版社，2012年。

董沛《正谊堂文集》，清光绪刊本。

谭献著，罗仲鼎、俞浣萍点校《谭献集》，杭州：浙江古籍出版社，2012年。

施补华《泽雅堂文集》，清光绪刊本。

萧穆撰，项纯文点校《敬孚类稿》，合肥：黄山书社，1992年。

吴汝纶著，徐寿凯、施培毅校点《吴汝纶尺牍》，合肥：黄山书社，1990年。

樊增祥著，涂晓马、陈宇俊校点《樊樊山诗集》，上海：上海古籍出版社，2004年。

贺涛著，祝伊湄、冯永军点校《贺涛文集》，上海：华东师范大学出版社，2011年。

张謇《张謇全集》，南京：江苏古籍出版社，1994年。

严复著，王栻主编《严复集》，北京：中华书局，1986年。

严复著，汪征鲁、方宝川、马勇主编《严复全集》，福州：福建教育出版社，2014年。

马其昶《抱润轩文集》，清宣统元年安徽官纸印制局石印本。

李详《李审言文集》，南京：江苏古籍出版社，1989年。

宋恕《宋恕集》，北京：中华书局，1993年。

唐文治《茹经堂文集三编》，民国铅印本。

高海夫主编《唐宋八大家文钞校注集评》，西安：三秦出版社，1998年。

储欣《唐宋十大家全集录》，清康熙刻本。

张伯行选编，萧瑞峰标点，张星集评《唐宋八大家文钞》，上海：上海古
　　籍出版社，2007年。

沈德潜选评，（日）赖山阳增评，闵泽平点校《增评唐宋八家文读本》，长
　　沙：崇文书局，2010年。

陈兆仑《陈太仆评点唐宋八大家文读本》，光绪二十八年山东书局石
　　印本。

黄宗羲《明文海》，清涵芬楼钞本。

吴孟复、蒋立甫主编《古文辞类纂评注》，合肥：安徽教育出版社，
　　2004年。

郭绍虞编选，富寿荪校点《清诗话续编》，上海：上海古籍出版社，
　　1983年。

黄宗羲《论文管见》，王水照编《历代文话》第4册，上海：复旦大学出版
　　社，2007年。

魏禧《日录论文》，王水照编《历代文话》第4册，上海：复旦大学出版
　　社，2007年。

李绂《古文辞禁》，王水照编《历代文话》第4册，上海：复旦大学出版
　　社，2007年。

方苞《古文约选评文》，王水照编《历代文话》第4册，上海：复旦大学出
　　版社，2007年。

姚范《援鹑堂笔记》，王水照编《历代文话》第4册，上海：复旦大学出版
　　社，2007年。

张谦宜《絸斋论文》，王水照编《历代文话》第4册，上海：复旦大学出版
　　社，2007年。

唐彪《读书作文谱》，王水照编《历代文话》第4册，上海：复旦大学出版
　　社，2007年。

田同之《西圃文说》，王水照编《历代文话》第4册，上海：复旦大学出版

社,2007 年。

吴铤《文翼》,余祖坤编《历代文话续编》,南京:凤凰出版社,2013 年。

吴德旋口述,吕璜纂《初月楼古文绪论》,北京:中华书局,1985 年。

方东树著,汪绍楹校点《昭昧詹言》,北京:人民文学出版社,1961 年。

薛福成《论文集要》,王水照编《历代文话》第 6 册,上海:复旦大学出版社,2007 年。

朱景昭《论文刍说》,王水照编《历代文话》第 6 册,上海:复旦大学出版社,2007 年。

邓绎《藻川堂谭艺》,王水照编《历代文话》第 7 册,上海:复旦大学出版社,2007 年。

王葆心《古文辞通义》,王水照编《历代文话》第 8 册,上海:复旦大学出版社,2007 年。

唐文治《国文经纬贯通大义》,王水照《历代文话》第 9 册,上海:复旦大学出版社,2007 年。

刘声木《桐城文学渊源考》,王水照编《历代文话》第 10 册,上海:复旦大学出版社,2007 年。

(日)斋藤正谦《拙堂文话》,王水照编《历代文话》第 10 册,上海:复旦大学出版社,2007 年。

刘师培著,金文渐校点《中国中古文学史 论文杂记》,北京:人民文学出版社,1959 年。

研 究 论 著

国内论著

曹虹《阳湖文派研究》,北京:中华书局,1996 年。

陈湘琳《欧阳修的文学与情感世界》,上海:复旦大学出版社,2012 年。

陈平原、夏晓虹编《二十世纪中国小说理论资料:第 1 卷(1897—1916)》,北京:北京大学出版社,1989 年。

陈衍《史汉文学研究法》,无锡:无锡民生印书馆,1934 年。

陈寅恪《元白诗笺证稿》,北京:生活·读书·新知三联书店,2001 年。

陈垣《明季滇黔佛教考》,北京：中华书局,1962 年。

陈幼石《韩柳欧苏古文论》,上海：上海文艺出版社,1983 年。

程千帆、唐文编《量守庐学记：黄侃的生平和学术》,北京：生活·读书·新知三联书店,1985 年。

邓之诚著,邓瑞整理《邓之诚文史札记》,南京：凤凰出版社,2012 年。

方孝岳《中国文学批评 中国散文概论》,北京：生活·读书·新知三联书店,2007 年。

付琼《清代唐宋八大家散文选本考录》,上海：商务印书馆,2016 年。

顾净缘《顾净缘著述集》第 3 册,北京：东方出版社,2014 年。

郭绍虞《中国文学批评史》,上海：商务印书馆,2010 年。

黄进兴《李绂与清代陆王学派》,南京：江苏教育出版社,2010 年。

洪本健编《欧阳修资料汇编》,北京：中华书局,1995 年。

江枰《明代苏文研究史》,南昌：江西人民出版社,2010 年。

柯昌颐《王安石评传》,上海：商务印书馆,1933 年。

李贵生《传统的终结：清代扬州学派文论研究》,上海：复旦大学出版社,2009 年。

李贞慧《历史叙事与宋代散文研究》,北京：中国社会科学出版社,2015 年。

李震编《曾巩资料汇编》,北京：中华书局,2009 年。

梁启超《中国近三百年学术史》,上海：商务印书馆,2011 年。

刘成国《荆公新学研究》,上海：上海古籍出版社,2006 年。

刘奕《乾嘉经学家文学思想研究》,上海：上海古籍出版社,2012 年。

柳春蕊《晚清古文研究：以陈用光、梅曾亮、曾国藩、吴汝纶四大古文圈子为中心》,南昌：百花洲文艺出版社,2007 年。

吕澂《吕澂佛学论著选集》,济南：齐鲁书社,1991 年。

罗联添《韩愈研究》,天津：天津教育出版社,2012 年。

马积高《清代学术思想的变迁与文学》,长沙：湖南出版社,2002 年。

彭国翔《良知学的展开：王龙溪与中晚明的阳明学》,北京：生活·读书·新知三联书店,2016 年。

钱基博《韩愈志》,上海：上海古籍出版社,2012 年。

钱基博《现代中国文学史》,上海:上海古籍出版社,2011 年。

钱基博著,傅宏星主编、校订《后东塾读书杂志》,武汉:华中师范大学出版社,2014 年。

钱基博著,傅宏星主编、校订《潜庐诗文存稿》,武汉:华中师范大学出版社,2016 年。

钱穆《中国近三百年学术史》,上海:商务印书馆,1997 年。

钱穆《中国学术思想史论丛(四)》,北京:生活·读书·新知三联书店,2009 年。

钱穆《中国学术思想史论丛(五)》,北京:生活·读书·新知三联书店,2009 年。

钱锺书《谈艺录》,北京:生活·读书·新知三联书店,2008 年。

沈津《书丛老蠹鱼》,北京:中华书局,2011 年。

四川大学中文系唐宋文学研究室编《苏轼资料汇编》,北京:中华书局,1994 年。

王达敏《姚鼐与乾嘉学派》,北京:学苑出版社,2007 年。

王汎森《权力的毛细管作用——清代的思想、学术与心态》,台北:联经出版社,2013 年。

王汎森《中国近代思想与学术的系谱》,台北:联经出版社,2003 年。

王欣夫著,鲍正鹄、徐鹏标点整理《蛾术轩箧存善本书录》,上海:上海古籍出版社,2002 年。

王元化《文心雕龙讲疏》,桂林:广西师范大学出版社,2004 年。

吴孟复《桐城文派述论》,合肥:安徽教育出版社,2001 年。

吴文治《吴文治文存》,南京:凤凰出版社,2013 年。

吴文治编《韩愈资料汇编》,北京:中华书局,1983 年。

吴文治编《柳宗元资料汇编》,北京:中华书局,1964 年。

徐从辉编,杨扬主编《周作人研究资料》,天津:天津人民出版社,2014 年。

徐梵澄著,孙波编《徐梵澄文集》,上海:上海三联书店、华东师范大学出版社,2006 年。

徐兴无《经纬成文:汉代经学的思想与制度》,南京:凤凰出版社,

　　2015 年。

杨旭辉《阳湖文派研究》，南京：江苏人民出版社，2010 年。

余英时《论戴震与章学诚——清代中期学术思想史研究》，北京：生
　　活·读书·新知三联书店，2012 年。

余英时《中国知识人之史的考察》，桂林：广西师范大学出版社，2004 年。

余英时《朱熹的历史世界：宋代士大夫政治文化的研究》，北京：生
　　活·读书·新知三联书店，2011 年。

曾枣庄《宋文通论》，上海：上海人民出版社，2008 年。

张伯伟《中国古代文学批评方法研究》，北京：中华书局，2002 年。

张舜徽《爱晚庐随笔》，武汉：华中师范大学出版社，2005 年。

张舜徽《清人文集别录》，武汉：华中师范大学出版社，2004 年。

张舜徽《清人笔记条辨》，北京：中华书局，1986 年。

章炳麟著，徐复注《訄书详注》，上海：上海古籍出版社，2000 年。

章士钊《柳文指要》，北京：中华书局，1971 年。

章太炎讲演，诸祖耿、王謇、王乘六等记录《章太炎国学讲演录》，北京：
　　中华书局，2013 年。

章太炎撰，庞俊、郭诚永疏证《国故论衡疏证》，北京：中华书局，
　　2008 年。

郑子瑜《唐宋八大家古文修辞偶疏举要》，北京：教育科学出版社，
　　1992 年。

《中华大典》工作委员会、《中华大典》编纂委员会编纂《中华大典·文
　　学典：文学理论分典》，南京：凤凰出版社，2008 年。

钟志伟《明清唐宋八大家选本研究》，北京：文津出版社，2008 年。

朱刚《唐宋"古文运动"与士大夫文学》，上海：复旦大学出版社，
　　2013 年。

朱刚《唐宋四大家的道论与文学》，北京：东方出版社，1997 年。

国外论著

（德）顾彬、梅绮雯、陶德文等《中国古典散文》，上海：华东师范大学出
　　版社，2008 年。

（法）布洛克著，周婉窈译《史家的技艺》，台北：远流出版事业股份有限公司，1989 年。

（法）米歇尔·福柯著，汪民安编《福柯文选Ⅱ：什么是批判》，北京：北京大学出版社，2016 年。

（法）茱莉亚·克里斯蒂娃著，祝克懿、黄蓓编译《主体·互文·精神分析：克里斯蒂娃复旦大学演讲集》，北京：生活·读书·新知三联书店，2016 年。

（美）A. O.洛夫乔伊著，吴相译《观念史论文集》，南京：江苏教育出版社，2005 年。

（美）彼得·盖伊著，刘北成译《启蒙时代（上）：现代异教精神的兴起》，上海：上海人民出版社，2015 年。

（美）海登·怀特著，董立河译《话语的转义——文化批评文集》，郑州：大象出版社，2011 年。

（美）海登·怀特著，董立河译《形式的内容：叙事话语与历史再现》，北京：文津出版社，2005 年。

（日）东一夫《日本中·近世の王安石研究史》，东京：风间书房，1987 年。

（日）东英寿著，王振宇等译《复古与创新：欧阳修散文与古文复兴》，上海：上海古籍出版社，2013 年。

（日）副岛一郎著，王宜瑗译《气与士风：唐宋古文的进程与背景》，上海：上海古籍出版社，2013 年。

（日）高津孝著，潘世圣等译《科举与诗艺：宋代文学与士人社会》，上海：上海古籍出版社，2013 年。

（日）荒木见悟著，廖肇亨译《明末清初的思想与佛教》，上海：上海古籍出版社，2010 年。

（日）吉川幸次郎《吉川幸次郎全集》第 2 卷，东京：筑摩书房，1973 年。

（日）吉川幸次郎《吉川幸次郎全集》第 13 卷，东京：筑摩书房，1998 年。

（日）笠松彬雄《唐宋八家文详解》，东京：大同馆书店，1929 年。

（日）清水茂著，蔡毅译《清水茂汉学论集》，北京：中华书局，2003 年。

（日）寺地遵著,刘静贞、李今芸译《南宋初期政治史研究》,上海:复旦大学出版社,2016 年。

（日）小川环树著,谭汝谦译《论中国诗》,贵阳:贵州人民出版社,2009 年。

（日）小尾郊一著,邵毅平译《中国文学中所表现的自然与自然观:以魏晋南北朝文学为中心》,上海:上海古籍出版社,2014 年。

（日）小野四平《韩愈と柳宗元:唐代古文研究序说》,东京:汲古书院,1995 年。

（日）小野泽精一、福永光司、山井涌编,李庆译《气的思想》,上海:上海人民出版社,2014 年。

（日）中村元著,吴震译《比较思想论》,杭州:浙江人民出版社,1987 年。

（日）佐藤一郎著,赵善嘉译《中国文章论》,上海:上海古籍出版社,1996 年。

（意）翁贝托·艾柯编著,彭淮栋译《无限的清单》,北京:中央编译出版社,2013 年。

（英）伯林著,冯克利译《反潮流:观念史论文集》,南京:译林出版社,2002 年。

研 究 论 文

党圣元、陈志扬《清代碑志义例:金石学与辞章学的交汇》,《江海学刊》,2007(2):191—197。

高洪岩《清代时期"唐宋八大家"散文在日本的传播》,《沈阳师范大学学报(社会科学版)》,2011(5):99—101。

姜云鹏《韩愈古文评点整理与研究》,复旦大学博士论文,2013 年。

林元彪《文章学视野下的林译研究》,华东师范大学博士论文,2012 年。

毛德胜《苏洵古文研究》,华中师范大学博士论文,2011 年。

梅篮子《茅坤〈唐宋八大家文钞〉渊源与流传考论》,复旦大学硕士论文,2010 年。

唐小兵《王汎森谈清代知识人的道德意识》,《东方早报·上海书评》,

2016 - 01 - 10。

童强《"王安石研究"的清学地位》,《江海学刊》,2005(6)：145—149。

王友胜《王文诰〈苏诗编注集成〉得失论》,《湘潭师范学院学报(社会科学版)》,2002(6)：74—78。

查屏球、滕汉洋《〈八子百选〉与〈唐宋文醇〉隐曲关系考——兼论〈唐宋八大家文钞〉在东亚书面语共同化进程中的范式意义》,《中山大学学报(社会科学版)》,2012(6)：34—42。

张伯伟《〈东坡禅喜集〉的文化价值》,《中华读书报》,2004 - 12 - 22。

赵永强《八股文与明清古文和诗歌》,扬州大学硕士论文,2005 年。

郑利华《苏轼诗文与晚明士人的精神归向及文学旨趣》,《文学遗产》,2014(4)：84—97。

（日）白石真子《徂徕学"文论"に於ける韩愈・柳宗元》,日本中国学会报,1999(51)：240—254。

（日）浅井邦服《方苞の"义法"と八股文批评》,日本中国学会报,2001(53)：213—227。

（日）入矢义高《真诗》,《吉川博士退休记念中国文学论集》,日本：筑摩书房,1968 年。

（日）新井洋子《〈苏长今文集〉の编纂にみる张溥と吴伟业の文章观の一端》,日本中国学会报,1997(49)：165—176。

附 录

清人唐宋八大家评语①

	韩　愈	柳宗元	欧阳修	苏　轼	苏　洵	苏　辙	王安石	曾　巩
方以智《文章薪火》	有时生割，刻意形容，琢古磨石，未免乎痕。		去其痕而一以平行之。	锋于立论而衍于驰骋。				去其痕而一以平行之。
王夫之《夕堂永日绪论外编》					猖狂谰躁，如健讼人强词夺理。		转折烦难，而精神不属。	学八大家者，之而其以，层累相叠，如刈草茅，无所择而缚为一束，又死蜮、沓拖不耐，皆曾文也。……子固、张潜，何足效哉？牵曳不休，令人不耐。

① 本附录中的清人有关唐宋八大家的整体评价，主要从王水照编《历代文话》中辑录。辑录对象为清代文话中相对整体性地比较八大家中成员的内容，即同时臧否其中多人的内容，从中可以大致看出不同人对八大家的整体认识。而单独针对八大家中某个对象的评论则不录。

续表

	韩愈	柳宗元	欧阳修	苏轼	苏洵	苏辙	王安石	曾巩
吕留良《吕晚村先生论文汇钞》	峻。奇奇怪怪。		以缓得峻。					纯用其缓。有转必束，随束即转，界限辖然，而收尾回旋照顾。
			一唱三叹，顿宕醇愉。	明快曲畅。				一唱三叹，顿宕醇愉。
唐彪《读书作文谱》	高。	劲悍沉鸷。	易字。					
			欧次情事甚曲，故其论多确而不嫌于复。	论直而愈，更多疏逸遒宕之势。				
			引江河之水而穿林麓灌浍亩。	引江河之水一泻千里。				
	吞吐驰骋，若千里之驹走赤电，鞭疾风，常者山立，怪者虿击。	巉岩峭力，若游于峻壁削壁，而凄风苦雨四至者。	遒丽逸宕，若携美人宴游东山，而风流照耀江左者。	行乎其所当行，止乎其所当止，浩浩洋洋，起千里之河而注之海者。				巩尤衷于折衷于大道而不失其正，然其才或疲苶而不能副焉。

续　表

魏禧《日录论文》	韩　愈	柳宗元	欧阳修	苏　轼	苏　洵	苏　辙	王安石	曾　巩
	山分多，峰峦峭起。		欧文之妙，只是说而不说，说而又说。					
	人手多特起，雄奇有力。	幽岩怪壑，鸟叫猿啼。	吞吐往复，参差离合。	水分多，波澜动荡。				
	崇山大海，孕育灵怪。		人手多配说，委蛇不劳。	长江大河，时或疏为清渠，潴为池沼。	尊官酷吏，南面发威，虽无理事，谁敢不承？	晴丝袅空，其雄伟者，如天半风雨，袅娜而下。	断岸千尺，高士溪刻，不近人情。	波泽春涨，虽漫漶而深厚有力。
			秋山平远，春谷倩丽，园亭林沼，悉可图画。其奏刻切，终其健刻朴，带本色之妙。					
	少病，易失之生獟。	易失之小。	易失之平。	易失之佻。	少病，易失之粗豪。	易失之蔓。	易失之枯。	易失之滞。

续表

张谦宜《絸斋论文》	韩愈	柳宗元	欧阳修	苏轼	苏洵	苏辙	王安石	曾巩
	见得颁正。	说的委婉。	风神。	强口夺词。	强口夺词。			典雅、粗，不能造微。厚重。步步联络，照应严谨，春容典重，佳处在曲而有直，体如劈劙，如洪水披堤，声势惊人，皆直之力。……其文雅而不堆，雄而不放，择霍跌宕而不烦碎，但说理到紧要处，不能喉下一刀耳。
		柳州筋骨，峭蒨严冷。	学欧文，久之亦有软熟油腻气。婉曲。	狮掷龙拏，崩雷掣电，雄浑环玮。意到笔随，超健行空。				
	劲。	骨。		快。				度。

续　表

	韩　愈	柳宗元	欧阳修	苏　轼	苏　洵	苏　辙	王安石	曾　巩
方苞《古文约选评文》	雄直、古朴。		纤余美秀。		老苏文劲悍恢或过于大苏，而精细调适处则不及。		北宋人铭志，欧公而外，惟介甫知体要。	子固文以迂回百折，层叠包络见长。削其意之枝缀者，辞之潜冗累者，乃其佳处也。
杨绳武《论文四则》	直法典谟。	兼擘子长。	善学《春秋》。	出于《国策》《孟子》，得力于《庄》《骚》。	出于《国策》《孟子》。	出于《国策》《孟子》。	以《周礼》参管、韩。	长于道古，故叙古书尤佳……所以能与欧、王并驱，而争先于苏轼也。
夏力恕《菜根堂论文》		优顿。	略见才人风调。	矜气。				酷似更生。蔼然一出于学者之言。

续表

田同之《西圃文说》	韩愈	柳宗元	欧阳修	苏轼	苏洵	苏辙	王安石	曾巩
	吞吐骋顿，若千里之驹，而走赤电，鞭疾风，常者山立，怪者廷起。	魁岩削厉，若游龙，整峭壁，而谷风，凄雨四至者。	遒丽逸宕，如携美人游东山，而流文物风照耀江左者。	行乎其所当行，止乎其所不得不止，浩浩洋洋，赴千里之河而注之海者。				巩尤为折衷乎大道，而衰于其才正，然披茶而或不能副焉。
			宋代序事文，当以庐陵为最。	苏氏兄弟，文才疏爽，豪荡处多，结构剪裁四字，非其所长。		苏氏兄弟，文才疏爽，豪荡处多，结构剪裁四字，非其所长。	王之结构剪裁，极多镵洗，苦心处，矜而严，洁而则。	大旨近刘向，然逸调少矣。
			次情事甚曲，其论多确而不嫌其跌宕。引江河之水而穿林麓，灌畎浍。	其论直而多曲，逸遒宕之势。引江河之水而一泻千里，湍者注，逝者注，杳不知其所止者已。			字字不苟。	原本经术，祖刘向，澹深之思，严密之法，自足与古作者相长，而熔光其外或不烁也。

续　表

	韩　愈	柳宗元	欧阳修	苏　轼	苏　洵	苏　辙	王安石	曾　巩
刘大櫆《论文偶记》	奇。雄处多,逸处少。		逸而未雄。					
姚范《援鹑堂笔记·文史谈艺》			玩其转调处,如美人转眼。于将说处、吞吐抑扬,作态令人欲绝。	清丽快便,多不入古。			紧健。坚瘦。惜蓊如金。	
王元启《惺斋论文》			以意为主。				文极雕绘之工,然止意尽言中。	
吴德旋《初月楼古文绪论》	虽陡峻亦萦绵逶迤,且自然恰好。							

续 表

	韩愈	柳宗元	欧阳修	苏轼	苏洵	苏辙	王安石	曾巩
	上等之资从韩入,文品可以峻古。韩文浓郁处皆能能疏。	中等之资从柳、王入,文品可以峻古。柳州则有不能疏者。柳文如《宋清传》《种树》等篇,未免小说气。所谓小说气,不专在字句,而古雅中意太纤,则亦近小说。	初学易率易。欧文有一唱三叹处者,多是横阔的。	初学易率易。晚年之作,有随笔写出,不待安排而自然超妙者,非天资高绝,不能学之。其少年之作,滔滔数千言,才气真不可及,然精义究不能多。		在人家中,自觉稍弱。	中等之资从柳、王入,文品可以峻古。博洽而不为积书所累者。作文直不用前人一字,此书所以高。其削以肤痛,一气转折处,当玩。	
张秦重《文谈》	奇崛。	镵削。	纤曲。	汪洋。				
包世臣《艺舟双楫》							寻常小文,强推大义。	寻常小文,强推大义。

续 表

	韩 愈	柳宗元	欧阳修	苏 轼	苏 洵	苏 辙	王安石	曾 巩
	退之酷嗜子云，碑版或至不可读，而举健举浑厚，宜为宗匠。	子厚劲历无前，然拟之有斧凿迹，气伤镇密。	永叔奏议休但明畅，得大臣之体，翰札纡徐，易直，真有德之言，而序记则为庸调。	子瞻机神敏妙，比及睿年，心手相忘，独立千载。	明允长于推勘，辩驳一任峻急。	子由差弱，然其委婉敦到，一节亦非父兄所能掩。	介甫词健，气饶有远势。	子固茂密，安和，而雄强不足。
	重实。	峭拔。	幽隽。	纵横。	峭拔。		峭拔。	重实。
叶元墀《睿吾楼文话》								
黄梨洲《明文案序》			逸。	势。			唐宋之文，自唐而明，明代之文，自明而晦。宋因王氏而坏，犹可言也，明因何李而坏，不可言也。	
法坤宏《书望溪文集后》	豪。							

续　表

	韩　愈	柳宗元	欧阳修	苏　轼	苏　洵	苏　辙	王安石	曾　巩
曾国藩《鸣原堂论文》				东坡之文，其长处在征引史实，切实精当，又善设譬喻，凡难显之情，他人所不能达者，坡公则以譬喻明之。				
刘熙载《艺概》	昌黎文两种，皆昏气、蔚迟生气也。矜之为耗气，昏之为耗气也。惟昏之一则所谓"昭晰者无疑"，一则所谓"行峻而言厉"是也；一则所谓"优游有余"，"心醇而气和"是也。	柳文无耗气。凡矜气、昏气皆耗气也。惟昏之为耗，晰知之易易，矜之为耗也难知耳。柳文如奇峰异嶂，层见叠出，所以	昌黎《与李习之书》，纡余潇折……欧文若导源于此。几于史公之洁，而情韵雅得，骚人之旨趣为多。	昭晰无疑。东坡之文长于生。工而易。大苏文一泻千里。		小苏文一波三折。		曾文劳尽气事理，其味尔雅深厚，令人想见"硕人之宽"。

续　表

韩　愈	柳宗元	欧阳修	苏　轼	苏　洵	苏　辙	王安石	曾　巩
	致之者有四种笔法：笔起、纡行、峭收、缦回也。	恻隐之意。欧公虽学韩，而意之所近，性之尤在乎习之。	只是拈来法……至其理有过于通而难守者，固不及备论。				
如水。	如山。		东坡文虽墙壁打通说话，然自在脚立稳处。			介甫之文，长于扫。扫故高。矫，难。善用揭过法，只下一二语，便可扫他大段，是数人目，何简贵！	
		优游有余。					

续　表

方宗诚《读文杂记》	韩愈	柳宗元	欧阳修	苏轼	苏洵	苏辙	王安石	曾巩
							深难、奇，公之学与文，得失并见于此。于下愚及中人之所见，皆剥去不用，此其至长于上智之所见，亦不用，则去其痛非小。半山文其犹药乎？治病可以致生、养生或反致病。半山文以敛而褊胜。	
				东坡文以透漏胜。				
			儒者气象。	非儒者气象。	非儒者气象。	非儒者气象。	非儒者气象。	儒者气象。
	昌黎文高古，陆宣公若不及也。	古峭峻洁，李习之远习及也。						

续表

	韩　愈	柳宗元	欧阳修	苏　轼	苏　洵	苏　辙	王安石	曾　巩
朱景昭《论文刍说》	义理之醇正无疵,毫无支蔓,则韩公及宣公矣。儒者气象。	之文醇实平易,有儒者气象,柳子厚不及。		东坡看圣道太浅,只就迹上比较,而天理不明。将圣人说成一老于世故者矣。	老泉……纯以私心窥圣人矣。	苏子由诸论,无一不是《老子》作用。		
薛福成《论文集要》方植之论诗文之法	大大。《原道》诸篇。	太峭。《唐书》所载尽之。	于经义体为近。《本论》。意凡思缓不足。	策论之大资也。《策略》。东坡时伤以巧。			太奇,大拗。学记。昧晦。	于经义体为近。学记。昧晦,冗。
曾文正公论文	以扬子云化《史记》。	《老》《庄》《国语》化六朝。		《庄子》《孟子》化《国策》。	贾长沙,晁家令化《孟子》《国策》。		周秦诸子化退之。	三礼化西汉。

续　表

韩　愈	柳宗元	欧阳修	苏　轼	苏　洵	苏　辙	王安石	曾　巩
	辩诸子,记山水能化。	自然神化而未能精与谨细。	未能精与谨细而时自然神妙。	《权书》能化。			目录序能化。
既能精与谨细而又自然神妙。	精与谨细而未能自然神妙。	时不免于俚。	时不免于俚。	精与谨细而未能自然神妙。		精与谨细而未能自然神妙。	精与谨细而未能自然神妙。
		虽从容不可言爽。	爽而肆。	爽而尚坚。		不俚。	不俚。
体简词足。或突起,或突接,或直下,皆兀岸无匹,而莽苍之势,奄于其中,绝无辞费处。		千形万态,横恣溢出,作文每总一览无余。有意作态,亦不是。蕴蓄深厚,寄托高远,自然多生出许多丘壑来。				严整有法度。	严整有法度。
高足阔步,迈往不屑。						王介甫格调诸盖取《公羊传》,故峭而曲。	

	韩　愈	柳宗元	欧阳修	苏　轼	苏　洵	苏　辙	王安石	曾　巩
	多以奏语转摈，绝奇恣。凡文字用顺笔使平，用逆笔使奇，如孟尚《与孟尚书》处尽逆取势，所以奇崛。 阳刚。		阴柔。		健，劲气直达。		最严最峻，转折处皆骨。	阴柔。
顾云《螫山谈艺录》	不名一格，所以独大。	文格近方，似从骈俪入，然从笔出，故尚有逸气，洵一时之隽。						质，其品虽高，好者盖以文之传不传为之；而物焉若有之盛亦传有物焉为之；北宋如冰于未如冰叔子最瞻；学者最夥；明允之，介甫次之；学南丰者，捃不数屈。

续表

林纾《春觉斋论文》	韩愈	柳宗元	欧阳修	苏轼	苏洵	苏辙	王安石	曾巩
		古丽奇峭。		苏家文字，喻难达之情，圆其偏执之说，任设喻以乱人观听。骤读之，无不点首称可，及详按其事，则又多理，罅漏可疑处。然苏氏之文，多气概，有气光芒，如少年武士，横槊盘马，不战已足屈人之兵。　若苏家则好议论古人，荆公同苏为之，特不如之，				

续表

韩　愈	柳宗元	欧阳修	苏　轼	苏　洵	苏　辙	王安石	曾　巩
		情韵。	苏氏之多。苏氏逞聪明,执偏见,遂开后人攻击古人之药笺。				
气势。昌黎之气直也,而用心则曲,关锁理处尤曲,即所谓"势壮而能息"者。		平易。语语平易,正其严洁。欧文讲神韵,亦于顿留倍笔加意。	不贴实,正其聪明过人,故有此失。				平易。

续表

林纾《文微》	韩　愈	柳宗元	欧阳修	苏　轼	苏　洵	苏　辙	王安石	曾　巩
	文笔之最难者即内转。内转即潜气内转之谓,凡省间言空调,承接曲折,不按常法是也。此韩欧能之。	子厚小学语精,故造语由坚、坚而出。 子厚为文能峭而不能变。	大凡文章须静理远尽神,理不说尽而有含蓄,谓静理。此唯欧阳永叔能之。				茅顺甫谓半山为文应接不暇,其实不然,半山之长在善用提笔补笔。	子固之文,盖合韩柳为一。
			文笔之最难者即内转。内转即潜气内转之谓,凡省间言空调,承接曲折,不按常法是也。此韩欧能之。				折笔太小而多,则落纤碎之弊,此荆公所以为荆公。	
	韩善变化。		欧阳内变而内外平妥。				文有转缩二诀,唯昌黎能之,荆公亦同能之。	
	扰佛家正法眼。		扰佛家正法眼。	神通。	神通。	神通。		

续　表

	韩　愈	柳宗元	欧阳修	苏　轼	苏　洵	苏　辙	王安石	曾　巩
	法度之正。精力过人，其于文无所不能。行气妙能蓄缩。昌黎文遏欧阳公弗能也。		法度之正。文章至欧阳永叔，匠心灵，笔遂不可及。昌黎文能遏光，欧阳公弗能也。欧阳文多伏流，不易窥察。	吾生平不嗜读苏东坡文，以其东坡为文往往不能极意经营。然善随自救弊，则由东坡天才聪敏。				
吴曾祺《涵芬楼文谈》	韩文公得力太史公。韩氏之文，得天地之阴气者也，凡抒写所至，任往能自出。	柳子厚得力屈《骚》。	欧阳永叔得力昌黎。欧阳氏之文，得天地之阴气也，其生平所历，任往能	东坡得力《庄子》。	苏明允得力《孟子》。			曾子固得力刘更生。

续　表

	韩愈	柳宗元	欧阳修	苏轼	苏洵	苏辙	王安石	曾巩
	意义，以达乎境界之变。不善学之，则袭其皮毛，而有生吞活剥之讥。（阳刚）曾国藩略言之，未尽耳。		各见性情，不背乎风格之正。不善学者，则习其声调，而附声响之调。（阴柔弱）					
陈衍《石遗室论文》	昌黎长处，在聚精会神，用功数十年，所读古书，在在揣其菁华，在在效法，在在求脱化其面目。然天资不高，俗见颇重，自负见	桐城人号称能文者，皆扬韩柳，望溪曾之最甚，借抱则微词，不知柳之不易及者有数端。出笔遣词，无丝毫俗气，一也；	永叔文以序跋、杂记为最长。欧公叙事，长于叠累，多学汉人，铺张，多冤错《贵粟》《农疏》，难南王安《谏伐闽越书》、	长公得力于《孟子》。	苏明允尤摩子书，长于书，力多得力于《孟子》。		荆公除《万言书》外，各杂学韩，且专学其文逆折拗劲处。桐城人之自命学韩，专学此类。	曾子固专学一路，刘一。

续　表

	韩　愈	柳宗元	欧阳修	苏　轼	苏　洵	苏　辙	王安石	曾　巩
	道，而于尧舜孔孟之道，实模糊出也，故其自命因文见道之作，皆非其文之至者。	结构成自己面目，二也，天资高，识见颇不犹人，三也；根据其言人所不敢言，不也；记诵优，用字不从抄撮涂抹来，五也。此五者颇为昌黎所短。	班孟坚《汉书》各传，而济以太史公传赞抑扬动荡。					
陈衍然《文宪例言》	韩氏博大深雄、细行或遗，大节终昭天壤。	柳矜饬削，故气骤起终懑，文行一原，良为木鉴。	欧氏明道术，耻文人，深达典则，虽体气未雄，而意量渊雅，卓名卓相。	子瞻，同父明达古今，然骏爽之气多，而深沉之气少，其言可以经世变，而自任或疏。	明允纵横雄固，伯仲商、韩，霸佐之才，于斯为盛。	子由明练，而气弱，可与任平治，而不足任艰危。	王氏经术湛深，力造深，然韩文多偏强，宽裕者稀，故坚泥古人，而所为多庆。	曾则论古维精，或洽变。

续表

	韩　愈	柳宗元	欧阳修	苏　轼	苏　洵	苏　辙	王安石	曾　巩
姚永朴《文学研究法》			其才皆偏于阴与柔之美者也。能取之长而时济之。	过驰骋而少余味。				其才皆偏于阴与柔之美者也。能避所短而不犯。
王葆心《古文辞通义》王芑孙				苏氏尚才不尚学，故不可以例拘。南宋以后诸家尚学不尚才，故其文冗长，皆不识彦和"字"之秘也。今天下能为古文无过姚姬传，然桐				

续表

	韩愈	柳宗元	欧阳修	苏轼	苏洵	苏辙	王安石	曾巩
《柳南随笔》			弇州谓欧苏之文，其流也易，其使人畏难而好易。此语诚然。盖二公以清圆转折为工，而古人炼字炼句之法至此尽矣。若文学欧者，苏友也，董文友学欧而兼学苏者也。邑钱湘灵谓吾文友，若文诸子之文专	城之论皆以学为主，故其传皆正。而其才皆乏，无以满天下才之志量。				

续　表

	韩愈	柳宗元	欧阳修	苏轼	苏洵	苏辙	王安石	曾巩
吴兰修			以圆转胜。若如此得机势，但顷刻可就，直无所用其心思矣。本朝古文之盛盛于文友，若诸子；而古文之衰，诸子亦不得辞其责。	大苏文非不痛快，然未免习于放纵不收之气，必敛而后固，醇而后实，由韩而汉而周秦方得法。				

续表

	韩愈	柳宗元	欧阳修	苏轼	苏洵	苏辙	王安石	曾巩
施补华《复陈子奕书》	明人罗圭峰、今人张案文退之者，皆学力。其病在化。未迹自方桐城以下，皆知推重退之，托之以取重耳，其笔气灵奥源欧，实导桐城一派。曾之以重之，然其词固不类也。		永叔俯仰揖让，有李习之之态，苏明允称之。笔视退之，气有刚柔，词有阴阳，有繁简，均与貌与神能合。				介甫健劲，故于退之独近。退之学古人尽得古人笔法，介甫学退之半得其笔法。退之笔劲而骨肉适均，介甫则骨多肉少，其转折顿挫虽似退之，任任筋横之促，无舒卷自然之乐。然其已造足诣所至，以欧习之，可谓韩门两大宗矣。	
杨仲兴《唐宋八大家文钞序》	昌黎约六经之旨以成文。	河东深博，悉本《诗》《书》。	庐陵近宗韩子，上法史迁。	眉山父子兄弟为师友，纵横《坟》《典》，出入《史》《汉》。			荆公尤峭刻。	南丰典俊伟，有西京轨范，至贯群籍而激固之。

续　表

	韩　愈	柳宗元	欧阳修	苏　轼	苏　洵	苏　辙	王安石	曾　巩
陈兆仑	昌黎因文见道，沉实博大。	柳州旁推交通，羽翼大道。 （杨氏此种类别以究八家之法，陈勾山、袁子才均称其有法）	庐陵养邃，其文安而法。	《庄》《骚》《孙吴》，投而如意。 大苏刚大。东坡得浩然之气，故神动天随而无定态。	老苏奇矫。老泉岸然复古，以史证之，起衰之功不在韩下。（《元集》韩、苏之文）	小苏冲和。颖滨得粹然之气，故纡徐卓荦而妙事理，其原一也。（《贞集》二苏文）	临川网罗独断，固而存之，深峭巉刻。（《柳、王之集》文）	南丰质重，其文典则，所学同也。（《利集》欧、曾之文） 南丰之文之最上者只可当韩之上中，而亦无韩之下格。其无韩之上者，天也。其亦无韩之最下者，人也。非徒木也。

续　表

	韩　愈	柳宗元	欧阳修	苏　轼	苏　洵	苏　辙	王安石	曾　巩
昌履恒《冶古堂文集·古文六宗》范泰恒	昌黎宗《孟子》。		庐陵宗《史记》。	眉山宗《国策》。				能为，亦直为方耳。不欲缓达重其舒，似刘向，而近里著己，又似汉仲舒，以汉人为师，盖古者欤？盖古人天然人为之别如此。 近人好言欧、曾，似矣，然不以《史记》、韩文搭其骨力，亦青终提笔起，亦抹不得专碎，曷好欧、曾兼又苏欧、苏亦为酌中之剂，不得以朱子绌大以朱子绌为宗也。

续表

刘开《与阮芸台论文书》	韩愈	柳宗元	欧阳修	苏轼	苏洵	苏辙	王安石	曾巩
	韩退之约六经之旨，兼众家之长，尚矣。	柳子厚则深于《国语》。	永叔则传神于史迁。	苏氏则取裁于《国策》。		子由骨力较嫩。	王介甫则原于经术。	南丰多实语，少变动，朱派滥觞于此。
				其实八代之美，退之未尝不有也。诸家叠出，力举而空之，子瞻又扫之太过，于是文体复薄弱，无复沉浸浓郁之致，瑰奇壮伟之观。				子固则派于刘。
	昌黎工为赠送碑志之文。	柳州始创为山水杂记之体。	庐陵始专精于序事。	眉山始务力于策论。			说经以临川为优。	记学以南丰首称。（文之体制至八家而乃全）

续表

	韩愈	柳宗元	欧阳修	苏轼	苏洵	苏辙	王安石	曾巩
王兰泉《困学编》序 潘德舆《与鲁生大田书》	雄。先秦盛汉之人不知文法为何事，冲口而出，永不澌灭者，所积混沦，复非后世剿窃缀缉，朝盈夕涸之学也。汉以后知此者，韩子一人而已。	峭。柳氏、苏氏所积而多，实驳，故气各有偏胜。	醇懿而任复。欧、曾得其积，具体而积，不逮其厚，然未离于正也。	大。柳氏、苏氏所积而多，实驳，故气各有偏胜。				醇懿而任复。欧、曾得其积，具体而积，不逮其厚，然未离于正也。
蒋彤常《十室遗语》	茅鹿门选《唐末八家文》，八家黎老中昌泉皆得力于《孟子》者也。				茅鹿门选《唐末八家文》，八家黎老中昌泉皆得力于《孟子》者也。			

续　表

	韩　愈	柳宗元	欧阳修	苏　轼	苏　洵	苏　辙	王安石	曾　巩
李绂《别稿与韩方灵皋论韩文书》	韩文有二种,一种疏达,学畅孟子之文;一种琢炼瑰异,上追《盘》《诰》,下兼汉京之文。							
徐巨源《答钱牧斋先生论古文书》	韩出于《左》。	柳出于《国》。	永叔出于西汉。	明允父子出于《战国》。	明允父子出于《战国》。	明允父子出于《战国》。	介甫出于说经诸文。	子固出于东汉诸书疏。
方苞《答申谦居书》	韩及曾、王并笃于经学,而探浅广狭醇驳等差各异矣。韩、欧、苏、曾之文气象各肖其为人。	柳子厚谓取原于经,而掇拾于文字同者尚或不详。子厚则大节有亏,余行可述。	欧阳永叔粗见诸子大意,而未通其奥赜。韩、欧、苏、曾之文气象各肖其为人。	苏氏父子则概乎其未有闻焉。韩、欧、苏、曾之文气象各肖其为人。	苏氏父子则概乎其未有闻焉。	苏氏父子则概乎其未有闻焉。	韩及曾、王并笃于经学,而探浅广狭醇驳等差各异矣。介甫则学术虽误而内行无颇。	韩及曾、王并笃于经学,而探浅广狭醇驳等差各异矣。韩、欧、苏、曾之文气象各肖其为人。

续表

	韩愈	柳宗元	欧阳修	苏轼	苏洵	苏辙	王安石	曾巩
杭世骏《道古堂古文集·百篇序》			庐陵一变而为呑逸。	眉山父子推波助澜，厥旨始畅。			临川一变而为坚瘦。	南丰一变而为敛庬。
鲁九皋《答陈绎堂书》		哨岸巉刻。	千古人书尤好观欧阳文忠、曾文定二集。	哨岸巉刻。	哨岸巉刻。	哨岸巉刻。	哨岸巉刻。	千古人书尤好观欧阳文忠、曾文定二集，而尤心慕夫文定公，以为文章尔雅，训辞深厚，盖《诗》《书》之遗也。
刘熙载《艺概》	昌黎文意思来得硬直。		欧、曾来得柔婉。					欧、曾来得柔婉。
潘澄《鸿窗丛话》				东坡之文活，东坡文中有死；子固中有死，子固中有活。东坡之文多譬喻，子固之文绝无譬喻。东坡之文				东坡之文活，东坡文中有死；子固中有死，子固中有活。东坡之文多譬喻，子固之文绝无譬喻。东坡之文

续表

	韩　愈	柳宗元	欧阳修	苏　轼	苏　洵	苏　辙	王安石	曾　巩
曾国藩	文之造句约有二端：一曰雄奇，一曰惟适。雄奇者，环玮俊迈以马扬为最，诡恣肆以庄生为最，擅环玮，兼诡之胜者则莫盛于韩子。		惟适者，汉之匡、刘，宋之欧、曾均能细意熨帖，朴属微至。	凭空立论，如五城十二楼，可望不可接。其至失也或至背理；子固之文，著实如平地筑室，不华美，却可居；其至处，而理亦醇粹。				凭空立论，如五城十二楼，可望不可接。其至失也或至背理；子固之文，著实如平地筑室，不华美，却可居；其至处，而理亦醇粹。 惟适者，汉之匡、刘，宋之欧、曾均能细意熨帖，朴属微至。

续 表

	韩 愈	柳宗元	欧阳修	苏 轼	苏 洵	苏 辙	王安石	曾 巩
陈用光《寄姬传书》	昌黎变排比之习而以疏胜，昌黎不独以疏胜也。		欧阳、曾、王取其疏而得其所有为疏者，故能各独成其体。				欧阳、曾、王取其疏而得其所有为疏者，故能各独成其体。	欧阳、曾、王取其疏而得其所有为疏者，故能各独成其体。
王葆心			先生谓欧公异能取己者之长，而时济以非独密也。					先生谓曾公能避所短而所长在于疏，固非尺于疏，固散而冗可合于尺度也。
			欧公兼感与和概而平者。	坡公由感而和概而平者。				
			欧公以为敛缩者，文畅后自然之境之候也。	坡公以为敛缩者，文后意之境极尽致之候也。				

续 表

	韩　愈	柳宗元	欧阳修	苏　轼	苏　洵	苏　辙	王安石	曾　巩
陈康黼《古今文派述略》	其《原道》《原性》等数十篇，皆宏深，探奥衍。其后扬子相表里，可以左右六经。至于他文，必务去陈言，造端要独，不落蹊径，必造前人字句。	其文幽峭，秀削，如嶙峋岩谷，石骨尽露。在柳州时，山水诸记，他文或夺之之席，儿欲夺之之席，他文或不逮也。		其文如大海汪洋，一望无际，风水相激，迤自生。溢至于天风，波涛汹涌，行乎其所不得不行，止乎其所不得不止。		子由初以父兄为师，后乃自成一体。其才气不逮子瞻，而持论纯正，气象深稳。序，与曾子固相颉颃，宋文之杰也。	荆公为文，好为曲折，盘旋一气。状其文，谓如孤松断岸，秋鹤摩空，非过誉也。	为文章厚，雅深之汉人，拟在刘向父子之间。
章廷华《论文琐言》	学有韵文，必探源于汉魏。八家中，惟韩昌黎、柳柳州、王荆公擅其长。	学有韵文，必探源于汉魏。八家中，惟韩昌黎、柳柳州、王荆公擅其长。	欧阳则失之弱。	东坡则失之粗。		以子由文列入八家，未必得当。畏庐先生云："宜以李习之易子由。"	学有韵文，必探源于汉魏。八家中，惟韩昌黎、柳柳州、王荆公擅其长。	

续　表

韩　愈	柳宗元	欧阳修	苏　轼	苏　洵	苏　辙	王安石	曾　巩
昌黎文飞行绝迹，笔笔抱住一缩字。子言文固有本，扬抑皆得分寸。但韩文之佳处尚易见，曾处难寻，意盖道德之言，浅人不易识也。							昌黎文飞行绝迹，笔笔抱住一缩字。子言有本，扬抑皆得分寸。但韩文之佳处尚易见，意曾处难寻，盖道德之言，浅人不易识也。
		欧文说到劳瘁处，每参以身世兴衰之感。					子固文，如土山之中，细草芊芊，群山乱错，幽窈曲折，颇有西湖景两高峰景象，故其停顿转折处最可味。

续表

徐昂《文谈》	韩愈	柳宗元	欧阳修	苏轼	苏洵	苏辙	王安石	曾巩
	唐代韩昌黎之文醇而雄奇，得阳刚之美。	柳州之文醇则至矣，峭拔其雄处未能方于韩氏，盖得阴柔之气为多。	欧阳永叔之文多逸，多蕴实其中，是犹少阳蕴于太阴也。　永叔雄于神。	苏氏尚驰骋，亦以阳刚胜。　子固雄于气，苏氏亦然。			凡正面有清之字，必活动之灵笔，方不死煞。八家中，惟子固，半山能之。　宋代王介甫得阴刚之气独多，少年文章易趋于刚，是晚年渐归于淡，介甫雄气至晚阴刚不衰，乃其阴刚之性特强也。　介甫则雄于骨，故就阳刚而言，介甫为最。子固与苏氏次之，永叔又差焉。	凡正面有清之字，必活动之灵笔，方不死煞。八家中，惟子固，半山能之。　曾子固雄气少减，而阳刚处颇亦让甫。　子固雄于气。

续表

韩　愈	柳宗元	欧阳修	苏　轼	苏　洵	苏　辙	王安石	曾　巩
			一门文章，尤以苏氏为盛，苏文气势直达，议论记叙最擅长，亦以论说为多，纵横家易于驰骋，惟率直率而见，任性而见。东坡喜为庄子，故喜为文，疏荡豪放，尝自谓作文如行云流水，此无定质，其点染自乐，多词章，而驰骋意处，劈头剪裁尽结构任力于，却未能尽合法度。	老泉文章本于经学，词散有数有法，超实平二子，开二子之先，第不免习，战国策士习气，昔贤论允矣。	子由以养气为主，文章汪洋淡泊，惟纵横之习亦不尽脱父风，此则与东坡同轨者也。		

续表

	韩愈	柳宗元	欧阳修	苏轼	苏洵	苏辙	王安石	曾巩
刘师培《论文杂记》	以文而言则韩胜。以体而言，韩胜于欧。	以道而言则柳胜。	以用而言，欧胜于韩。					
	韩李之文，正谊明道，排斥异端。	子厚之文，善言事物之情，出以形容之词，而知人论世，复能探原立论，核核刻深，名家之文也。	欧、曾以文载道，儒家之文也。	子瞻之文，以象花之运掉圆舌，运掉圆舌之词，任复卷舒，一如意中所欲出，而属词比事，翻空易奇，纵横家之文也。	明允之文，最喜论兵，谋深虑远，排兀雄奇，兵家之文也。		介甫之文，修言法制，因时制宜，而文辞峭入深，推阐法家之文也。	欧、曾以文载道，儒家之文也。
陈柱孟《辛白论文》	其文纵横排奡，如海水天风，倾倒万状，喷薄吹荡，渺无涯际。	其骨髓峻也，故其文坚刻直入，若披兔丝，横铁矛，跃马驰骤酣战于百万，战于百万。	流丽优美，有纡徐委曲之妙，其才不劲，其力逐弱，末有欧阳，而末之气。	恣肆奔放，似黄河之水从天上来。	奇峭挺拔，大有先秦风格。	以养气自负……似颖滨之文必弄闲于辞锋，贾余于文勇者，然读其撰述。	王半山，曾南丰二子，纯乎经术，气发为大文章，不竞以才见长。	王半山，曾南丰二子，纯乎经术，气发为大文章，不竞以才见长。

续　表

	韩　愈	柳宗元	欧阳修	苏　轼	苏　洵	苏　辙	王安石	曾　巩
刘咸炘《辞□图》	闳肆。 韩、柳诸家，承过文家之极毙，参子家之质实以矫之，然犹未失文也。	军中，见者皆披靡而走。 峭洁。	袁之文不及唐，末之，皆叔为之也。 明婉。 欧得力于马迁。	掉阖博辩。 东坡得力于《国策》、庄周。	刻深纵横。 老泉得力于孙武。	远在乃父乃兄之下，才不足也。 委曲详尽。	峻削悍厉。 王得力于汉人经说。	醇厚。 曾得力于匡、刘。
吴楗《文翼》	碑志以退之为第一，盖简古遒劲中仍具护锤力；介甫竭力学之，颇得其遗法，然迥不及，处处自然，故气象但觉其象迫隘。					晋望先生尝欲于人家中，退颍滨而进震川、仲伦先生以为此乃为文深处。	自来学者以昌黎愚按碑志多腾空摹虚，与韩子安同，其笔法大约自韩子序中得来。	

续　表

韩愈	柳宗元	欧阳修	苏轼	苏洵	苏辙	王安石	曾巩
行文贵潜气内转，所云萧萧澹之思，清婉之气，高山流水之音也，惟永叔、子固集中最多。以雄胜，峻洁，潜气内转，处尚少，惟《董部南》《王秀才序》则能以此擅场，在集中为别调。		行文贵潜气内转，所云萧萧澹之思，清婉之气，高山流水之音也，惟永叔、子固集中最多。以雄胜，峻洁，潜气内转，处尚少，惟《董部南》《王秀才序》则能以此擅场，在集中为别调。					行文贵潜气内转，所云萧萧澹之思，清婉之气，高山流水之音也，惟永叔、子固集中最多。以雄胜，峻洁，潜气内转，处尚少，惟《董部南》《王秀才序》则能以此擅场，在集中为别调。
千古惟司马子长，退之能兼而有之。	柳子厚，欧阳永叔，王介甫，曾子固固深而不宏。	柳子厚，欧阳永叔，王介甫，曾子固固深而不宏。	苏明允，子瞻宏而不深。	苏明允，子瞻宏而不深。		柳子厚，欧阳永叔，王介甫，曾子固固深而不宏。	

续　表

韩　愈	柳宗元	欧阳修	苏　轼	苏　洵	苏　辙	王安石	曾　巩
韩退之以扬子云化《史记》。	柳子厚周、庄徒周，屈《国语》《史记》化六朝。	欧阳永叔以《史记》化退之。	苏子瞻以《孟子》《庄子》化战国纵横家言。	苏明允以长沙、贾令化《孟子》《战国策》。		王介甫以周秦诸子化退之。	曾子固以"三礼"化西汉。
八家中惟退之、永叔子瞻门径最大，故变化处多。	子厚惟辨诸子记山水能化。	八家中惟退之永叔子瞻门径最大，故变化处多。	八家中惟退之、永叔、子瞻门径最大，故变化处多。	明允惟《权书》能化。		介甫惟经义序能化。	子固惟目录序能化。
		欧阳永叔《送杨寘序》学退之《高闲序》，而变奇为淡宕，乃为不似之似。至《集古录序》故意模仿此篇，而气太纵，词太弱，相去乃远甚，宜节去其十之二三乃为纵健。				王介甫《灵谷诗序》从退之《上人序》出，而纵肆处近之，雄杰处迥不及矣。	

续表

韩愈	柳宗元	欧阳修	苏轼	苏洵	苏辙	王安石	曾巩
韩峭垄兼施。		欧一以垄胜。				王介甫一以峭胜,而不得谓为太山之高者,以其气象过于森临耳。	
	柳州辨诸子,极峻,与退之相上下。韩柳之峻,时时提起,极具炉锤,直接直转,如高山深谷,可循阶级而上。					介甫之峻,破空而来,意取直上,斗然险绝,望之如峭壁悬崖,使人不敢迫视,故文境较瘦削,而气味之厚则逊之。	
韩退之以透而脱,不透则不脱也。	柳子厚,曾子固与介甫之透与脱之同。		苏子瞻儿子透尽,然时未有脱者。				柳子厚,曾子固与介甫之透与脱之同。
奇。	幽。	逸。	纵。	坚。	温定。	峭。	雅。
沉雄。		妙悟。					和平。

续　表

	韩　愈	柳宗元	欧阳修	苏　轼	苏　洵	苏　辙	王安石	曾　巩
	恐于神离。言理。	恐于理诡。	恐于格疏。言情。	恐于律溢。言事。	恐于味促。言事。	恐于声缓。言事。	恐于气窒。	恐于色暗。言理。
孙学濂《文章二论》	韩退之得《史记》之雄、而纪事之才则逊矣。		欧阳永叔得《史记》之逸、而弘肆之概则逊矣。				王介甫得《史记》之劲、而飘忽之机则逊矣。	
李详《学制斋论文书札》（答陈舍光书）			欧公学韩，冗长驰骋，豪无归宿。	苏长公出，伤尽，伤巧，伤多，伤譬喻太明太露，为一大家，心知意所重者，不在是也。				
邹寿祺《论文要言》	简古。	关键。	平淡。	波澜。				

后　记

　　负笈南京的三年中,我的体重增加了二十五斤。千载之前,我的本家周顗或许也是在此城中对庾亮发问:"君何所欣说而忽肥?"庾亮在当时回避了这个话题,而现在的我却很想用这个问题问一下自己。

　　变胖的原因有很多,周顗所说的"欣说"无疑是其中很重要的一个。三年前,幸蒙导师张伯伟先生不弃,我得以忝列门墙,开始了在南京愉快而难忘的求学时光。张老师在每两周一次的读书会上凝听我们的发言时的神情很让我难忘。他常会紧闭双唇,眼睛坚定地注视着一个方向,有时似有不满之色,有时也会微微颔首以示嘉许。此时紧闭的双唇虽有所放松,但眼神中仍然透露出一种威严。每当我独自在灯下写作,对自己的想法迟疑不敢下笔时,我脑海中就会浮现出老师这样的神情,它带给我一种安全感,让我觉得不用担心,不妨放心地写下去吧,会有老师帮我把关,给我鼓励。三年来,老师对于学术的热情与责任感一直深深地影响着我。他的研究广度拓宽了我的眼界,他对于方法的重视也让我不断地反思自己原有的研究思路,以不断突破自己的固有思维框架,从更多的角度去考察自己的研究对象。此外我还要感谢师母曹虹老师。曹老师的"中国古代文章学的思想传统"一课加深了我对唐宋古文的研究兴趣,曹老师对我论文中的一节还提出了宝贵的修改意见,使我获益良多。

师门的教诲使我如沐春风,与同学的论辩切磋同样让我的内心充满欣悦。我和同学常常在宿舍聊到很晚。我不善饮,宿舍中没有备酒,我们便就着晚风和远处黑漆漆的山影来分享最近读过的书,讨论各自论文的优点和不足,谈笑声常常划过宁静的夜空。在这里我要感谢宋威山、杨曦、徐亦然、许光等同学几年来的陪伴。

欣悦带来了肥胖,而肥胖所带来的最明显的形体特征就是便腹了。便腹在传统的语境中既有读书多的含义,同时也表示大肚能容。如苏轼在《送顾子敦奉使河朔》中就说友人"便便十围腹,不但贮书史。容君数百人,一笑万事已"。他在《宝山昼睡》中也自嘲:"七尺顽躯走世尘,十围便腹贮天真。此中空洞浑无物,何止容君数百人。"我的便腹虽然距离"五经笥"还差得很远,但我在读博的三年中确实读了许多让我受益无穷的书,思考了一些我觉得有意义的话题。与同学的切磋也让我变得更加谦虚,变得更加善于接受他人的意见和看到他人的长处。韩愈是我论文的一个重要研究对象,其三年博士生涯曾被嘲笑为"冗不见治",虽然此处的博士与当今的博士概念有别,但我也可以开玩笑地说,我的博士三年在良师益友的陪伴下比他幸运太多了。

当然,肥胖也在一定程度上暗示了我学习还不够用功,平时的作息不规律以及缺乏运动等缺点。我也常常会担心在学术道路上刚刚迈出步伐的自己会很快懈怠下来,变得随遇而安。最近我有幸拿到了张老师的新书,在后记中,老师说自己"常常像一个渴望飞翔的少年,对更高更远的天空充满向往"。这对我简直如同当头棒喝,已经翻越了一座又一座高山的老师仍保持少年一样的豪情与志向，年纪轻轻的我怎么能哀叹"腰腹空大何能为"呢？希望在新的人生阶段，我能继续以师友为榜样，保持心态上的欣悦与肥胖，控制肉体上的继续发福，勇猛精进，开拓属于自己的天地。

周　游

2017 年 8 月

大者似时代落幕，小到如人事变迁，又或是再缩小聚焦到一部书稿之杀青，一篇文章的收尾，世间种种，最后总是要面对如何结束的问题。

这篇小记算是本书真正的终曲了。下笔之时，脑海中浮现了一些古文名作不同风格的结尾。欧阳修文章的收笔大多很正式，《送徐无党南归序》是这样结束的："予欲摧其盛气而勉其思也，故于其归，告以是言。然予固亦喜为文辞者，亦因以自警焉。"《送田画秀才宁亲万州序》结尾则云："今之所经，皆王师向所用武处，览其山川，可以慨然而赋矣。""因以自警"明言了此文面向作者的一个重要意义，而"可以慨然而赋"同样揭示了该文的目的之一在为秀才壮行色，这类结尾多少会带有总结性质，是很稳健的收束。虚字"焉"和"矣"舒缓了语气，同时也可视作明确的休止符，是文章最后的动作，如子路之结缨死，弁庆之立往生，都是庄严肃穆的，甚至还给人些许壮怀激烈的感觉。冠扶正了，人站定了，文章也确确实实是完结了。

　　另一种结尾常常出现在韩愈的文章中,《蓝田县丞厅壁记》描述了种学绩文的崔斯立在县丞的位置上受到官场习俗的制约,无法施展自己的抱负而逐渐消沉的故事。文章的最后,韩愈没有点题,没有总结,没有吐露遗憾。他只是静静地描述了一个场景,早已收敛锋芒的崔斯立在修葺好的县丞办公之地的庭院中:"对树二松,日哦其间。有问者,辄对曰:'余方有公事,子姑去。'"文章至此戛然而止,我们能感受到崔斯立留给世界一个有声音的背影。文章结束了,崔氏似乎还在继续着他的动作。而在《送王含秀才序》的结尾处,韩愈也是留下了一个不那么吵闹的场景:"于其行,姑与之饮酒。"人物的行为仍在继续,他们没有退到幕后或走到台前集体谢幕,文章同样到此为止了。

　　这样的结尾也让我联想到一些其他文艺作品,如伯格曼(Ingmar Bergman)将电影《野草莓》结束在老人从梦中醒来时,他平静地睁开眼睛,脸部微微抽动着,然后荧幕就暗了下去。它也没有结束在某个大家都认为应该结束的标志点上,似乎电影早几秒结束,或晚几秒结束都没有什么问题。小津安二郎在《秋刀鱼之味》中也使用了类似的处理,女儿出嫁后,老父亲独自在桌前倒水,然后平静地拿起杯子喝水,接着慢慢地坐下,他之后应该还会有别的什么动作,但电影就在此刻结束了。与之相反的则是科波拉(Francis Ford Coppola)的名作《教父》,最后的谢幕如同古典时期的油画,颇有历史感与仪式感,让我们感觉到时间在那一刻凝固了。我还曾经看过波兰钢琴家齐默尔曼(Krystian Zimerman)演奏贝多芬第八钢琴奏鸣曲的视频,和许多其他的演奏家不同,他在处理最后一个音符时,并没有稳稳地让声音停驻一会来宣示音乐的终结,而是在重重按下琴键的瞬间,突然抽出双手,按在所坐琴凳上,留下了一个略错愕的,急促的尾音。就像小朋友不小心碰碎了花瓶，留下的惊吓与一地的碎片需要在余音消散后慢慢处理。

　　大家也许能意识到我所要说的内容了，从大的角度来说，这个世界上存在两类结尾：一种是我们似乎很早就意识到了它会在某个时刻终结，于是我们盛装准备，为了在最后一刻完美而体面；另一种则是没有太明显征兆的终结，它可能在各种意义上都还只是在某个过程中，但是，就突然结束了。如果理性地回忆自己走过的人生，我们应该会发现，后者其实才是生命的常态，我们对待终结，往往都是准备不足的，常常意识不到某个"再见"之后是再也不见。于是，我越来越喜欢韩愈、伯格曼这类的结尾了。不过，很有意思的是，韩文的这种更符合生命常态的结尾，这种世间往往如此的状态，在后代的评论家中，被视为是"奇"的，是"奇纵不测"的。

　　对应到这部书稿，它以目前的形态终结，可能无论对于我还是对于读者，都远算不上完备。我自己当然有很多计划中的章节还没有完成，比如关于清代欧阳修古文的流行与地位升降的部分，其实已经完成了初稿，但是觉得还需要打磨，所以并未加入。此外还有关于三苏文章的内容，目前还没有想清楚，因此也没有收入书中。但是即便这些部分都完成了，可能还会有新的想法渐次涌现，那么什么时候才是最终完成呢？其实我在最初选定"唐宋八大家与清代古文"这一研究话题的时候只有一些思考的脉络，我在绪论中已经有所交代，而并没有预设最终的目的地，甚至基本框架也是在写作过程中慢慢形成的，所以它本也是可以任何一种状态结束的。伍迪·艾伦（Woody Allen）有一个段子对我产生了挺大的影响，他在祝贺前女友黛安·基顿（Diane Keaton）获得 AFI 终生成就奖的致辞中，描述过死亡其实和结肠镜手术很相似："他们会给你注射药物，然后你就昏睡过去，在黑暗中一切都非常平和自在。"老头儿接着将包袱一抖，告诉我们如果接受了这样的视角，那么，

"人生就会像是结肠镜检查前的准备期"。在笑过之后,我突然意识到,如果我们被一个看似清晰完整的最终结果圈定了整个过程,那人生该多么恐怖,生命中的每一件事该多么无趣啊。

拉杂至此,我的眼角突然感受到强烈的光辉,转身面对窗外,夕阳将天空染成了绛红色,靠近地平线的地方还镶着金边,这真真是彩云若锦了。我意识到自己似乎从来没有刻意等待过这种美好的夕照,但在这样宁静的夏日里,它就是会时时一有,或许就逢着了。

周 游

2024 年 7 月又记

图书在版编目（CIP）数据

唐宋八大家与清代古文研究 / 周游著. --上海 ：
上海古籍出版社，2024．8． -- ISBN 978-7-5732-1225-2

Ⅰ．I206．2

中国国家版本馆 CIP 数据核字第 2024C1H239 号

唐宋八大家与清代古文研究

周　游　著

上海古籍出版社出版发行

（上海市闵行区号景路 159 弄 1－5 号 A 座 5F　邮政编码 201101）

（1）网址：www.guji.com.cn

（2）E-mail：guji1@guji.com.cn

（3）易文网网址：www.ewen.co

上海展强印刷有限公司印刷

开本 890×1240　1/32　印张 9　插页 6　字数 210,000

2024 年 8 月第 1 版　2024 年 8 月第 1 次印刷

ISBN 978－7－5732－1225－2

I·3844　定价：58.00 元

如有质量问题，请与承印公司联系

电话：021-66366565